THORSTEN NESCH

BUSTER, KÖNIG DER SUNSHINE COAST

ROMAN

ROWOHLT TASCHENBUCH VERLAG

Originalausgabe
Veröffentlicht im Rowohlt Taschenbuch Verlag,
Reinbek bei Hamburg, Februar 2014

Lektorat Melanie Becker
Umschlaggestaltung any.way, Barbara Hanke / Cordula Schmidt
(Umschlagillustration: plainpicture / First Light; thinkstockphotos.de)
Gesamtherstellung CPI books GmbH, Leck
Printed in Germany
ISBN 978 3 499 21499 8

Das eigentlich Wichtige sind die Erfahrungen,
die man macht, die Erinnerungen
und die triumphale, überschäumende Freude,
die einen durchströmt, wenn man
das Leben in vollen Zügen genießt.
Tagebuch, Chris McCandless
Aus «In die Wildnis» von Jon Krakauer

He was simply a youth,
tremendously excited with life.
On the Road, Jack Kerouac

I.
THAILAND?

1. FILMRISSE

Das dumme Gesicht meines Freundes halb verdeckt im Dunkeln eines Busches am Boden unter Blättern.

Was macht der denn da?

«Jojo, steh auf!», rufe ich ihm zu, eigentlich Jörn, für mich nur Jojo.

Er guckt mich erstaunt bis belustigt an. «Ich? Alter, du bist der, der im Dreck liegt!»

Echt? Verdammt, das ist ja der Nachthimmel hinter ihm. Der Busch ist über mir! Schwindel.

Sein Gesicht verschwindet. Mit den Armen biege ich Äste zur Seite, hebe den Kopf, und einige Äste schlagen zurück, peitschen mir in die Fresse. Alles dreht sich. Mann, bin ich besoffen.

Wieder erscheint mein guter Kumpel, um mir zu helfen. Was wir beide schon alles erlebt haben. Beste Freunde eben.

«Hey», sage ich, weiter komme ich aber nicht, weil mir ein Blatt in den halb offenen Mund segelt. Bevor ich es ausspucken kann, blitzt es über mir. Für einen Moment glaube ich, sein Kopf ist explodiert, so hell ist sein Gesicht erleuchtet. Dann erkenne ich das Handy in seiner Hand. Wieder blitzt es. Der Lutscher fotografiert mich!

«Was soll das?!»

Er kichert. «Geil, Basti völlig im Arsch. Schade, dass es zu dunkel für ein Video ist, na, Facebook reicht auch.»

Ich zeige der Welt beide Mittelfinger und lasse mich zurückfallen. Sollen mich alle so in Erinnerung behalten.

Irgendwann hört es auf zu blitzen, und er zieht an meinen Armen. «Komm hoch jetzt!»

Rumms, liegt er neben mir. Der hat ja nicht weniger als ich intus. Rotzbesoffen.

Ich wünschte, ich könnte die Erdrotation stoppen. Besoffen merkt man erst, wie schnell sich alles in echt dreht.

Jenseits unserer Fußspitzen hält ein Auto, die Seitenscheibe summt runter. Eine Männerstimme fragt: «Kann ich euch helfen?»

Er könnte aufhören, Loopings zu fahren. Das würde ich ihm vorschlagen, wenn nur endlich meine Zunge aufhören würde, sinnlos in meinem Mund herumzuwursten.

«Ja», meint Jojo, «fahren Sie weiter!»

«Nicht noch frech werden, Jörn!»

Ah, es ist Herr Dormagen, unser alter Geschichtslehrer.

«Vorbei, egal, Sie können uns gar nichts mehr sagen. Achtzehnhundertvierundzwanzig, 1659, 1280, 1966, wen interessiert's, was da passiert ist?»

Er gibt Gas.

Ich hebe die Hand, als würde ich mich melden.

«Was?», fragt Jojo.

Ich spreche sehr langsam: «Was ist da passiert?»

«Wann?»

«In den Jahren, die du eben ...»

«Was weiß ich.»

Wir rappeln uns hoch.

«Geschafft!», schnaufe ich.

«Na ja, geschafft? Wenn ich dich so sehe ...»

Meine Lowrider verhindern den perfekten Spagat, eine Hand klammert sich an die Bordsteinkante, die andere umarmt den unteren Teil eines Laternenpfahls. Das muss ich, sonst wirft mich der Planet ab, er will mich losschütteln, runter von seinem Rücken, wie einen Parasiten, ab ins All, wo ich hilflos und bis an mein Ende als biologisches Zerfallsprodukt durch die Weiten des Weltraums drifte.

Neben mir blitzt es wieder, dazu das Gegacker von Jojo.

«Boah, Mann, siehst du nicht, dass ich hier tierisch beschäftigt bin?»

«Ja, tierisch, Spinnengang!»

Spinnengang, so nannte das Herr Hamada in Sport immer. Von Gang kann bei mir aber keine Rede sein.

Blitz.

Ich muss was unternehmen, sonst begleitet mich der Abend als Diashow mein Leben lang.

Blitz.

Blut schießt mir in den Kopf, Promillesuppe.

Blitz.

Ich lasse den Bordstein in Ruhe und umfasse mit beiden Händen den Laternenpfahl. Mein Hintern höher als mein Kopf. Es muss aussehen, als wolle ich den Lichtmast aus der Erde reißen.

Blitz.

Jojo gackert wie ein Huhn, das der Fuchs von hinten nimmt.

«Arsch», sage ich.

Es reicht. Ich warte ab, bis er nah genug bei mir ist, dann schnellt mein Arm lasergenau hervor in Richtung Handy, verfehlt es, und ich kippe um wie ein Einjähriger beim Pupsen.

Blitz, blitz, blitz.

Scheiße, bin ich am Ende. Wenn ich jetzt noch mal am Ginkillah nippe, ist alles vorbei.

Jojo löffelt sich vor mir hin, hält aber nach wie vor sein Samsung fest.

Blitz.

«Kacke», sagt er.

«Ja», bestätige ich seine Einschätzung unserer Lage.

«Scheiße.»

«Ja.»

«Weißt du was?», fragt er mich und schaut mir über sein Handy in die Augen.

«Ich weiß gar nichts mehr.»

«Ich glaube, ich habe das Handy die ganze Zeit falsch rumgehalten.»

Es gibt noch Gerechtigkeit im Universum.

Blitz.

«Eh, ich rufe dir jetzt ein Taxi, Basti, okay?»

«Okay.»

«Ein bestimmtes?»

«Eins ohne Blaulicht.»

2. TAXIGOTT

Ich sehe meine Knie vor einem schwarzen Brett, von hinten versucht mich Jojo zu erwürgen.

«Hör auf, lass meinen Hals los ...»

«Mit wem redest du?», fragt ein Mann neben mir am Steuer seines Wagens. Herr Dormagen ist es nicht, das steht fest, dieser Mann hier hat einen Vollbart, leicht grau, und spricht mit einem südländischen Akzent. Eine Digitalanzeige springt auf 5,40 €, ich bin in einem Taxi. Durch die Windschutzscheibe sehe ich, wie die Lichter der Stadt an mir vorbeihuschen.

«Ich spreche mit dem Arsch hinter mir.»

«Also mit deinem kleinen Arsch?»

«Mit dem, der hinter mir sitzt», und lauter: «Jetzt hör endlich auf!»

«Hast du Drogen genommen? Da sitzt keiner.»

«Sehr witzig.» Ich drehe mich um.

Die Rückbank ist leer. Was mich würgt, ist der Gurt an meinem Hals. Meine Knie verlieren ihren Halt, und ich rutsche auf dem glatten Ledersitz fast bis auf die Bodenmatte. Zum Glück kann ich mich festhalten.

Erst kreischt das Getriebe unter mir, dann kreischt der Mann: «Lass die Gangschaltung los!»

«’tschuldigung.»

«Bist du ...? Mann, Mann, Mann, gut, dass meine Kinder nicht so bekloppt sind. Ihr habt alle Chancen und sauft euch kaputt, nur Party im Kopf, nur Party ...»

Ich setze mich so gerade wie möglich auf. Meine Hose ist wirklich extrem rutschig auf dem Lederbezug. Ich stemme meine Füße auf der Bodenmatte ab und klammere mich mit den Händen am Gurt fest, als wäre er ein Seil und unter mir die Hölle. Ich habe so weit wieder alles unter Kontrolle.

«Kotz mir bloß nicht den Wagen voll. Dann werde ich sauer.»

«Nein.»

«Sag Bescheid.»

«Ja.»

«Geht’s noch?»

«Nur vielleicht nicht so schnell in den Kurven.»

Er guckt mich an. «Gut, wenn die erste kommt, nehme ich die extra langsam.»

Das dumpfe Geräusch von Metall auf Schädelknochen wummert noch in meinem Kopf. Eine aalglatte beigefarbene Landschaft breitet sich vor mir aus, endlos wie ein leerer spiegelglatter Sandstrand. Wunderschön.

«Komm von der Motorhaube runter!», ruft der Mann mit dem Akzent.

Eine Autotür wird zugeschlagen.

«Ich fasse es nicht. Der kommt noch nicht mal an meinem Daimler vorbei. Legt sich auf die Motorhaube! So was habe ich überhaupt noch nie erlebt. Junge, wenn das einer sieht, der glaubt, ich habe dich angefahren. Da verliere ich meine Lizenz, willst du das? Willst du das?»

«Nein. So genau habe ich das nicht geplant.»

Meine Wange quietscht über den Lack, ich rutsche wieder, meine Hände finden keinen Halt, meine Beine strampeln in der Luft, und ich bereite mich auf eine harte Landung auf dem Asphalt vor.

Der nette Mann fängt mich auf. Er dreht mich um neunzig Grad gegen den Uhrzeigersinn und deutet mit dem Kopf zur Seite. «Hier wohnst du?»

Ich schaue zu unserem Reihenhaus. «Treffer.»

Hinter mir fährt das Taxi mit radierenden Reifen los.

Habe ich bezahlt?

Meine Schulter schleift an der Wand entlang bis zur Tür, leise, meine Eltern schauen sich um diese Uhrzeit immer einen Film an. Endlich, das Türschloss, auf Augenhöhe.

Der Schlüssel fällt mir ein Dutzend Mal aus der Hand, aber die Tür ist ein sicherer Pfeiler, und ich lege mich nicht wieder auf die Fresse.

Gibt es eigentlich einen vernünftigen Grund, warum Schlüssel immer anschwellen, wenn man betrunken ist? Sonst scheinen sie eine Nummer zu klein für das Schlüsselloch, über 2,5 Promille kehrt sich das Verhältnis um. Jemand sollte einen Trichter für Schlüssellöcher erfinden. Was machen die die Dinger auch so klein? Damit keine Besoffenen einbrechen?

Als wir mit der Klasse auf Abschlussfahrt waren, haben wir auch eine Burg besucht. Die Schlüssellöcher dort sahen aus, als hätten die Ritter ihre Streitäxte als Schlüssel benutzt, so groß waren die. Oder waren die dauernd besoffen?

Wieder fällt der Schlüssel runter.

So, jetzt reicht's, ich knie mich hin, ach, nein, ich knie ja schon vor der Tür, na bitte, super, jetzt noch die Stirn gegen die Türklinke lehnen, so geht das schon viel besser, und mit beiden Zeigefingern forme ich gekonnt einen Trichter, an dessen Innenseiten ich den Schlüssel Richtung Schlüsselloch führe. Der erste Landeanflug scheitert, auch die nächsten geschätzten siebzehn. Dann ist er drin. Magisch öffnet sich die Tür, urplötzlich und gänzlich unerwartet, und ich falle wie ein Baum nach vorne, lande auf dem Gesicht und spüre ein Stechen in der Brust.

3. FILMENDEN

Ich wache in meinem Bett auf, Schlaf in den Augen, verschwitzt, alles klebt. Ich muss geschwitzt haben wie ein Schwein. Der Schweiß klebt wie Quark an meiner Wange. Es schmatzt und schnirxt in meinem Ohr. Ich habe einen Geschmack im Mund wie ein Wildschwein. Und es riecht streng säuerlich.

Moment, der Schweiß ist gar kein Quark. Es ist Erbrochenes, ich liege in meiner eigenen Kotze, ich habe mich im Schlaf übergeben. Ich richte mich auf, schaue mir den Schlamassel an.

Etwas fällt aus meinen Haaren auf das Laken. Ein Stück Zwiebel ... Richtig, Gyros Pita war es gestern. Ekelhaft, mein Magen rebelliert, ich muss schwer schlucken. Ich stehe auf, bin nackt, splitternackt.

Am Hals klebt es, in den Haaren, mein rechtes Ohr ist dicht, und es ist auch kein Schlaf, der mir in den Augen klebt. Ich habe nur einen Gedanken: Duschen.

Ich horche an der Tür: alles ruhig. Ich öffne sie einen Spalt, niemand im Flur, ich wiesel zum Bad und schließe ab.

Gerettet.

Vor dem Badezimmerspiegel bremse ich ab und schaue

an mir herunter. Was auf den ersten Blick wie eine dritte Titte aussieht, entpuppt sich als Bluterguss, der Abdruck des Schlüssels, ziemlich direkt über meinem Herz.

Meine Hände zittern, als ich am Wasserhahn drehe, Gesicht nach oben, Augen zu, Augen zu und durch, und eine halbe Flasche Shampoo ins Haar, ins Gesicht, überall, dreimal hintereinander, bis mindestens zwei Hautschichten dran geglaubt haben. So sauber war ich noch nie, aber vorher bin ich auch noch nie so schmutzig gewesen.

Das Handtuch um mich geschlungen, ziehe ich mich wieder in mein Zimmer zurück. Es stinkt wie bei einem Gorilla zwischen den Beinen. Ich reiße das Fenster auf und versprühe mein Deo im Zimmer. Partikelwolken wabern im lauen Luftzug. Am Fenster schnappe ich nach Luft, ziehe mich an, schnappe wieder nach Luft, wickele das gesamte Bettzeug im Laken ein, schnappe nach Luft und verlasse mein Zimmer, während ich den riesigen Bettklumpen am Knoten von mir halte, als hätte da ein Nilpferd reingeschissen.

Selbst das würde besser riechen.

«Mum», sage ich so hoch, wie es meine zerschossenen Stimmbänder zulassen. Ich sage Mum und Pa, seit ich Simpsons gucke. Sie mögen es nicht, sie mögen auch die Simpsons nicht mehr, seit ich sie so nenne.

Mum sitzt auf der Wohnzimmercouch und wischt über ihren iPad. Pa liest in seinem neuen E-Reader. Zumindest tut er so. Frührentner, seit einem Jahr, Burn-out, Depression. Die Jahre bis zur Entscheidung waren die Hölle. Kuren, Ärzte, Einweisungen und Tabletten. Jetzt haben die Ärzte seine Stimmungsschwankungen im Griff.

Mum arbeitet seit einem Jahr halbtags in der Nachmittagsbetreuung der Grundschule. Das würde mir im Traum nicht einfallen, mir das Geplärre der Hosenscheißer anzuhören. Jojo hat eine kleine Schwester, die ist lauter als die Feuerwehr, wenn die Tankstelle brennt.

Keiner sagt was, keiner traut sich.

Ich lehne am Türrahmen. «Ich habe mein Bettzeug in den Keller gelegt, war ein bisschen dreckig.»

Pa raunzt: «Hast du da reingeschissen?»

Mit den Stimmungsschwankungen im Griff meinte ich: im Griff auf einem konstant gereizten Niveau. Dafür schwanken sie nicht mehr.

«Gero!», ermahnt ihn Mum.

«Seine anderen Muskeln hatte er gestern Abend ja auch nicht mehr unter Kontrolle. Da würde mich das nicht wundern.»

Mist, sie haben mich gestern gesehen.

Mum ergreift für mich Partei: «Basti hat einen über den Durst getrunken.»

«Die Frage ist, einen was? Einen Drogencocktail?»

«Gero.»

«Ist doch wahr. – Und? Hast du reingeschissen?»

«Nein.»

«Reingekotzt?»

Er schaut mich an.

Ich voll das Pokerface.

«Siehste, Annette, alles vollgekotzt hat er.»

Sein E-Reader fliegt auf die Couch.

«Ich habe ein bisschen gespuckt ...»

«Vollgekoddert!»

Mum legt das iPad auf die Tischplatte und richtet es parallel zur Tischkante aus.

«Du warst gestern Abend sehr betrunken», sagt sie.

«Das war doch nicht nur Alkohol», sagt Pa und schlägt ein Bein übers andere.

Da hat er sogar recht. Jojo und ich haben zwischendurch noch einen Stick gerollt, oder zwei, aber jetzt sofort alles zuzugeben wäre fatal. Die Fukushima-Taktik ist da besser, die haben auch nicht gleich gesagt, wie schlimm es wirklich ist, sonst wäre Panik ausgebrochen. Panik brauche ich jetzt nicht.

«Besonders spät warst du nicht zu Hause. Wie war denn die Abschlussfeier?»

«Okay», sage ich zu Mum, obwohl Jojo und ich es gar nicht bis dahin geschafft haben.

Pa räuspert sich und sagt ernst: «Das mit Thailand kannste vergessen.»

«Was?»

Er meint damit die Flugreise, die sie mir versprochen haben, wenn ich die Schule schaffen würde. Das sah vor zwei Jahren nämlich gar nicht danach aus.

«Nach deinem Auftritt gestern Abend!»

«Wieso?»

«So geht's nicht weiter.»

«Tut es ja auch nicht», bemerke ich schlau.

«Schon, wenn wir dich nach Thailand fliegen lassen.»

«Der Flieger geht nächste Woche.»

«Stimmt, aber ohne dich. Wir haben das Ticket schon storniert.»

«Was?»

«Du hast richtig gehört.»

Mum schaltet sich ein: «Wir sind deine Eltern, wir haben Verantwortung. Verantwortung, die du noch nicht übernehmen kannst, wie du gestern gezeigt hast. Was soll denn das geben mit dir in Thailand? Discos und Partys, da kommst du unter die Räder.»

«Das können wir nicht zulassen», ergänzt Pa.

«Pa!»

«Wir haben dich lieb.»

Dann sag das doch mal direkt und nicht immer nur als Totschlagargument.

«Da werden wir dich nicht alleine in den Partyurlaub schicken. Wir wissen auch, was da los ist, in Thailand. Das kommt nicht in Frage. So kann man sich eben nicht gehenlassen, schon gar nicht in einem fremden Land, und erst recht nicht in Thailand», erläutert Pa.

Ich schaue Mum an, die wieder ihr iPad anstarrt. Sie nickt.

«Das kommt nicht wieder vor», versuche ich einzulenken.

«Das hast du das letzte Mal auch gesagt», meint Pa.

«Das war ein Polterabend!»

«Von fremden Leuten!»

«Aus der Nachbarschaft.»

«Sechs Straßen weiter? Red keinen Mist. So geht das nicht.»

«Ihr habt es versprochen.»

«Du hast uns auch schon viel versprochen.»

«Ich bin jung ...»

«Genau, zu jung.»

«Ich bin 18!»

«Seit dreißig Tagen!»

«Zu jung im Kopf, deswegen geht es eben nicht», schaltet sich Mum ein.

Und ich hatte schon allen meinen Kumpels Bescheid gesagt, ich würde ihnen aus Thailand simsen.

«Du brauchst Struktur.»

«Ich brauche Thailand!»

«Nein, und Schluss.»

«Ihr habt euch das schon alles fertig ausgedacht, stimmt's?»

«Wir hatten gestern Abend, nachdem wir dich reingelassen haben, genug Zeit. Schlafen konnten wir ja nicht.»

«Wir machen uns Sorgen», setzt Mum hinzu.

«Entschuldigung», sage ich, das passt gerade irgendwie, «versprochen habt ihr das.»

Sie nickt, die Lippen zusammengepresst, Achselzucken von Pa.

Ich flüstere: «Das war ein Jahr, nachdem ...»

«Du hängengeblieben bist», vollendet er meinen Satz.

Danach hatten sie mir aus Angst um meine Zukunft die Reise in Aussicht gestellt, eine Reise, wohin ich wollte, wenn ich die Schule schaffen würde, und ich wollte nach Thailand.

Jojos großer Bruder war da gewesen und hatte uns die geilsten Geschichten erzählt. Partys ...

«Ja, Basti, ja», sagt meine Mutti, «Aber du musst uns auch verstehen, wenigstens ein bisschen. Wie stellst du dir das vor? Da unten gibt es noch ganz andere Drogen, Marihuana! Und die schmeißen dir Tabletten in die Cola. Du musst viel vorsichtiger sein, als du bist.»

Instinktiv will ich sagen, dass das hier nicht anders ist, das weiß jeder aus meiner Klasse, jeder in meinem Alter, der nicht ganz abgestumpft ist, nur meine Eltern haben keine Ahnung. Kam wohl noch nicht in einer Talkshow.

«Ich verspreche euch ..., und deswegen darf ich nicht reisen?»

«Doch, doch, doch, ach so, du dachtest, du müsstest zu Hause bleiben. Nein, nein! Reisen darfst du.»

«Aha? Und?»

«Du brauchst ein bisschen mehr Struktur, Sinn.»

«Sinn? Strukturen? Wo soll ich hin?», frage ich und denke, die glotzen zu viel Fernsehen. «Schickt ihr mich zu den strengsten Eltern der Welt?»

Pa klatscht in die Hände. «Gute Idee! Damit machen wir sogar Geld. Sollen wir?»

Mum wischt über ihr iPad und zeigt mir das Display. Eine Fahne ist zu sehen mit zwei roten Balken links und rechts und etwas Rotes in der Mitte. Vielleicht hat sich das Bild nicht mit dem Display gewendet, dann könnte es Österreich sein.

Ich spreche es aus, als hätte mir jemand eine Bowlingkugel in den Bauch geworfen.

«Richtig!», jubelt Pa los, «Österreich, ja, Österreich, die Steiermark, sechs Wochen Almhütte, alleine, nur du und ein Spiegel, Dummheit muss bestraft werden, so kommen wir auch bedeutend billiger weg, mit Österreich.»

Mum schüttelt den Kopf, ich soll nicht auf ihn hören. Ich schaue genauer hin. Zwischen den roten Balken ist ein rotes Hanfblatt. Äh, nein, ein Eichenblatt.

«Ka-na-da?»

«Ja-ha-ha!», echot Pa.

Eishockey, Schnee, Bären und ein paar bärtige Baumfäller.

Und Mum lächelt.

«Was soll ich denn in Kanada?»

Pa zeigt mit dem ausgestreckten Arm auf mich und schaut Mum an. «Da! Präg dir das Bild gut ein. So sieht echte Dankbarkeit aus! Wir beide sollten Urlaub machen, irgendwo, zwei Wochen, das haben wir uns verdient. Nicht er!»

«Wir haben uns etwas Besonderes für dich ausgedacht», sagt Mum.

«Gestern Nacht?»

«Ja.»

«Wollt ihr nicht noch mal drüber schlafen?»

Ein gemeinsames «Nein!».

«Kann ich noch die Reiermark wählen?»

«Nein», sagt Mum.

«Doch», korrigiert Pa.

«Echt?»

«Nein.»

«Kanada.»

Jetzt nicken beide. Sie sind sich sicher, Kanada oder nichts, kein Verhandlungsspielraum. Nur Weite und Leere und Hinterwäldler. Oder?

Und ich frage: «Oder bin ich doch in einer Fernsehshow?»

«Negativ», sagt Pa.

«Warum dann Kanada? Das ist doch kein Sommerurlaub!»

Mum übernimmt das Wort: «Einen Sommerurlaub haben wir dir auch nicht versprochen, obwohl ... es ist ja Sommer in Kanada. Aber vor allem war noch ein Platz frei in einem Sprachprogramm.»

«Ein Sp... du machst Witze! Das ist ein Scherz, oder?»

«Crashkurs Englisch, in vier Wochen hast du den Abschluss. Das ist gut für deine Zukunft.»

«Ich will was Gutes für meine Gegenwart!»

«Das ist Englisch auch», sagt Mum.

«Lernen?»

«Ja.»

«Im Urlaub?»

«Du bist ja in Kanada.»

«Aber in einer Schule», maule ich.

«Nur sechs Stunden.»

«Sechs Stunden lang?»

«Und dann ist Pause, danach nur noch zwei Stündchen am Nachmittag.»

«Aaaah, was soll ich denn ...»

«Strukturen», mischt sich Pa ein.

Bye-bye, Thailand. Kein Strand, kein ... mir fällt was ein: «Kanada muss doch teurer sein als Thailand. Wir hatten doch ein Budget ausgemacht für den Urlaub, mit Taschengeld.»

Pa streicht sich die Hose glatt. «Dann lebst du eben bescheidener.»

Sie hatten heute für alles eine Antwort. Die Gehirnzellen, die ich gestern getötet habe, scheinen bei denen nachgewachsen zu sein.

«Ich soll nur atmen und lernen?»

«Für das Essen reicht es auch noch.»

«Und wenn ich abends mal ...»

«Was?»

«Spaß?»

«Dann geh spazieren. Soll schön da sein. Ich selber war ja noch nie da. Oma und Opa waren nicht so blöde wie ich und deine Mutter.»

Der Esel immer zuerst.

Apropos Esel. Ich bin volljährig. Die zwei können mich nicht einfach irgendwohin schicken. Gegen meinen Willen.

Ich schnippe mit den Fingern. «Moment mal!»

«Jetzt kommt's», sagt Pa.

«Ich bin 18.»

«Hurra.»

«Was ist, wenn ich nicht mitmache, ich will da nicht hin.»

«Dann eben nicht.»

«Wie? Das war's? So einfach?»

«Ja, dann bleib eben zu Hause.»

«Wie, zu Hause?»

«Zu Hause wie Rasenmähen, Autowaschen, gemeinsame Mittagessen, Verwandtenbesuche, Museumsbes...»

«Aber meine Reise?»

«Das ist sie. Nur die, oder keine.»

«Kanada oder keine?»

«Genau.»

«Und wenn ich selber irgendwo anders hinwill?»

«Du bist 18.»

«Ja.»

«Volljährig!», sagt er mit wachsender, gespielter Begeisterung.

«Ja.»

«Und pleite!»

Das hatte er also im Sinn.

«Stimmt», gebe ich zu.

Mum schaltet sich wieder ein: «Wenn du ein bisschen gespart hättest, dann ...»

«Auf den Satz hast du 18 Jahre gewartet», werfe ich dazwischen.

«Den Satz habe ich monatlich angebracht, sobald du dein Taschengeld verplempert hast.»

«Ich hätte ihm ja nix gegeben», grunzt Pa.

Ich sage: «Ich stehe hier, tu nicht so, als ...»

Er redet weiter: «Hättest eben jobben sollen! Als ich so alt war wie du, hatte ich zwei Aushilfsjobs, zwei!»

«Damit, wenn ich so alt bin wie du jetzt, ich auch so...», aber ich beende ich meinen Satz nicht, und wir gucken alle in verschiedene Himmelsrichtungen. Beinahe hätte ich das Falsche gesagt.

Kanada. Kanada ist doch groß.

«Wo denn überhaupt?»

Shit, die Frage kommt einer Kapitulation gleich.

«Vancouver.»

Mein Flug nach Phuket sollte eigentlich um 10 Uhr 30 am Freitag gehen. «Wann?»

«Am Montag.»

«Diesen?»

«Du hast drei Tage zum Packen, das reicht. Pack was Warmes ein, die Nächte sollen kalt sein.»

Schwindel. Nicht vom Alkohol.

«Und wo wohne ich, in Vancouver?»

«Jugendherberge, gleich gegenüber von der Schule, die sind daran angeschlossen, alles gut organisiert.»

«Einzelzimmer?»

«Klar.»

«Okay.»

«Mit Blick aufs Meer», sagt er.

«Wenigstens etwas.»

«Zimmerservice, Minikino und Yakuzzi auf der Terrasehehehehe ...», Pa kann sich gar nicht mehr halten vor Lachen. So habe ich ihn schon lange nicht mehr lachen gehört.

Verarscht, ich werde verarscht vom eigenen Fleisch und Blut.

«Jetzt guck nicht so», sagt er: «Was glaubst du denn? Mehrbettzimmer natürlich. Kanada ist teuer. Vierbettzimmer, alles Schüler.»

«Wird bestimmt ganz toll», meint Mum.

«Ganz bestimmt. Die Schule kostet doch auch!»

«War ein Sondergebot, Last Minute, jemand war abgesprungen.»

«Ich frage mich bloß: warum?»

Pa steht auf. «Ich kann mir das nicht mehr länger anhören, ich wünschte, ich hätte so was zum Schulabschluss bekommen.»

Er marschiert an mir vorbei in die Küche.

Und Mum sagt: «Es ist zu deinem Besten.»

«Das Schlimmste passiert, wenn Menschen für einen das Beste wollen.»

«Ach, Basti.»

«Ach, Mum. Sorry, wegen dem Bett.»

«Kann man ja waschen.»

«Bei 1000 Grad.»

Sie lächelt.

Mir fällt mein Führerschein ein: «Was ist mit meinem Führerschein?»

«Alles wie gehabt.»

«Wenn ich wiederkomme, dann mache ich als Erstes den Lappen?»

«Ja.»

Wenigstens etwas. Ich wollte während der Schule anfangen, aber ich durfte nicht wegen der Konzentration.

Rational ist mir klar, dass alte Menschen auch mal jung

waren, aber manchmal zweifele ich daran. Oder hatten sie schlichtweg vergessen, wie das ist? Gut, ich bin auch volljährig, aber noch nicht 21, bis dahin wächst mein Hirn noch. Werde ich das bis dahin vergessen haben? Wie sie?

Das Telefon klingelt, Pa geht ran und ruft mich: «Basti, für dich, dein zukünftiger Zellennachbar.»

Ich habe das Telefon mit in mein Zimmer genommen und stehe am Fenster.

«Warum rufst du mich nicht auf meinem Handy an?»

«Weil ... Mann ... gestern ... das liegt doch in Einzelteilen da, wo du abgekackt bist.»

«Wieso? Was? Mein iPhone?»

«Was weiß ich, wieso. Weil du zu doof bist. Als ich vom Pissen zurückkam, lagst du in den Büschen und dein Handy in Trümmern.»

«Was? Oh Shit, Shit, Shit.»

Ich versuche, mich zu erinnern. Nichts. Jojo klingt aber nicht so, als hätte er die Geschichte gerade erfunden, und mein iPhone ist nirgends zu sehen, nur das Ladekabel. Mein Magen krampft sich zusammen. Meinen Eltern brauche ich davon gar nichts zu erzählen, bei der Stimmung würde ich sowieso kein neues bekommen.

«Shit, hast du an die Speicherkarte gedacht?»

«Wie denn? Du hast mich genug beschäftigt.»

«Shit», sage ich und denke an all die verschwundenen Fotos und Videos, auch von Ella, und mein Herz sticht.

«Wie bist du heute aus dem Bett gekommen?», fragt er.

«Blendend, und selber?»

«Geht so. Hast du performt?»

«Ich doch nicht. Mein Magen kann alles ab.»

«Der Taxifahrer wollte dich gar nicht mitnehmen.»

«Taxi?»

«Hah! Sag bloß, du weißt das nicht mehr!»

«Doch, doch, ich habe mir ein Taxi gerufen, weil ...»

«ICH, Alter, ich habe das Taxi gerufen! Für dich, du warst ja völlig fertig. Der Schüttler hat die Hände über dem Kopf zusammengeschlagen.»

«Der Schüttler? Wie in: der Schüttler, unser Schuldirektor?»

«Ja!»

«Der kam bei uns in der Kurve vorbei?»

Jojo lacht schallend. «Hör auf.»

Er lacht weiter, hält sogar den Hörer weg, denn er klingt leiser.

Ich rufe: «Was? WAS?»

«Alter, auf der Abschlussfeier!»

«Du warst da?»

«Wir waren da.»

«Ich ...?»

«Ich habe dich hingeschleppt. War keine gute Idee, gebe ich zu.»

Sosehr ich mich auch anstrenge, es taucht kein Bild von der Abschlussfeier in meinen Erinnerungen auf.

«War Ella da?», frage ich vorsichtig.

«Alle waren da. Und alle haben dich gesehen. Unvergesslich.»

«Erzähl.»

Mir wird flau im Magen.

«Gleich, wenn du da bist.»

«Wo?»

«Hier!»

«Wo ist hier?»

«Die Penne.»

«Wozu?»

«Dein Zeugnis!»

«Mein ...»

«Müssen wir heute abholen, also, ich habe meins schon, du kannst noch, bis 12 Uhr.»

Ein Blick auf meinen Digitalwecker: 11:33 Uhr.

«Ich konnte mir nicht vorstellen, dass du eher hier bist als ich, und da dachte ich, rufst du ihn mal zu Hause an.»

«Ich glaube, das lasse ich mir zuschicken.»

«Ich glaube, das kannst du vergessen. Der Schüttler hat es gestern extra noch einmal durch die Lautsprecheranlage geplärrt. Man muss es persönlich abholen, weil man es ansonsten nur über einen Gerichtsfirlefanz bekommt.»

11:34 Uhr.

«Wozu?»

«Es geht wohl darum, dass man sonst zu früh in den Urlaub fährt. Hey, nächste Woche Bangkok, Mann!»

«So ähnlich. Wo? Wo kann ich den Wisch abholen?»

«Raum 301.»

4. HYPERVENTILIEREN VORM REKTOR

Das Gehen fällt mir schwer. Zu heftig hatte ich in die Pedale getreten, um noch rechtzeitig in der Schule anzukommen. Schwindel, Sterne und Ganzkörperschweißausbruch an einem 18 Grad kalten Sommertag. Das T-Shirt klebt an meinem Oberkörper. Und seit ich das Fahrrad abgestellt habe, grüßt mich jeder Schüler, an dem ich vorbeigehe. Bis heute, oder soll ich besser sagen: bis gestern, war ich noch nicht so bekannt an der Schule. Man grüßt mich mit Augenzwinkern, Daumen hoch, grinsend, klatschend und mit Kommentaren, von denen «Na? Auferstanden von den Toten?» noch der freundlichste ist. Mich müssen gestern wirklich alle gesehen haben.

Ich wünschte, ich hätte mich auf der Herfahrt nicht so verausgabt. Ich muss aussehen wie ein Junkie auf Drogenentzug, und wahrscheinlich stinke ich nach Gin und Bier, durch Hautporen gepresst.

Vor Raum 301 warten Jojo, Mezut und David auf mich, alle mit Zetteln, ihren Zeugnissen in der Hand. Sie brüllen los, als sie mich sehen.

Schulterklopfen.

«Leise. Keine Zeit», sage ich. «Psst», zische ich noch mal

und lege den Zeigefinger auf meine Lippen, damit sie leise sind, wenn ich die Tür aufziehe.

Aber da wird die Tür schon von innen geöffnet.

Der Schüttler steht mit der Aktentasche unter dem Arm im Rahmen. «Ich wollte gerade gehen.»

Meine Kumpels fallen auf den Boden vor Lachen. Ich nehme den Finger von meinen Lippen.

«Nicht so albern, Jungs», sagt er, aber sie hören nicht. Wozu auch, die haben ihre Zeugnisse schon. Dann geht er wieder ins Büro, und ich folge ihm.

«Tür zu», sagt er, ohne mich anzuschauen, als hätte ich die nicht auch so zugezogen.

Wir setzen uns.

«Ich will Sie gar nicht lange aufhalten, ich wollte eigentlich nur ganz kurz mein Zeugnis ...»

«Sebastian.»

«Ja.»

Meine Beine und Hände zittern, Schweiß läuft an meinem Hals herab. Ich blinzele, Sterne explodieren zwischen uns, oh Mann, jetzt nicht noch bewusstlos werden. Erst brauche ich das Zeugnis, dann kann ich umkippen. Ich ziehe die Lippen ein, sie sind kalt, und es schmeckt salzig. Schweiß. Von draußen dringt das Gelächter meiner drei Kumpels herein, wie drei Trolle in einem Horrorfilm.

«Dein gestriges Verhalten ist eines jungen Mannes nicht würdig. Und der bist du jetzt.»

Na, da hätten Sie mich heute Morgen erst mal sehen sollen, als ich aufgewacht bin.

«Was hast du dazu zu sagen?»

Gib mir endlich mein Scheißzeugnis.

«Entschuldigung. Kommt nie wieder vor.»

«Den letzten Satz kannst du dir sparen. Du verlässt die Schule, der Satz hat dir all die letzten Jahre geholfen, jetzt nicht mehr.»

«Entschuldigung.»

«Das sagtest du schon. So betrunken, dass du auf dem Boden herumgerollt bist.»

Mehr Sterne explodieren. Das Zeugnis, das Zeugnis.

Und er redet weiter. «Wie ein neugeborenes Tier. Wissen deine Eltern davon?»

«Sie haben davon erfahren.»

«Oder soll ich sie anrufen?»

Mach, was du willst, gib mir nur mein Zeugnis. Ich wische mir mit den Händen den Schweiß aus dem Gesicht.

«Nicht nötig», sage ich.

Er fischt mein Zeugnis aus seiner Tasche und legt es vor sich auf den Tisch.

Schieb den Schein rüber!

«Was machst du an der Tischkante?», fragt er.

Ich gucke auf meine Hände. Ich halte mich an dem Tisch fest, die Knöchel weiß, ich lasse los, zwei Schweißabdrücke auf dem Holz. Sterne, Sterne, Sterne.

Er beginnt mit einer Ansprache, die ich nicht mitkriege. Nur Wortfetzen schaffen ihren Weg durch meinen Supernova-Sternenhimmel: Moral, Anstand, Zukunft, Verantwortung.

Plötzlich Stille.

Er guckt mich an.

«Ja, danke», sage ich.

«Und? Das ist alles?»

Ich könnte jetzt noch vom Stuhl fallen, kollabieren, die müssten einen Krankenwagen rufen.

«Mehr habe ich nicht zu bieten.»

«Menschenskind. Was kommt denn nach der Schule bei dir?»

«Weiterbildung.»

Er runzelt die Stirn.

«Sprachkurs, Englisch, Vancouver, Kanada. Ab Montag. Kann ich bitte mein Zeugnis haben, bitte.»

«Gut für dich. Ich meinte aber eher Ausbildung oder ...»

«Ausbildung, ja, Ausbildung, bei Dießler, kaufmännische Ausbildung, ab 1. September, neun Uhr morgens, ich freue mich schon, ja, bitte, das Zeugnis, bitte?»

«Ja.»

Ich wage gar nicht erst zu warten, bis er es herüberschiebt, und patsche meine Hand drauf. Zu greifen brauche ich es nicht, es klebt auch so an meiner Hand fest. Mein Schweiß ist Sirup, purer Alkoholzucker.

«Danke, danke, für alles», sage ich und stehe rasch auf, weil er schon wieder den Mund öffnet, um etwas zu sagen.

Einhändig presse ich mein Zeugnis an die Brust, weil meine zittrigen Hände es sonst zerrissen hätten. Und dann dreht sich alles, und die Topfpflanze am Boden neben dem Kopierer rast auf mich zu.

Für einen Moment ist alles dunkel.

Gleißend helles Licht weckt mich auf. Aus den Augenwinkeln sehe ich den Kopierer neben mir liegen, die Klappe offen, das Glas an meiner Wange, und die Lichtwalze rollt an meinem Gesicht vorbei, die Topfpflanze über mir.

«Sebastian!»

«Jo, jo, jo, alles klar, kein Problem, Entschuldigung, ich bin unverletzt, nichts passiert, schicken Sie die Rechnung nach Hause, wir sind versichert, kein Problem, auf Wiedersehen.»

Ich rappele mich hoch, schnappe mir mein Zeugnis und flüchte aus dem Büro.

«Junge!»

«Tür zu, ich weiß, schöne Ferien!»

Ich schließe hinter mir die Tür, schaue meine Kumpels an.

Jojo fragt: «Was war das denn für ein Krach?»

«Weg hier.»

Wir rennen die Treppe runter, während hinter uns der Schüttler meinen Namen brüllt. Wir laufen die Flure entlang, raus, über den Schulhof, und mein Herz schlägt wild.

Erst neben den Fahrrädern lassen wir uns außer Atem auf die Mauer fallen.

«Alter, was ist los?», fragt Jojo.

«Egal, Hauptsache das Zeugnis!», sage ich erleichtert und drehe die Seite um, und ein aufgerissenes Auge meiner verzerrten Fresse glotzt mich an wie eine atomar verseuchte Tiefseekreatur, die Wange weiß, der Mund halb offen, die Nase schief. Ich halte das Produkt meines Unfalls in den Händen, die Fotokopie, nicht mein Zeugnis.

«Shit.»

Jojo springt auf. «Eh, Mann, was hat der Schüttler mit dir da drin gemacht? Den müssen wir anzeigen!»

«Ich weiß nicht.»

Die Eingangstür wird aufgestoßen, Schüttler stampft zu uns herüber. Meine Kumpels kuschen, wohnen dem Schauspiel bei.

Wortlos reicht er mir mein Zeugnis, und ich gebe ihm meinen Zettel.

Er wirft einen Blick drauf. «Ach, was soll ich denn damit?»

Stimmt, darüber hatte ich mir überhaupt keine Gedanken gemacht. In dem Moment schien ein Tausch nur fair.

Entgegen der Schulregel wirft er die Kopie achtlos auf den Boden.

«Deine Eltern hören von der Schule, wenn wir den Schaden beziffern können.»

Ich nicke und nicke, das Zeugnis fest an meine Brust gepresst, nicke und nicke.

5. ZWISCHENWELT

In meinem Zimmer riecht es wie im Puff. Nicht dass ich wüsste, wie es in einem Puff riecht, aber so stelle ich es mir vor. Immerhin habe ich mein Zeugnis, meinen Schulabschluss, und ein Flugticket. Zwar nicht nach Thailand, aber immerhin weg von hier.

Nur der Sprachkurs stört. Kanada alleine wäre schon Strafe genug gewesen. Winterurlaub im Sommer. Super. Mit dem Finger flitsche ich einen Krümel vom Schreibtisch. Er prallt von meiner Akustikklampfe ab. Nichts Besonderes, ein Anfängerinstrument. Ich wollte mal Gitarre lernen. Für ein paar Griffe hatte es gereicht, dann war Schluss.

Vielleicht sollte ich sie mitnehmen, eine Stofftasche dafür habe ich auch, die liegt oben auf dem Schrank. Dann habe ich nach dem Sprachkurs wenigstens was zu tun, Handyspiele zocken fällt ja flach. Ich darf auf keinen Fall meinen MP3-Player vergessen.

Mann, mein iPhone, eine teure Abschlussfeier. Die Fotos und Videos mit Ella, Tränen steigen mir in die Augen, als wäre es erst jetzt endgültig vorbei.

Ich packe noch am gleichen Tag und bin froh darüber, denn die nächsten dreißig Stunden habe ich einen Hangover XXL. Bis Sonntagnachmittag. Rechtzeitig zum gemeinsamen Abendessen beim Griechen bin ich wieder fit. Und hungrig! Ich esse so viel, danach kann ich kaum schlafen, vielleicht bin ich auch etwas nervös, ist immerhin mein erster Interkontinentalflug.

Aber erst muss ich zum Flughafen. Die Fahrt ist so hektisch wie immer. Ich weiß nicht, aber ich bin noch nie entspannt zum Flughafen gekommen. Ich komme entspannt zum Zahnarzt und zu einer Prüfung, wahrscheinlich komme ich auch mal entspannt zu meiner Hinrichtung, entspannt zum Flughafen komme ich allerdings nie.

Wir gehen direkt zum Check-In, wo wir uns voneinander verabschieden, derart kurz, als hätten es meine Eltern so eilig wie ich, aber nicht ohne den Hinweis, ich solle direkt anrufen, wenn ich da wäre, die Telefonkosten von meinem iPhone wären all-inclusive in meiner Reise.

Wenn ich Heimweh hätte, Probleme, oder auch nur einfach so, ich könne sie Tag und Nacht anrufen.

Na? Wer wird hier wen vermissen?

Und auch diesen Moment halte ich für keinen guten Zeitpunkt, meinem Absturz mit der iPhone-Geschichte die Krone aufzusetzen.

Meine Gitarre in der Stofftasche bleibt bei mir. So könne ich die nicht auf das Band legen, meint die nette Dame, aber vielleicht würde jemand an Bord ein Plätzchen dafür finden, ich solle direkt beim Betreten der Maschine eine Flugbegleiterin ansprechen.

Und so trage ich meinen kleinen Rucksack über meiner Schulter und abwechselnd mal in der linken und mal in der rechten Hand die Gitarre, während ich entlang der klinisch reinen Geschäfte zu meinem Gate marschiere. Dazu Gossen Posse in voller Lautstärke über die Ohrenstöpsel, *Falsche Versprechen ziehen mir ins Gesicht, falsche Versprechen brechen über mir ein, Freund rät mir nichts, dir nichts ...* So wird meine Welt zum Videoclip.

Ich lande in Amsterdam zwischen und überlege, ob es machbar ist, in den drei Stunden Aufenthalt kurz in die Stadt zu fahren.

Mein Funken gesunder Menschenverstand votet dagegen.

Stattdessen hocke ich mich auf ein breites Fensterbrett mit Blick auf ein Flugzeug der KLM und klimpere meine drei Griffe auf der Gitarre rauf und runter. Das hat was.

Ein Junge im Rollstuhl hält neben mir und sagt: «Spiel mir ein Lied, ein Lied, das ich kenne, bitte-bitte-bitte ...»

«Sorry, ich habe grade erst angefangen, ich kann nur drei Akkorde.»

«Dann bist du ja gar kein richtiger Gitarrenspieler!», sagt er, als spucke er vor mir aus.

«Das habe ich auch nie behauptet», aber da rollt er schon weg.

Ein paar Minuten später sehe ich ihn ein weiteres Mal, wie er hinter einem Freund herrennt.

Ich rufe: «Hey, du bist ja gar nicht querschnittsgelähmt!», und ernte wütende Blicke von Reisenden.

Der Junge zeigt mir seinen Finger.

6. EIN SACK GELD

«Wollen Sie arbeiten?» Die mürrische Zöllnerin bohrt ihren Blick über die Kanten ihrer Halbrandbrillengläser in meine unschuldige Seele.

Also, wenn ich ehrlich bin, Dießler hin, Dießler her: «Ich wollte noch nie arbeiten.»

Keine Regung, kein Zucken eines Mundwinkels oder des Augenlides. «Wollen Sie arbeiten? In Kanada?» Gleicher Tonfall.

«Nicht in Kanada, nicht in Deutschland, nicht ...»

«Hier geht's nur um Kanada.»

«Jawohl.» Ich verstehe den Ernst der Lage, nicke kurz.

«Weiter. Sind Sie vorbestraft, oder ist Ihnen ein Verfahren anhängig?»

«Nein. Jedenfalls nicht in Kanada.»

Zwei Stunden später stehe ich endlich an der Bushaltestelle und warte. Etwas weiter sitzt ein Taxifahrer im Gras und trinkt eine Sprite Light.

Es ist warm, ein leichter Wind weht, die Luft riecht, ja, ich kann es nicht anders sagen: erotisch.

Auf meiner schwarzen Hose prangt ein weißer Fleck, er klebt, ich rieche an meinem Finger, Zahnpasta. Schönen Dank an den Zoll. Ich musste etwas Zahnpasta aus der Tube drücken, damit sie mir glaubten, ich hätte keine Drogen oder Sprengstoff da drin. Sobald ich in der Jugendherberge bin, muss ich das auswaschen. Sieht ja peinlich aus.

«Gerade angekommen?», spricht mich ein blonder Einsneunzigmann von der Seite an.

«Ja.»

«Urlaub?»

«'nen Job such ich jedenfalls nicht!»

Er lacht. «Der Zoll?»

«Fast drei Stunden haben die mich da festgehalten und zehnmal dasselbe gefragt.»

«Wo bist du her?»

«Germany.»

«Über Amsterdam geflogen?»

Ich nicke.

«Ich bin aus Holland, und wenn du, jung, einigermaßen lange Haare, schwarze Klamotten und Gitarre über Amsterdam reinkommst, sind die misstrauisch. Wie war der Flug mit KLM?»

«Pfh, mh, ja, normal, du bist auch auf Urlaub hier?»

«Nee, bin wegen der Flugzeuge hier.»

«Man ist meistens wegen der Flugzeuge an Flughäfen!»

«Nee, ist mein Hobby: Flugzeuge. Mit was für einer bist du denn geflogen?»

«Einer was?»

«Einer 737, 747 in der B- oder T-Ausführung oder etwa der Dicken?»

«Keine Ahnung.»

Er lässt den Kopf hängen. In seinem Gesicht steht die Enttäuschung über so viele wunderblinde Mitmenschen geschrieben, sein aufgestautes Unverständnis über deren Unfähigkeit, die Errungenschaften der Luftfahrt nicht angemessen würdigen zu können.

Ich hätte ihm wirklich gerne Auskunft gegeben.

«Tja», sagt er, den Blick gen Himmel gerichtet, seine Wangenmuskeln angespannt, verbittert, doch im nächsten Moment hellen sich seine Gesichtszüge auf, und leise schiebt er hinterher: «Fucker!»

Wie nennt der mich? Ich stelle meinen kleinen Rucksack auf den großen, der um einiges größer ist als ich. «Hör mal, ich hoffe, du nimmst das jetzt nicht persönlich, wenn ich das nicht weiß?»

«Da. Die Fokker F, römisch zwei. Guck mal.»

Ich gucke.

Irgendwie holpert es zwischenmenschlich seit meiner Ankunft in Kanada. Und das hat nichts mit meinen Englischkenntnissen zu tun. Im Bus Richtung Vancouver Zentrum setzt sich das fort. Man sollte meinen, da kann man eigentlich nicht viel falsch machen.

Ich reiche dem versoffen aussehenden Busfahrer meine Zehndollarnote.

«Nein. Die Einsfünfzig müssen passend sein. Kein Wechselgeld!», winkt er ab.

«Ich bin gerade gelandet. Ich habe kein Kleingeld.»

«Warum hast du drinnen im Flughafen kein Kaugummi gekauft?»

«Der Shop hatte zu, nachdem eine Zöllnerin zwei Stunden lang eine Art Intelligenztest mit mir gemacht hat.»

«Dann guck, ob einer der anderen Gäste wechseln kann.»

Der Mann fährt los.

Außer dem flugzeugverrückten Holländer sitzt niemand in dem Bus.

Ich gehe zu ihm rüber. «Kannst du das wechseln?», ich hebe den Schein hoch.

«Nein, aber warte ...» Er kramt in seiner Innentasche. «Ich geb dir das, das kannste haben.» Er reicht mir einen Plastikbeutel mit Kupfermünzen. Auf der durchsichtigen Folie steht mit Edding geschrieben: *1,58*.

«Geschenkt?» Ich wanke, der Bus fährt ziemlich flott.

«Klar.»

«Danke. Ist das auch eines deiner Hobbys?»

Wahnsinn, denke ich, ich checke das total mit Englisch. Ich quatsche gleichzeitig mit einem kanadischen, schlechtgelaunten Busfahrer und mit einem irren Holländer, und ich habe alles im Griff. Ich weiß nicht, warum das so ist, aber die ganzen Jahre Englischunterricht waren wohl nicht ganz umsonst.

«Nein, die Dinger wirst du hier nirgends los.»

Wie? Geld wird man hier nicht los? Na, ich will ihn nicht umstimmen.

«Tausend Dank.» Ich hangele mich entlang der Haltestangen zum Fahrer, halte den Beutel mit zwei Fingern in sein Sichtfeld. «Geht Kleingeld?»

«Schmeiß rein!»

Na also, nun hat der ganze formelle Kram ein Ende. Ich überlege kurz, ob ich abzählen soll, verwerfe aber den Gedanken, weil es mir zu mühsam ist, bis 150 zu zählen, und so pfropfe ich das Säckchen durch den Trichter in die Box mit den Sichtfenstern, deren Boden übersät mit Kleingeld ist. Dumpf trifft der Beutel auf die Münzen.

Der Busfahrer tritt auf die Bremse, auf offener Strecke, eine Vollbremsung, ich verliere das Gleichgewicht und lande mit dem Rücken an der Windschutzscheibe wie ein Boxer in den Seilen.

«JA, WO KOMMST DU DENN HER?», brüllt der mich an.

Was hat der denn jetzt?

«Germany», sage ich.

«UND DA WIRFT MAN SEINE PORTEMONNAIES AUCH IMMER MIT WEG?» Er wartet gar nicht auf meine Antwort, die ich auch nicht habe, und er würgt den ersten Gang ins Getriebe, «ODER SEINEN MÜLL, oder was auch immer, nää-nää ... Ehrlich, das muss die Hitze sein heute ...», brabbelt er vor sich hin.

Ich setze mich, und mir fällt ein, dass ich ja nur hätte acht Cent aus dem Säckchen herauszunehmen brauchen.

Außerdem: welche Hitze?

Nachdem ich meine Sachen auf das Zimmer gebracht habe, das sich als Acht-Bett-Zimmer herausstellt, wasche ich mir als Erstes die Zahnpasta aus der Hose. Nun muss ich nur noch einen Föhn organisieren. Hektisch laufe ich die Stufen hinunter zur Rezeption.

«Hey! Hey!»

«Ja?» Die Angestellte der Jugendherberge, Mary, schaut gelangweilt von ihrer Zeitung auf.

Ich lege los, ohne zu überlegen: «Habt ihr ...?», und mir fällt das englische Wort für Föhn nicht ein, also halte ich mir zwei ausgestreckte Finger an die Seite meines Kopfes. «Na!? ... Was ist? Habt ihr so was?»

Sie rollt mit den Augen und sagt langsam. «Was? Etwas, womit du dir den Kopf von den Schultern blasen kannst?»

Hinter mir lachen zwei junge Frauen.

Super, Basti ist angekommen.

Mein Magen zuckt nervös.

7. DIE BRENNENDE UHR

Am nächsten Tag der erste Streifzug durch die große Stadt. In einem schäbigen Internetcafé maile ich meinen Eltern, dass ich gut angekommen bin, poste das Gleiche auf Facebook und sitze danach auf der sonnigen Terrasse eines Diners, wo ich etliche Tassen Kaffee trinke, billig und stark. Ich werde mich erst später bei der Schule melden und es auf den Jetlag schieben.

Ich umrunde eine grüne Halbinsel, auf der es Blumen geben muss, die aphrodisierenden Frauenduft verströmen. Ich habe das Gefühl, noch nie so tief eingeatmet zu haben – außer bei Ella.

Am Strand lehne ich mich mit dem Rücken an einen großen Holzstamm, die hier überall herumliegen. Es ist zu kalt zum Schwimmen, aber auf dem Wasser tanzen die funkelnden Sonnenstrahlen. Das ist mir bisher noch nie aufgefallen. Obwohl ich schon mit meinen Kumpels an Seen war und mit meinen Eltern am Meer. Hypnotisierend. Lange bleibe ich sitzen.

Später spaziere ich durch die Stadt. An einer Ampel spricht mich Shawn an. Der hagere Mittfünfziger mit John-Lennon-Brille steht hinter einem Schachbrett, das auf einem Zeitungskasten liegt. Ob ich für einen Dollar gegen ihn Schach spiele? Wenn er verliert, bekomme ich meinen Einsatz doppelt zurück.

Ich kann zwar Schach spielen, weiß aber nicht mehr, wann ich zum letzten Mal gespielt habe. Schon gar nicht um Geld. Höchstens mal Poker. Ich habe aber nichts vor, und vielleicht vermisse ich auch «Teccyball» auf meinem iPhone, außerdem ist er mir sympathisch, also los.

Um uns herum pulsiert das Leben. Wir beugen uns über das Brett, noch ist nichts entschieden. Meine Befürchtung, ich würde untergehen, bewahrheitet sich nicht, wahrscheinlich ist er auch nur gnädig mit mir.

Freunde von ihm schauen vorbei.

Einer ist in eine hellbraune Mönchskutte gehüllt und verkauft seine gesammelten Weisheiten in selbst zusammengetackerten Heftchen an Passanten. Mich fragt er nicht. Er bleibt neben uns stehen, sein Kinn auf Zeigefinger und Daumen gestützt, die Stirn in Falten gelegt, konzentriert der Schachpartie folgend.

Er flüstert: «Schach ist wie das Leben. Dein Leben ist weiß und dein Schicksal schwarz. Jeder zieht abwechselnd, Zug um Zug, mal liegt das Schicksal vorne, mal das Leben, nur nie aufgeben, Schach lebt von den Fehlern des Gegners. Man muss nur warten können und achtgeben und im richtigen Moment entsprechend reagieren, dann geht jedes Spiel zumindest unentschieden aus.»

Will er mich ablenken? Will er, dass ich verliere?

Alissa vom Schmuckstand neben uns gesellt sich dazu. Londonerin – im Ausland kommen alle Engländer aus

London –, gepierct, tätowiert, verfilzte Haare, große kajalumrundete Augen. «Magst du einen Ohrring kaufen?»

«Nein, danke.»

«Ich hab noch einen Silberturm.»

«Nur weil ich Schach spiele ...»

Plötzlich bremst ein Reisebus neben uns, und GSG-9-mäßig springen vierzig Asiaten heraus, sichern sich gegenseitig mit ihren Kameras, einer brüllt was, alle drehen sich zu einer großen alten Standuhr um, die an einer Straßenecke steht und im nächsten Moment einen Höllenlärm verursacht, ein Pfeifen und Zischen, und nach oben entweicht Qualm, Menschentrauben bilden sich, es wird gefilmt mit Handy- und Videokameras.

«Shawn, jemand sollte die Feuerwehr rufen, die Uhr brennt!», rufe ich, während ich mir ein Ohr zuhalte.

«Der Dampf? Muss so sein, das ist eine Dampfuhr.»

«Aha?!»

«Du hast ... du hast noch nichts davon gehört?»

Die Uhr erstirbt. Das Touristenkommando springt wieder auf, Dieselabgase, und die Menschentrauben verflüchtigen sich.

«Nein, sollte ich?»

«Ja! Das ist *die* Touriattraktion!»

«Eine Touristenattraktion?»

«Und wie!»

«Der Wasserkessel mit Zifferblatt?»

«Ja, der Wasserkessel mit Zifferblatt, wenn du so willst», lacht er, «du bist schließlich in Gastown.»

«Gastown? Ist schon noch Vancouver?!»

«Was ...? Was bist du denn für ein Tourist? Weißt du nix über die Stadt?»

«Noch nicht.»

«Keinen Reiseführer?»

«Nein», ich erspare ihm die Erklärung mit der Sprachschule. Oder will ich mich das selber nicht laut sagen hören?

«Da verpasst du aber 'ne Menge!»

«Was denn? Ich stehe hier mit dir und deinen Freunden bei einer Partie Schach inmitten einer Attraktion. Und das ist mein erster Tag hier! Nicht schlecht, würde ich sagen.»

«Könnte Glück sein.»

Der Mönch beugt sich über das Schachbrett, und mit erhobenem Finger und großen Augen sagt er: «Glück ist das Produkt aus Risiko und Dummheit.»

Shawn setzt mich matt. Er schlägt mir vor, ich solle mir Chinatown anschauen, und zeigt mir die Richtung, in die ich laufen muss.

Die Straßen werden abgefuckter, jede andere Bezeichnung wäre geschmeichelt. Hagere Gestalten, keine Bäume, keine Touris, Müll, aus einem Hauseingang taucht plötzlich ein Skelett vor mir auf, breitbeinig, kann kaum stehen, sagt etwas Unverständliches, Rotz läuft ihm von der Nase in den Mund. Weitere Zombies kriechen aus ihren Verstecken und Grüften, neben mir, hinter mir, und da niemand anfängt, Michael Jacksons «Thriller» zu singen, jogge ich den Weg zurück, Zombieslalom.

«Mann, du warst mitten in der Junkie-Ecke, Mann, Vancouver hat 15000 Junkies, offiziell!» Mein kantiger Bettnachbar in der Jugendherberge sitzt auf seiner Matratze und schüttelt den Kopf.

Ich wollte eigentlich nur schnell die Unterlagen holen und dann doch noch rüber in die Schule, da treffe ich den ersten Mitschüler. Auch die anderen Betten sind besetzt, das sieht man an den Klamotten, nur ist niemand da. Vielleicht sind die anderen direkt zur Schule. Er nicht. Aber sein Englisch ist auch schon ganz anständig.

Ich spreche ihn darauf an: «Viel fehlt dir aber nicht mehr zum perfekten Englisch!»

Er runzelt seine wettergegerbte Stirn. «Danke.»

«Woher kommst du?»

«Hmh, Kitsilano.»

Daher der dunklere Teint?

«Italiener?», frage ich.

«Du bist Italiener?»

«Nee, du!», sage ich.

«Ich? Wieso?»

«Kitsilano hört sich so an.»

«Ist ein Vorort von Vancouver.»

«Du bist aus Vancouver?»

«Ja.»

«Ach, aus dem französischen Teil.»

Er kratzt sich am Kopf, lacht. «Vancouver hat keinen französischen Teil.»

Seine Haut wirft einige Falten, er ist bestimmt schon dreißig.

«Wie lange sprichst du denn schon Englisch?»

«Seit meinem zweiten Geburtstag, schätze ich.»

«Warum dann die Schule?»

«Junge, was für 'ne Schule? Welche Schule? Meinst du das Leben, die Schule?»

«Du gehst doch ... gehst du nicht auf die Sprachschule hier gegenüber?»

«Nein. Wozu? Was ist mit meiner Sprache?»

Nichts, denke ich mir. «In diesem Zimmer sind doch die Schüler untergebracht.»

«Also, ich bin kein Schüler, ich hatte ein bisschen Pech, und mein Vermieter hat mich vor die Tür gesetzt letzte Woche, und so auf die Schnelle habe ich nichts anderes gefunden als das Hostel hier.»

Ich bin auf einem Zimmer mit Obdachlosen.

Ich klopfe auf die Theke, Mary faltet die Zeitung zusammen und schließt für einen Moment die Augen.

«Ja?»

«Ich bin auf dem falschen Zimmer.»

«Dann geh ins richtige.»

«Ich meine, ich bin Schüler der Sprachschule gegenüber!»

«Oh! Ach so!» Sie greift zum Telefon.

Na also.

Ohne zu wählen, spricht sie in die Muschel: «Marc, schmeiß die Queen aus ihrer Suite, wir haben hier einen Schüler der Sprachschule!», dann knallt sie den Hörer wieder auf die Gabel. «Zufrieden?»

Ich versuche es leise, obwohl mir nach laut zumute ist. «Wir Schüler sollen alle in einem Zimmer liegen, in einem Vier-Bett-Zimmer, nicht in einem Acht-Bett-Zimmer mit Obdachlosen.»

«Waren alle voll, belegt, ausgebucht. War kein Bett mehr frei. Ist Sommer! Vielleicht springt einer deiner Mitschüler ab, dann kannst du sein Bett haben.»

«Warum sollte einer abspringen?»

«Was weiß ich. Vielleicht findet er heraus, dass Heavy-Metal-Texte nicht so toll sind, wie er gedacht hat.»

Hervorragend.

8. TURBOENGLISH LTD.

Die Eingangstür des Schulgebäudes hängt locker im Rahmen, hier ist vor kurzem eingebrochen worden. Mein Glück, denn so steht die Tür einen Spalt offen, und weil niemand auf mein Klingeln bei *TurboEnglish Ltd.* reagiert, stoße ich sie auf und marschiere das dunkle Treppenhaus hinauf. Fenster gibt es keine, und der Lichtschalter ist bis zur Unkenntlichkeit verkokelt und festgeschmort.

Auf dem Treppenabsatz im vierten Stock warten bereits ein Dutzend Schüler und Schülerinnen. Keiner sagt etwas, stumm wird meine Ankunft hingenommen.

«Na, wartet ihr schon?», frage ich auf Englisch.

Die eine Hälfte zuckt mit den Schultern, die andere guckt mich nur an.

Ein Asiate in einem Nike-Trainingsanzug fragt mich: «Du Lehrer?»

«Nein.»

«Du Lehrer!»

«Ich nix Lehrer.»

«Lehrer!» Er umarmt mich kumpelhaft.

Einige lachen, zwei klatschen. Erleichterung überall.

Über seiner Schulter sehe ich an der Tür einen Zettel kleben: *Bin in Mittagspause.*

Es ist 15.35 Uhr. Eine Schule, in der Zeit keine Rolle spielt?

Ich frage in die Runde: «Was ist das für ein Scheiß?»

«Lehrer!» Der junge Mann zeigt auf mich.

«Scheiße.»

Alle sagen mehr oder weniger selbstsicher: «Scheiße.»

«Spricht hier irgendjemand Englisch, zumindest ein bisschen?»

Ein Inder mit orangefarbenem Turban kommt auf mich zu und zeigt mir sein Flugticket.

«Was soll ich denn damit?»

Wie lange stehen die hier schon rum? Seit letztem Freitag? Ohne Essen und Trinken bekommt man Halluzinationen.

Ich schaue zwei Frauen an, die europäisch aussehen. «Deutsch? Sprechen Sie Deutsch?»

Sie nicken, haben aber kein Wort verstanden.

Das ist ein Englischkurs für Anfänger, für Zweijährige, was soll ich hier? Das halte ich keine vier Wochen aus, keine acht Stunden am Tag, keine acht Minuten.

Die beiden Frauen setzen sich auf die Treppenstufen. Gruppendynamik entsteht. Am Ende sitzen sie alle da, einige kramen in ihren Taschen nach ihren Unterlagen. Sie schauen mich an, als säßen sie im Amphitheater.

«Lehrer Start!», sagt mein Freund.

«Ich bin kein ...» Ich höre jemanden die Stufen hochkommen. Endlich.

Es ist eine Frau mit jungem Gesicht, aber mit grauen Haaren.

Noch bevor sie unseren Treppenabsatz erreicht hat, frage ich: «Sie sind die Lehrerin?»

Sie holt tief Luft und redet extrem langsam, aber ohne Akzent: «Nein, ich, nicht, Lehrerin.»

«Ich verstehe Sie. Wir warten auf unseren Englischlehrer.»

Sie bleibt vor mir stehen. «Du sprichst doch gut Englisch.»

«Danke. Wissen Sie vielleicht etwas über die Firma –», und als ich den Namen sage, komme ich mir selber blöd dabei vor, *«– TurboEnglish Limited?»*

Sie schüttelt ihre graue Mähne und lacht, bedeckt ihren Mund mit einer Hand und stakst auf Zehenspitzen zwischen den sitzenden Schülern hindurch nach oben. Ihr Gelächter ist noch zu hören, bis eine Tür zuschlägt.

Wie auf Kommando sagt der Asiate, nun aber mit ernster Miene und mühsam gespielter fernöstlicher Freundlichkeit: «Lehrer Start.»

Ich winke in die Runde. «Lehrer verschwindet jetzt.»

9. DER HALLODRI & THE DEVIL'S MOTHERFUCKERS

«Mary?»

«Was kommt jetzt?»

Nachdem ich eine Nacht darüber geschlafen habe, steht für mich fest: Um in der Großstadt jeden Abend auf die Kacke zu hauen, fehlt mir das Geld. Außerdem bin ich in Kanada, und das Land strotzt vor Natur. An der will ich wenigstens mal geschnuppert haben. Deswegen checke ich aus der Jugendherberge aus. Ich frage sie: «Wo würdest du hinreisen, wenn du ich wärst?»

«Wer bist du denn?»

Sie tut weiter beschäftigt, so, als hätte sie die belangloseste Frage der Welt gestellt.

Ich werde sie vermissen. Ganz klar. Stilvoll von oben herab behandelt zu werden hat was. Ob sie privat auch so ist?

«Also? Ich will nur einen Tipp», sage ich.

«Willst du in die USA?»

«Nein.»

«Magst du eher Berge oder das Meer?»

«Beides. Das Meer vielleicht.»

«Dann geh nach Norden, die Küste rauf, die Sunshine Coast. Da hast du beides.»

«Danke.»

«Wofür? Ich hab die Küste nicht gemacht.»

Man muss sie einfach lieben.

Mit einem Kaffee XL in der Hand und Rucksack und Gitarre neben mir auf der Holzbank sitze ich als Einziger auf dem Bussteig in Richtung Norden, den Highway 101 die Westküste hoch, die Sunshine Coast.

Ich verbrenne mir die Lippen, kleckere mir das Shirt voll und vermisse eine Zigarette. Ich bin Gelegenheitsraucher, auf Partys, mit Freunden. Alleine hatte ich noch nie Schmacht. Einfach zu teuer, und die Zigaretten in Kanada sind noch teurer als in Deutschland.

Gleich links von mir hängt ein öffentliches Telefon an der Wand. Wer braucht das denn noch? Haben doch alle Handys. Okay, alle, die nicht hackedicht auf dem Boden rumrollen. Aber wen sollte ich schon anrufen? Jojo? Mum und Pa? Sorgen brauchen die sich nicht zu machen, mir geht's ja gut. Supergut sogar.

Ich schlürfe meinen Kaffee.

Oder soll ich mich mal melden?

Nur Hallo sagen.

Zeit habe ich noch, bis der Bus kommt. Kleingeld mittlerweile auch. Und ich bin auf der sicheren Seite. Der Mustersohn.

Was soll's, vielleicht klappt es ja gar nicht, oder sie sind nicht zu Hause.

Ich stelle den Becher Kaffee auf die Bank und krame das Kleingeld heraus.

For international calls insert 2 Dollars, lese ich auf einer Infoblase auf der bunten Oberfläche des Telefons, *50 cents per minute*.

Lang wird das Gespräch nicht.

Ich will schon aufgeben, da höre ich das Freizeichen.

Mum meldet sich, sie klingt müde. Blick zur Uhr über dem Bussteig, kurz vor elf, minus acht Stunden, aua.

«Sorry, Mum, ich bin's.»

«Basti!»

Mit einem Schlag ist sie hellwach.

«Ja.»

«Wie geht's dir, wie geht's dir?»

«Gut, und ...»

«Wie ist die Schule?»

«Schule eben. Du, das Geld rast hier durch, ich wollte nur sagen, alles okay!»

«Schön, schön, und? Sind alle nett?»

«Alle nett, supernett!»

«Wir haben schon gedacht, du rufst gar nicht mehr an.»

«Ah, was wäre ich für ein Sohn!»

«Das ist schön. Und wie ist das Wetter?»

«Gut, und bei euch?»

«Brütende Hitze. Kannst dir ja die Laune von ... willst du ihn sprechen?»

Ein rhythmisches Tuten ist leise zu hören.

«Mum, ich glaube, gleich bin ich weg.»

«Wie ist das Essen?»

«Lecker.»

«Und die Jugendherberge?»

«Bestens, grüß mir Pa!»

«Das ist lieb.»

Der Tuut-tuut-Takt erhöht sich.

«Ruf wieder an.»

«Oder Postkarte.»

«Oder Anruf, schade, dass ...»

«Postkarte! Tschö...»

Da ist sie weg. Die Verbindung ist unterbrochen. Ich hänge auf, atme durch.

Das fühlt sich gut an. Als hätte ich nun meinen Weg ins Paradies verdient. Immerhin hat sie nicht nach meinem iPhone gefragt.

Ich setze mich wieder und will mir gerade selber auf meine Mustersohnschultern klopfen, da höre ich Schritte.

Rauchend und schief grinsend kommt ein Schlacks mit einer Sporttasche in der Hand zu meiner Bank geschlurft. Sein Gesicht sieht aus, als wäre er in die Rechts-Links-Kombination eines Kickboxweltmeisters geraten. Er nähert sich mir bis auf ein paar Meter, dann schleudert er die dunkle Tasche gegen meine Sachen. «Hey, werf'n Blick drauf, ich hol mir nur'n Kaffee, wenn se einer klauen will, dann gib sie ihm. Bin gleich wieder zurück.»

Zeit für eine Antwort lässt er mir nicht, da hat er sich schon weggedreht.

Macht der das mit jedem? Ist er so ein Menschenkenner? Oder sehe ich wirklich so harmlos aus?

Bevor er wiederkommt, habe ich meinen Rucksack auf den Boden gestellt und Platz gemacht. Der Typ ist in Erzähllaune, denke ich mir und behalte recht.

Er pflanzt sich direkt neben mich und legt los: «Mach dir keine Sorgen um mich, ich hatte 'nen Unfall mit meinem Truck und war bis eben im Krankenhaus, daher meine verbeulte Fresse, keine Schlägerei, keine Bange, bin kein Schläger, bin letzte Woche von der Straße abgekommen, hab beim Fahren eine SMS geschrieben, und, ehe ich mich versah, machte es hopp-hopp, und ich hob ab, na ja, also ich bin geradeaus gefahren an ner Stelle, wo alle linksrum fahren, in ner Kurve, das war so ein schöner Truck, ein Chevy, Mann, scheiße, erst vier Jahre alt, neu lackiert, rot, na, jedenfalls geradewegs über die Leitplanke bin ich, der war ja auch höher gelegt, also über die Leitplanken drüber weg, ohne Vorderachse, versteht sich, bei der Geschwindigkeit, vielleicht mit 100 oder so, war dunkel, die Straßen leer und ich ein bisschen besoffen, wusch, über die Leitplanken, scheiße, ist der Kaffee heiß ... und WUSCH bin ich 'ne Böschung runter, wuppdawuppwupp, so gehoppelt, bis er stehen blieb, ich konnte nix machen, bin ein paarmal mit meinem Schädel aufs Armaturenbrett gekracht, daher die dicke Lippe, genäht, mit vierzehn Stichen, innen, da ... schau ... wiefte, wiefte? Ja, und zwei Rippen angeknackst, das Schleudertrauma war nich so doll, zum Glück angeschnallt, das sag ich dir, sonst säße ich nich hier. Bin dann zurück zur Straße, sonst läg ich da immer noch, oben bin ich dann ohnmächtig geworden, aufgewacht im Krankenhaus, hatte sich wohl jemand erbarmt, den Truck habe ich noch nicht gesehen, der Schaden liegt wohl bei 8000 Bucks, hat mir der Bulle gesagt, aber mach ich alles selbst, nebenbei, ich heiße Kevin, und du?»

Kevin ist ein richtiger Hallodri. Ich kann einen Hallodri nicht definieren, und wenn ich überlege, dann habe ich dieses Wort noch nie benutzt, und ich weiß auch gar nicht, woher ich es habe, aber auf Kevin trifft es 100%ig zu, es trifft so zu, dass ich die Bezeichnung Hallodri jetzt erfunden hätte, gäbe es sie nicht schon.

Wir fahren erst mit dem Bus und dann mit einer Fähre, und er erzählt und erzählt, noch nicht mal uninteressantes Zeug, ich höre ihm richtig gerne zu. Er ist geschieden, seit zwei Jahren, seitdem säuft er wie ein Loch, sagt er, hat drei Trucks zersägt, wohnt alleine und arbeitet mal da und mal dort als Fliesenleger, sein ganzer Körper ist übersät mit Narben von Brüchen und Bränden. Seit seiner Kindheit stoßen ihm die seltsamsten Sachen zu.

«Sag mal, Kevin, wie sieht's eigentlich mit den Leuten aus, die dich begleiten, oder mit Freunden, die öfter mit dir rumhängen, kriegen die auch mal was ab?»

«Nein, da kannst du beruhigt s... oh, scheiße», er duckt sich plötzlich in seinen Sitz, lehnt seinen Kopf an meine Schulter und stellt den Kragen seiner blauen Windjacke hoch.

«Hee, alles klar?», frage ich zu ihm runterschielend.

«Psst, klar ist alles klar, deswegen tauche ich ja ab, fuck, siehste den Typ mit der Tätowierung auf der Glatze?»

«Der ist nicht zu übersehen.»

Der Mann steht mit dem Rücken zu uns, eine Tätowierung zieht sich über seinen kahlgeschorenen Schädel bis in den wulstigen Nacken. Er wird von zwei Freunden mit langen Bärten und wüsten Haaren begleitet. Alle drei in schwarzer Motorradkleidung und mit Wehrmachtshelmen in ihren lederbehandschuhten Pranken. Ihre Schultern sind zusammen so breit wie die Fähre selbst. Auf ihren speckigen Lederwesten die Aufnäher einer Motorradgang: *The Devil's Motherfuckers.*

«Was ist mit ihm?»

«Der letzte Truck ... der rote ... war seiner.»

«Hast du nicht gesagt, es war deiner?»

«Na ja, in dem Moment, als ich ihn fuhr, psst.»

«Und? Hat deine Versicherung noch nicht gezahlt?»

«Was für 'ne Versicherung?»

«Musst du nicht 'ne Versicherung haben, um in Kanada fahren zu dürfen?»

«Musst du nicht auch 'nen Lappen haben, damit du fahren darfst?»

«Du hast keinen Führerschein?!»

«Pschschscht!»

«Du hast keinen Führerschein?», flüstere ich noch einmal.

«Ich hatte einen, aber den habe ich nach dem ersten Unfall abgeben müssen, Alkohol, scheiß Alkohol, sag ich dir, fang nie das Saufen an, Mann, mal 'ne Party hier, 'ne Party da, ist okay, aber nie jeden Tag hacke ... scheiße, weißte, was die mit uns machen, wenn die uns hier sitzen sehen?»

Der Mann dreht sich um, Kevin gähnt übertrieben und hält sich beide Hände vors Gesicht, das Trio stampft an uns vorbei. Kettenklirren.

«Uns? *Uns?*», rege ich mich leise auf.

«Wo geht ZZ-Top hin, Mann? Wohin?»

«Wer?»

«Wohin sind die?»

«Zur Kaffeebar.»

«Los, weg hier.»

Den Rest der Zeit verbringen wir an dem verlassensten, aber zugleich auch übersichtlichsten Ort der Fähre. Wir decken uns gegenseitig den Rücken, wobei ich verzweifelt nach dem Vorteil für mich suche.

«Was machen wir, wenn die uns hier finden?» Jetzt spreche ich auch schon von uns!

«Wenn ich nicht weglaufen kann, springe ich.»

«Ins Wasser?»

«Erst versuche ich an Land zu springen, von der Reling bis zum Ufer, die ganzen hundert Meter. Wenn es nicht reicht, lande ich wohl im Wasser.»

Geschwungene Berge, Wald, nur vereinzelte Häuser an der Küste.

Was würde ich tun? Die sehen mich doch mit dem. Die denken, ich bin ein Freund. Familie.

«Die finden uns hier schon nicht», sagt Kevin und lächelt schief mit seinen dicken Lippen und dem zugeschwollenen Auge.

In der Tat ist bisher noch niemand hier vorbeigekommen. Das einzige Wesen, das sich jemals hierhin verirrt hatte, schien der Mensch gewesen zu sein, der das hässliche Eins-zu-eins-Ölporträt der englischen Königin lieblos an die Wand genagelt hatte.

«Die alte Dame muss in jedem großen Schiff Kanadas hängen», meint Kevin, der meinem Blick gefolgt ist.

«Warum? Sie wird wohl kaum mit dieser Fähre fahren.»

«Was weiß ich, in den besten Hotels unserer Großstädte muss auch stets eine Queen-Suite in Schuss gehalten werden, obwohl sie schon seit Jahren nicht mehr da war.»

«Was für ein Quatsch.»

«Kannste laut sagen. Wie schmeckt dir eigentlich unser Bier, eh?! Hab gehört, ihr habt in Germany klasse Bier!»

«Das Bier hier ist auch gut.»

«Was trinkste?»

«Canadian.»

«Das ist okay.»

«Canadian. Egal, wie gut unser Bier in Germany ist, wir benennen kein Bier nach unserem Land», denke ich laut über den Namen nach.

«Nach was dann?»

«Mmh, der Name meines Landes hat es nur bis zum Würstchen gebracht.»

«Würstchen?»

«Ja, Deutschländer, Deutschländer Würstchen.»

«Eine Schande, bei dem Bier, das ihr braut.»

10. SCHWEISS AUF ASPHALT

In Sechelt verabschiede ich mich von Kevin, er fährt weiter. Die Biker haben wir nicht mehr gesehen, und, was noch viel besser ist: Sie haben uns nicht gesehen.

In der kleinen Stadt erfahre ich als Erstes, dass es dort keine Jugendherberge gibt, nur einen Zeltplatz außerhalb.

Ich brauche nicht lange zu überlegen. Zelten werde ich hier sicherlich noch öfter. Das ist auf die Dauer billiger. In einem Gebrauchtwarenladen finde ich Zelt und Schlafsack und dazu noch einen Kocher und Geschirr für 56 Dollar. Die scheinen dort auf mich gewartet zu haben. Der Verkäufer erklärt mir den Weg zum Zeltplatz. Nur ein paar Kilometer. Ich kann es kaum erwarten. Da tanze ich hin!

Zwanzig Grad und Windstille, die Sonne brennt, auf dem Rücken mein großer Rucksack mit dem Zelt und dem ganzen anderen Kram, vor dem Bauch mein kleiner Rucksack, meine Gitarre in der linken und zwei Taschen in der rechten Hand. Noch vier Kilometer zu Fuß. Die Hälfte der Strecke habe ich hinter mir.

Ich knie neben der Straße in der prallen Sonne und kichere kirre meinen monströsen Rucksack an, die Gitarre im Straßengraben und am Boden Supermarktplastiktüten wie erschossene Rieseneinzeller.

Schweißtropfen verdunsten auf flimmerndem Asphalt. Ein Miniatursalzsee für Mikroben.

«Kann ich einen Zeltplatz haben?», frage ich schwankend, mit der letzten Luft in meinen Lungen, als ich endlich den Eingang des Campingplatzes erreiche und auf zwei Ranger treffe.

«Uhm ... tut mir leid ...», der Mann kratzt sich das schlecht rasierte Kinn, «wir sind ausgebucht, in der Tat haben wir gerade vor fünf Minuten den letzten freien ...»

«Komm, Jerry», sein Kollege lacht los, er lehnt an der Ladefläche des Pick-up-Trucks und hat meinen Gesichtszügen beim Entgleisen zugesehen, «das kannst du nicht machen.»

Jetzt lacht auch Jerry und winkt ab. «Nein, ist Quatsch, hast Platz, hast jede Menge Platz, und weißte was? Da du ganz offensichtlich den ganzen Weg gelaufen bist, brauchst du auch nicht auf den Sammelzeltplatz für Zelter, sondern kannst dir einen Single-Spot auf dem Platz für Fahrradfahrer aussuchen.»

II. SUNSHINE COAST

11. VISION QUEST

Wie sich herausstellt, zeltet hier niemand – außer mir. Weder Fahrradfahrer noch andere. Tagelang bleibe ich allein auf einem Zeltplatz de luxe. Billig, direkt am Wasser, saubere Waschräume, einen Kilometer entfernt von der nächsten Straße und sechs von Sechelt. In der Ferne sind die schneebedeckten Berge von Vancouver Island zu sehen, wenn sich dort nicht mächtige Wolkenformationen auftürmen, die sich stets verflüchtigen, bevor sie die Sunshine Coast erreichen.

Einziges Zeitmaß ist der Lauf der Sonne.

Morgens aufwachen mit den Rehen vor dem Zelt, meistens drei oder vier, ich schaue ihnen beim Grasen zu, dann Frühstück mit Kaffee und Tee, dazu mache ich mir immer eine süße Haferflockensuppe mit der Geschmacksrichtung Waldbeere, lecker und leicht zu transportieren, Milchpulver mische ich dazu.

Ich erkunde die Gegend, marschiere am Wasser entlang oder durch den Wald. Mein Mittagessen besteht aus Banane, Orange und Apfel, und satt bin ich. Irgendwann wieder einen Tee, und zum Gitarrespielen komme ich auch, endlich, ich übe Akkorde von einem Blatt, das ich im Inneren der Gitarre gefunden hatte, Griff um Griff, immer wieder.

Nichts tun, Tee, Abendessen, Gitarre spielen und Gossen Posse hören bis zum Sonnenuntergang: *Die Zukunft ist ein fremdes Tier, wir leben nur im Jetzt, im Hier.*

Licht habe ich keines, daher schlafe ich früh ein, und ich wette, ich wache schon vor sechs Uhr auf, und alleine der Gedanke daran fühlt sich phantastisch an.

Fjorde heißen hier Inlets, und ich sitze am Strand eines solchen und tue nichts, außer dem Wechsel der Gezeiten zuzuschauen. Inmitten des Inlets eine Insel, die das einmotorige Flugboot bei jedem Landeanflug einmal umrundet, als sei die Insel ein Glücksbringer, den das alte Ding tatsächlich nötig hat, so kränkelnd schnaubt der Motor die Dieselschwaden aus den seitlichen Auspuffrohren. Ein Donnern und Röhren begleitet jeden Start und jede Landung, ein Sound, der einen die Daumen für den Piloten drücken lässt. Mehrmals am Tag hallt es durch die Bucht, mehrmals komme ich mir vor wie bei einem Fliegerangriff in einem Retro-Computerspiel.

Ansonsten: Ruhe. Und die nervt nicht mal. Wirkliche Abwechslungen sind nur die nächtlichen Kämpfe um mein Essen im Vorzelt mit den Waschbären. Was hatten mich die Tiere in der ersten Nacht überrascht! Hätte ja sonst wer sein können.

Die Native-Rangerin, die einmal am Tag zu unterschiedlichen Zeiten das Geld kassieren kommt, spricht nur das

Nötigste und verschwindet dann aufrecht gehend, ohne sich umzuschauen, geräuschlos, wie ein Geist.

Abends, wenn das Wasser zurückweicht, die Ebbe den seicht ins Meer hinabfallenden Strand freigibt, kommen die Möwen. Erst ihre Schreie, dann ziehen sie den Strand hoch, auf seiner gesamten Länge, zwanzig, dreißig Möwen, jeden Tag, jeden Abend das gleiche Schauspiel: Möwen, die sich auf Krebse stürzen, die nicht mit dem Wasser zurückgespült wurden. Sie halten die Tiere mit ihrem Schnabel fest, fliegen zehn, fünfzehn Meter hoch über eine der Kieselbänke und lassen die Krebse fallen, sodass ihre Schalen auf den Steinen zerplatzen, von denen sie dann das schmackhafte Fleisch picken. Ihr Geschrei, das dumpfe Klatschen von gefüllten Schalen auf nassen Steinen, die Flattergeräusche der Flügel, wenn sie hastig mit ihrer Last aufsteigen, wieder und wieder, und ab und zu ein Rabe zwischen ihnen, um etwas abzustauben, und der schwere Geruch nach Ebbe in der Abendluft, wo Möwen Krebse und Muscheln fressen und keinen Müll.

Bin mir im Unklaren darüber, was ich mit den Einkaufstüten voller Essen anstellen soll. Ins Zelt? Ins Vorzelt? Zehn Meter weiter weg, oder gar in einen Baum hängen? Habe noch keine Bären, Wölfe oder wilde Hunde gesehen. Was mich zweifeln lässt, sind die massiven verriegelten Abfalleimer auf dem Zeltplatz, deren Deckel man mit einigem Kraftaufwand hochziehen muss. Ich entschließe mich nach reichlichem Überlegen, meinen

Proviant im Vorzelt zu lassen, dort, wo ich ihn im Notfall verteidigen kann.

Ich habe einen Nacken wie Mike Tyson, also so dunkel, meine ich, von der Sonne. Den ganzen Tag sitze oder liege ich im Halbschatten der Bäume, schaue dem Glitzern der Sonne auf dem Wasser zu, mache Spaziergänge, spiele Gitarre oder beschäftige mich ausgiebig mit der Zubereitung meiner Speisen, stundenlang. Unfassbar. Wo ist mein Partysinn hin? Was ist los mit mir? Bis vor einer Woche konnte ich kaum das Wochenende erwarten, oder den Mittwoch, wo Jojo und ich auch gerne gezaubert haben. Und hier?

Ich glaube, ich bewege mich schon langsamer, spreche langsamer, mein Puls ist langsamer, noch etwas langsamer, und ich bin scheintot, aber nichts fehlt mir, nichts. Oder noch nicht? Hat mich irgendein Insekt gestochen, und ich bin schon halb im Delirium? Ist das noch normal? So habe ich noch nie gelebt. Warum sind meine Eltern mit mir nicht mal zelten gefahren? Wäre das dasselbe gewesen? Nein. Nein, nicht vergleichbar.

Jeden Tag steigen die Temperaturen auf über zwanzig Grad, immerhin. Also laufe ich ständig in meiner kurzen Cargohose und mit den Sandalen herum, die ich mir in der Zwischenzeit bei der *Salvation Army* gekauft habe.

Ab und an geht's nach Sechelt, entweder zu Fuß oder per Anhalter, was ich aber stets nur die ersten paar hundert Meter versuche und danach den Daumen drinnen lasse. Mindestens einmal auf dem Hin- oder Rückweg habe ich Glück.

Wie bei der stämmigen Native-Frau mit ihrem uralten Pick-up-Truck und dem riesigen weißen Hund auf der Ladefläche, den ich noch nicht mal mit einem hungrigen Säbelzahntiger alleine lassen würde, hätte ich Letzteren wenigstens ein bisschen gern. Ein Ungeheuer von Hund.

«*In the dream of the living the predator arrives out of the blues*», singt ein Mann mit sonorer Stimme zu Gitarrenklängen aus ihrem Kassettendeck. Kassetten!

Ich frage: «Wer ist das?»

«John Trudell.»

Sagt mir nichts.

Die Frau fährt langsam, sehr langsam, Schritttempo, die ganze Zeit, auch auf der breiten Landstraße. Niemand hupt, man überholt sie entspannt. Es fühlt sich seltsam an, so über die Landstraße zu schleichen, fast wie im Zeitraffer. Oder habe ich den Kehrbesen an der Seite übersehen, und sie ist von den städtischen Betrieben und säubert die Straße? Ein Blick raus: nein.

Dann erzählt sie mir, wem der Hund, der jetzt zwei Zentimeter von meinem Ohr entfernt an der uns trennenden Heckscheibe sein Zahnfleisch massiert, schon alles einen Schrecken eingejagt hat. Sein dumpfes Gebell durch die beschlabberte Scheibe, das Klacken seiner Hauer daran.

«Auf Urlaub?», fragt sie.

«Ja.»

«Ziel?»

«Kein Ziel.»

«Ein *Vision Quest*, eh.»

«Ein was?»

«*Vision Quest.* Kennst du nicht, eh? Du gehst auf einen Berg und wartest auf eine Vision, ein Zeichen, einen Traum. Danach weißt du, was du im Leben machen willst.»

«Wow, Vision Quest. Ist das Indianisch?»

«Ja.»

Ich komme nicht dazu, weiter darüber nachzudenken, sie fährt rechts ran.

Als ich an der Kreuzung rausspringe, brüllt mich das weiße Vieh noch mal richtig an, und ich muss mich schon arg auf meine Schließmuskeln konzentrieren, und sie ruft: «Keine Angst, der ist noch nie von der Ladefläche gesprungen.»

Noch nie, den Ausdruck mag ich nicht. Ein Mathelehrer meinte mal, es hätte NOCH NIE jemand bei ihm eine sechs geschrieben. Er hatte eben noch nie Schüler mit meinen Talenten unterrichten dürfen.

Aber der Hund bleibt zum Glück, wo er ist.

12. FRÜHSTÜCK MIT BRUMMEN

Zum Frühstück sitze ich am Waldrand an einem der wenigen Holztische. Vor mir dampft mein Waldbeeren-Müsli, das alleine viel zu süß wäre, und daher gebe ich immer noch mal die gleiche Menge Haferflocken dazu, was eine Portion ergibt, die mich ohne Hunger bis zum Mittagessen bringt.

«Mmmh», dringt es nicht menschlich aus dem dichten Wald zehn Meter links von mir.

Ich zögere kurz und stecke mir den nächsten Löffel in den Mund.

«Mmmmmh.»

Ist es eher ein Knurren oder Brummen?

Ich halte inne, mit den süßen Haferflocken im Mund.

Kann das ein wilder Hund sein?

Außer meinem Löffel habe ich nichts, mit dem ich mich verteidigen könnte. Oder klingen so Waschbären? Tagsüber?

Blätter oder Äste bewegen sich nicht.

Kann das ein Bär sein? Ein richtiger Bär? Was könnte es hier für Bären geben? Quatsch, typisch deutscher Tourist, denkt, es könne hier Bären geben. Sechelt liegt da hinten. Dies ist nicht Alaska. Ich bin nicht in der Wildnis.

«Mmmmmmmmh.»

Nichts zu sehen.

Was könnte ich tun, wenn das Tier aus dem Gebüsch springt? Ich würde ihm mein Müsli überlassen. Essen Hunde Müsli? Der wäre doch sicherlich hinter mir her. Zum Toilettenhäuschen ist es zu weit. Da würde mich jeder Hund einholen. Ich könnte mein Müsli jetzt einfach stehenlassen und zum Toilettenhäuschen gehen.

Aber ich überlasse doch keinem Köter mein schönes Müsli.

Ich schlucke endlich runter.

«Mmmmmmmmmmmmh.»

Immer gleich laut. Gleiche Tonlage.

«Mmmmmh», mache ich zurück.

Keine Reaktion.

Da verarscht mich doch einer. Da sitzt einer mit einer Kamera im Gebüsch und will mir Angst einjagen. Morgen bin ich auf Youtube.

«Sehr witzig! Ich habe Sie gesehen, kommen Sie raus.»

Stille.

«Mmmmmmmmmmmmmmmh.»

Für einen Hund eigentlich zu tief.

Unter dem Tisch liegt ein Kieselstein im abgewetzten Gras. Ich hebe ihn auf und werfe ihn in das Gebüsch.

Nichts.

Alter.

Ich löffele langsam weiter und betrachte das grüne Dickicht so erwartungsvoll wie ein Elfmeterschießen in einem Finale. Kein Brummen mehr, kein Knurren, kein

Rascheln, nichts. Am Ende stehe ich auf, spüle mein Geschirr und bringe die Sachen ins Zelt.

Über dem Inlet Nebelschwaden, Schleier aller Schönheit.

Die Rangerin kommt zum Kassieren. Außer einem Guten Morgen hat sie nichts für mich. Aber sie müsste sich doch mit den Tieren auskennen. Wenn nicht sie, wer dann?

Ich gebe ihr das Geld und sage: «Ich habe eine Frage.»

«Ja.»

«Welches Tier macht Mmmmh?»

Ihre Augen weiten sich. «Willst du mich auf den Arm nehmen?»

«Nein.»

«Warum fragst du dann?»

«Eben beim Frühstück habe ich da am Tisch gesessen, und das kam aus dem Wald.»

«Was? Das Tier?»

«Das Mmmmh.»

Ihre rechte Hand greift zum Pfefferspray am Gürtel, sie schaut sich nach allen Seiten um.

Ich helfe ihr beim Gucken.

Sie fragt mich: «Was glaubst du, was das für ein Tier ist, das im Wald sitzt und Mmmmh macht?»

«Ein Hund?»

«Schon mal einen Hund gesehen, der so brummt?»

«Na ja ...»

«Habt ihr so Hunde in Deutschland?»

«Nein.»

«Wir hier auch nicht. Wo genau war das?»

Ich zeige ihr die Stelle.

«Und wann?»

«Vor zwanzig Minuten.»

«Hast du irgendwas gemacht, um ihn zu provozieren?»

«Nein.»

«Nichts?»

«Ich habe nur zurückgebrummt.»

«Was hast du?»

«Zurückgebrummt.»

«Zurückgebrummt?»

«Ja.»

Sie geht einen Schritt zurück. «Lass mal hören.»

«Mmmmh», brumme ich vorsichtig.

Sie schaut mich mitleidig an. Als hätte ich I-aaah gemacht.

«Was hast du zum Frühstück gegessen?», fragt sie mich.

«Müsli.»

«Süß?»

«Klar, süß. Waldbeeren.»

«Lecker, was?»

«Ja.»

«Schon mal von einem Hund gehört, der Waldbeerenmüsli isst?»

«Eigentlich nicht.»

«Ich eigentlich auch nicht.»

Sie geht drei Schritte Richtung Holztisch und schreit mit einem spitzen, hohen indianischen Ton das Gebüsch an, ihre Hand auf dem Pfefferspray, den Verschluss offen.

Sie dreht sich zu mir um. «In den letzten zwanzig Minuten noch etwas gehört?»

«Nein.»

Die Hände in die Hüften gestützt, fragt sie mich: «Also, sag du mir, was das für ein Tier gewesen sein kann, das Beerenmüsli mag, im Wald sitzt und brummt.»

«Ein Waschbär?»

Sie legt den Kopf schief.

Ich komme mir vor wie ein Grundschüler.

«Ein ... Bär?», frage ich vorsichtig.

«Mann, Mann, jetzt muss ich eine Meldung machen. Scheiß Arbeit, scheiß Formulare.»

«Sorry.»

«Was hättest du Supertramp denn gemacht, wenn der auf dich zugelaufen wäre?»

«Ich wäre weggelaufen.»

«Wie in den Filmen?»

«Ja.»

«Vielleicht hat der Bär nicht den gleichen Film gesehen. Der schnellste Mensch der Welt läuft 45 Kilometer pro Stunde schnell, ein durchschnittlicher Bär fünfzig Stundenkilometer. Wo siehst du dich?»

«Na ja, er hätte ja noch um den Holztisch herum ...»

«Wo wärst du denn hingelaufen?»

«Ins Wasser!», sage ich stolz.

«Die schwimmen ausgezeichnet, wolltest du mit ihm zusammen tauchen gehen?»

«Auf den Baum wäre ich geklettert.»

«Mit nassen Klamotten?»

«Davor.»

Sie atmet tief ein.

«Hey, der war doch überhaupt nur scharf auf das Müsli!»

«Erst schon, aber dann würde er denken, die 200 Gramm Müsli werden mir wahrscheinlich nicht weglaufen, aber die siebzig Kilo mageres Fleisch ins Wasser.»

«72.»

«72, umso besser.»

Wir schauen uns an, sie ist zwar etwas untersetzt, aber ich finde sie plötzlich ziemlich attraktiv. An ihrer Uniform liegt das nicht. Sie hat ein interessantes Gesicht.

«So, und wenn das morgen wieder passiert, lässt du dein Müsli, oder was auch immer du da isst, stehen und gehst sofort, aber langsam rückwärts zum Toilettenhäuschen und machst dich dabei so groß, wie du kannst, und wartest da auf mich. Und wenn das wieder vorkommt, dann muss der Platz hier geschlossen werden.»

«Kann ich dann noch hier zelten?»

«Was habe ich denn gerade gesagt?»

Also nicht. «Das wäre schade.»

«Und wenn du heute oder irgendwann später etwas Verdächtiges hörst, dann brumme bitte nicht zurück.»

«Gut.»

Sie will sich von mir abwenden, verharrt aber in der Bewegung und überlegt, bevor sie mich fragt: «Eines interessiert mich.»

«Ja?»

«Was denkt man, bevor man ... zurückbrummt?»

Das Flugboot im Landeanflug, blauer Himmel, weiße Wolkentupfen, Schlieren, keine Narben, kein Airbrush Mikado sich kreuzender Kondensstreifen am Himmel.

Die Besatzungen zweier Boote schreien sich gegenseitig zu, was sie gefangen haben. Der Wind trägt ihre Worte bis zu mir herüber. Die Sonne steht schon sehr tief, und man kann sehen, wie sie der Erde die Feuchtigkeit entreißt. Die Schlagschatten der Berge, hinter denen sie untergeht, werden pechschwarz, und von dem davorliegenden Wald steigt Nebel auf, wie der verdampfende Schweiß eines Hochleistungssportlers im Flutlicht vor der Kamera beim Interview nach dem Zieleinlauf in einer skandinavischen Nacht.

13. THE-BEST-IN-THE-WEST

Oh nein. Zwei Mountainbiker fahren an mir vorbei und biegen zum Zeltplatz ab. Aus ist es mit der Ruhe. Ich kann kaum glauben, dass ich das denke. Basti, der Frührentner.

Ich höre sie die ganze Zeit erzählen und lachen und juchzen. Der eine ist modisch gekleidet, seine Neonklamotten leuchten wie ein reifer Pickel auf brauner Haut. Sein Freund trägt eine Schlappmütze wie ein Angler.

Das leise Rauschen und Glucksen der Wellen vermischt sich mit dem Rauschen der Bäume im auffrischenden Abendwind. Verzweifelt versuche ich mich auf die Natur zu konzentrieren, doch ich kann das Gegröle der beiden nicht ignorieren.

Bei meinem Glück bleiben die länger als eine Nacht, und sie werden so viel Lärm machen, dass morgens keine Rehe mehr vor meinem Zelt zu sehen sind.

Ich werde so lange wie möglich hier unten bleiben, bis die Sonne untergegangen ist und es mir zu kalt wird, und dann nix wie ab ins Zelt, Ohrenstöpsel rein und Gossen Posse hören und zu ihren Songs einpennen, wie zu Hause. Nur ein kurzes Hallo im Vorbeigehen, vielleicht.

«Hallo.»

«Wie geht's?», fragt der Typ in den Neonklamotten.

«Nicht schlecht, und selbst?», erwidere ich.

«Er tut's», höre ich den anderen zu ihm flüstern, aber nicht unbedingt so, dass ich es nicht hören soll.

Die beiden grinsen die Sonne in den Schatten. Sie sind nicht viel älter als ich.

«Nein.» Neon schüttelt den Kopf. Hinter ihm, in der Hand seines Freundes, qualmt eine Zigarette.

«Doch, doch.»

«Nein.»

«Hey, was tue ich, häh?» Ich stehe vor den relaxten Gestalten, hebe die Schultern. «Was?»

Von nahem sehen die beiden sympathisch aus. Neon vielleicht eine Spur zu cool, sein Kumpel könnte in «Reservoir Dogs» Mr. Pink, den mit den schiefen Zähnen, gespielt haben.

Hinter ihnen ihr Zelt, improvisiert, es sieht aus wie aus zweien zusammengenäht, ich zähle vier oder fünf Farben. Daneben ihre Fahrräder.

«Los, los», kichert Mr. Pink.

Mensch, wie hieß der Schauspieler noch gleich? Steve, ja Steve irgendwas. Wenn ich mit den beiden klarkomme, dann werde ich Mr. Pink Steve nennen.

«Okay, eh», nickt Neon.

Beide halten die Luft an, entblößen die Zähne beim Grinsen. Mister Pink zieht seinen Arm in Zeitlupe hinter seinem Freund hervor und streckt ihn mir entgegen. Die vermeintliche Zigarette ist ein Joint.

«Er tut's», sage ich, «ganz bestimmt sogar.»

Wir lachen los.

Tief atme ich ein, die Luft, den Duft, das Gras, und ich halte inne, binnen Sekunden füllt sich mein Körper mit jener unaussprechlichen Substanz, die mich sanft und zuverlässig glücklich macht. Gleichgültiger. Nichts von mir möchte ausatmen, diesen Geschmack, was für ein Geschmack. Ich begutachte den Gedrehten in meiner Hand, zwischen meinen Fingern, als gäbe es auf dem Papier etwas zu lesen, ich atme halb aus und ziehe noch einmal tief, die Augen geschlossen, das bringt ein Grinsen in mein Gesicht, presse den Joint leicht und vorsichtig.

Stimmen, die sagen: «Pur, pures Gras.»

Ich sitze ihnen gegenüber am Tisch.

«Also, ich heiße Mathis», meint Neon, und er betont es französisch, selbst seine gelbe Sonnenbrille leuchtet Neon.

«Basti», werfe ich ein.

«Buster, cooler Name, ich heiße Wayne.»

«Aber ich heiße Basti.»

«Sag ich doch, Buster.»

Dann unterhalten sich die beiden schon über meinen vermeintlichen Namen und kurz darauf über Buster Keaton und dessen Werk. Ich gebe auf.

Mathis schnappt sich seinen Rucksack, zurrt den Reißverschluss auf und zaubert den größten Beutel Gras auf den Tisch, den ich je gesehen habe, außer in Filmen, und er sagt: «Das beste Gras von der Westküste.»

«Wie nennt man es? Welche Marke?»

«The-Best-in-the-West.»

Und Wayne sagt gar nichts, er nickt nur wie ein Schachgroßmeister nach einem gelungenen Zug.

«Wie kommen zwei Potheads wie ihr an so einen verlassenen Ort?», damit meine ich die Golfinsel zwischen Vancouver und Vancouver Island, auf der sie gemeinsam mit gerade mal 3500 Einwohnern leben, wie sie mir erzählt haben.

«Och, so verlassen ist das da gar nicht», antwortet Wayne. «Jeden Freitag veranstalten wir Sessions, Musik, Musik und Kiffen natürlich, haha, Musik, du magst doch Musik, oder, magst du sie, die Musik?»

Wenn sie stoned sind, beginnen beide stets die letzten Worte ihrer Statements möglichst oft und in verschiedenen Variationen zu wiederholen. Ich vermute, das stammt aus einem Kultfilm oder von einem Typen, den sie kennen und imitieren.

«Ja, klar», und als ich nicke, verschwimmt die Welt zu polnischer Graupensuppe.

«Na, dann warte. Warte, bleib da, bin gleich zurück», ruft Wayne über seine Schulter, während er zum Zelt läuft.

Ich starre auf Mathis' Finger, der vor einiger Zeit ein Stück Gras als Gutenachtration abgebrochen hatte, eine Gutenachtportion, für die man in Michigan und der Türkei lebenslänglich bekommt. Mit der Klappnagelschere seines Schweizer Messers zerschneidet er die kleinen süßen Blätter, von denen wir auch naschen, kauen, geschickt zu Staub, garniert mit einem Gesichtsausdruck, mit dem für gewöhnlich Australier surfen: gelangweilt, dennoch voll konzentriert, cool.

Er teilt den einen in drei Häufchen und zippt die Blättchen aus ihrer Packung schick-schick-schick-schick-schick, es ist unglaublich, für welche Geräusche man sich bekifft begeistern kann. Auch ein schöner Ausdruck, anstatt sich bekiffen sich begeistern: ‹Hey, sollen wir uns zusammen begeistern?!›

Wayne kommt wieder und knallt sein iPhone und zwei kleine Boxen auf den Tisch. Gleiche Farbe wie meines.

Er dreht auf.

«Chick Corea, Chick Corea», wiederholt er sich in der richtigen Annahme, dass ich nicht weiß, wen wir da hören. Aber dieser Chick Corea passt.

Mathis rollt die Joints, als hätte er den Körperteil einer Frau zwischen seinen Fingern.

Er verschließt den letzten, und ich sage: «Mathis, das hast du mit sehr, sehr viel Liebe gemacht.»

«Ja», antwortet er, ohne aufzuschauen, und beleckt das Blättchen. «Sie enttäuschen einen auch äußerst selten.»

Chick Coreas Trommelsolo schallt in die späte Dämmerung, Wayne setzt mit ein, trommelt auf den Tisch, während er irgendwas erzählt, das dramaturgisch und rhythmisch zu den Instrumentalsongs passt, wenn ich auch nicht mehr in der Lage bin, ihm zu folgen.

«Buster, hast du nicht gehört, was ich dich gefragt habe?», fragt Wayne.

«Nein-nein, Entschuldigung, habe ich nicht, was ... was hast du gesagt?»

Mathis zündet den ersten Joint an.

«Spielst du ein Instrument, habe ich gefragt, ein Instrument, ich spiel Percussion, wie sieht's mit dir aus, was spielst du? Ukulele, Cello, Tuba? Boah, du und eine Tuba, eh.»

«Wieso? Ich hab grade erst mit Gitarre angefangen.»

«Hol sie, Mann.»

«Woher weißt du, dass ich sie dabeihabe?»

«Hah, wer gerade erst mit Gitarre angefangen hat.»

Ich groove zu meinem Zelt. Bevor ich mich bücke, um die Gitarre daraus hervorzuziehen, sauge ich die frische Abendluft ein, Chick Corea in der Luft, unsere Lichtung, über mir zwei kreisende Adler, die beiden Engel am Tisch, sonst ist niemand hier, wir, knülle in der Idylle.

Als ich wiederkomme, tausche ich mit Mathis Gitarre und Joint, und er beginnt sofort auf Chick Corea einzusteigen, ein Solo, ungestimmt, mit einem besseren Stück Holz als Gitarre. Er spielt darauf, als wäre es seine.

Völliger Trancezustand beim Gutenachtjoint, unserem letzten. Als ich ihn an Wayne weitergebe, muss das für einen Außenstehenden aussehen, als wollten zwei Schimpansen Garn in eine Nadel einfädeln.

Ich lehne mich zurück.

Und falle wie ein nasser Zementsack von der Bank.

Waynes Gesicht über mir: «Hör mal, ich weiß nicht, wie das bei euch in Deutschland ist, aber hier in Kanada haben Holzbänke an Holztischen im Freien eher selten Rückenlehnen.»

Er hilft mir hoch.

Als wir uns wieder beruhigt haben, konstatiert Mathis noch einmal: «The-Best-in-the-West.»

«Puh», stöhne ich, froh, heute in kein Bett mehr klettern zu müssen, «will ich glauben, endgültig, da bräuchte sich kein Thailänder und kein Jamaikaner vor zu ... schämen ... zu ... müssen ... sollen. Uh. Tatsächlich selber gezüchtet?»

«Ja. Und ohne Chemikalien.»

«Puuuuuur», kommt es von Wayne mit geschlossenen Augen, «pur, so pur, wie es nur sein kann, aus unserem Garten Eden», dann steht er schwankend, aber voller Elan auf und schwebt zum Zelt.

Kleine Äste zerbrechen unter seinen Füßen.

«Mathis, bist du ursprünglich aus dem Osten Kanadas?»

«Hah, nein, das fragen alle, bin gebürtiger Franzose, von Guadeloupe, Insel, in der Karibik.»

«Da soll es auch schön sein. Warum bist du weg?»

«Wegen der Familie, ich war noch klein, in meiner ganzen Jugend, bin viel umhergezogen ... worden, ich bin mit meiner Familie nach Frankreich, dann Portugal, rüber nach Brasilien, rauf nach Mexiko, aber nur ein halbes Jahr, und zuletzt bin ich alleine nach Kalifornien und per Anhalter hoch nach Kanada, die Amis fand ich seltsam, dann ein Jahr in Vancouver, und schließlich seit zwei Jahren Gabriola Island.»

«Hui.»

«Das waren so die Hauptstationen.»

«Warum ist deine Familie so oft umgezogen? Hat dein Vater was gearbeitet, was ...?»

«Oh, nein, es war wegen meiner Oma.»

«Deiner Oma?»

«Sie wurde von Interpol gesucht.»

«Deine Oma wurde von Interpol gesucht?»

«Ja, von Interpol, der Polizei, der Völkergemeinschaft, international, mit Haftbefehl, meine Oma.»

«Warum hat Interpol deine Oma gesucht?»

«Oh, wir sind oft mit Nachtflugzeugen weg, fffffch.» Seine Hand imitiert einen startenden Flieger, und seine Augen folgen ihr, bis er nachdenklich wird. «Wahrscheinlich ist das der Grund ... ich denke, das ist der Grund für meine Rastlosigkeit ... hey HEY, WAAAAYNE ... WAAAYNE...»

«JA, WAS?», dringt es aus dem Zelt.

«ICH WEISS JETZT, WAS DER GRUND FÜR MEINE RASTLOSIGKEIT IST.»

«WOW. WAS?»

«MEINE OMA! WEIL MEINE OMA DOCH VON INTERPOL GESUCHT WURDE!»

«HAB ICH DIR DOCH SCHON MAL GESAGT.»

«HAST DU NICHT.»

«HAB ICH.»

«HAST DU NICHT.»

«HAB ICH.»

«HAST DU NICHT.»

«HAB ICH.»

«HAST DU ...»

Ich unterbreche ihre Routine: «Mathis, warum hat Interpol deine Oma gesucht, Mathis, warum ...?»

«Warum willst du das wissen?» Seine Augen verengen sich zu Schlitzen. «Bist du von der Interpol?»

«Nein!»

«Oder hat man deine Oma etwa auch ...?»

«Mathis, gib mir den Joint», ich befürchte, dass er zwischen seinen Fingern wegbrennt.

«Hier», er gibt mir das Ding nicht einfach, er steckt es mir fast in den Rachen, «weil meine Oma im Zweiten Weltkrieg für die Deutschen spioniert hat, eh.»

Wayne kommt zurück. «Meine Oma hat im Zweiten Weltkrieg für die Heilsarmee gesammelt. Sie dachte, die müssten als Erste dran glauben ... die Heilsarmee ... na ja, und was die Rastlosigkeit, diesen Drang zu Reisen, zur Bewegung angeht, das kenne ich nur allzu gut, ich bin fünf Jahre bei einem Wanderzirkus mitgefahren, hab da gearbeitet, hab fünfmal Kanada durchquert und noch Geld dafür gekriegt.»

Ich setze hinzu: «Meine Uroma ist nach dem Krieg vom Osten in den Westen geflohen, mit Pferd und Wagen.»

«Wir hatten auch Pferde beim Zirkus, so gescheckte.»

«Was hast du beim Zirkus gearbeitet?», frage ich Wayne, «Clown? Dompteur...?»

«Ich hab Pizza verkauft.»

«Boah, jetzt 'ne Pizza», raunt Mathis heiser.

«Paprika, Oliven ...» ist Waynes Geschmacksrichtung.

Und ich belege: «Mit Spinat ... und Knoblauch.»

Wir alle zusammen: «Pizzaaaaa.»

Stille.

«Ich ... wir brauchen Pizza ... jetzt», stellt Wayne fest, als würde er sagen, die Erde ist rund. «Wir ... müssen Pizza bestellen», und schon hat er sein iPhone in der Hand, wischt und tippt auf dem Display.

«Mist, ich finde kein Pizza-Taxi in Sechelt.»

Es läuft eine Band namens Spearhead, *Heavy Medicine, ya see my eyes are feeling red again, I'm bringing light, like Thomas funky Edison.*

Ich frage. «Was arbeitet ihr beiden eigentlich?»

«Fahrradladen.» Wayne lehnt sich fachmännisch auf seine Ellbogen vor.

«Und du?» Ich schaue zu Mathis.

«Auch Fahrradladen, wir haben uns selbständig gemacht. Fahrradladen, Mountainbikes, Hiking, Reparaturen, Verkauf und Ausbildung, wir bringen den Leuten in Kursen bei ...»

«Zu kiffen», werfe ich ein.

Und während Mathis weitererzählt, als wäre er auf einer Diskussionsveranstaltung, kringelt sich Wayne.

«... wie man richtig mountainbikt, nicht so, hey, ein bisschen Natur und durch, so ... wo genau die richtigen Strecken sind, Tricks oder was man dabeihaben muss.»

Wayne schreit auf vor Lachen.

«... und was man beachten muss, Rücksicht auf Natur, Tier, Mensch und Maschine, na ja, eben Hobby zum Beruf gemacht, ganz einfach.»

«Und gerade macht ihr Urlaub?», vermute ich relativ überzeugt.

«Nein-Nein, wir testen Fahrräder, wir testen die beiden Rahmen, die wir dabeihaben. Eine Testfahrt. Eine Woche die Sunshine Coast runter, bis übermorgen, morgen weiter nach Vancouver, leichtbekleidete Studentinnen an der Uni anbeten und dann mit der Fähre nach Hause.»

«Davon könnt ihr leben?»

«Hmh, ja, irgendwie.»

Wow, was es hier für Jobs gibt. Vom Fahrradfahren leben, in Kanada. Ein paar verkaufen, dran rumschrauben, reparieren, Test fahren, mit dem besten Kumpel, Party machen und dabei Kohle verdienen. Das könnte ich mir auch vorstellen, da bekommt Arbeit eine ganz andere Bedeutung. Ob das in Deutschland auch funktioniert? Mit Jojo? Der will zum Bund nach der Schule, den Mechatroniker machen. Jojo beim Bund! Dem schlag ich das mal vor. Vielleicht besser Motorrad! Ja, das wäre noch cooler.

Wayne starrt stumpf auf seine beiden Handrücken, seine Hände flach auf dem Tisch, die Finger gespreizt, als sollte jemand das Messerspiel bei ihm machen.

Mathis tippt ihn an. «Wayne hat Hunger, ... stimmt's Wayne ... Stimmt's? HUNGER, HÄH?»

«Pizza», kommt leise aus seinem Mund, fast weinerlich.

«Auf heißem Stein gebacken», ergänzt Mathis.

«Heute wohl nicht», sage ich.

«Egal», ruft Wayne, «egal, wie, Stein, Ofen, offene Flamme, Feuer!»

«Eh, ein Feuer! Ein Lagerfeuer jetzt!!» Mathis springt begeistert auf.

Und wir alle stehen auf, wie auf ein unsichtbares Kommando, und suchen Feuerholz im Dickicht und bringen es zu einer Stelle zwischen unseren Zelten. Ich hole meine Flasche Methylalkohol hervor, mit dem ich morgens mein Müsli und den Kaffee koche, zum Anzünden.

Mathis stapelt in Pfadfindermanier die Äste und Zweige, Wayne kommt schließlich mit alter Pappe an, dann reiche ich Mathis, der Streichhölzer bereithält, den Methylalkohol. Er schraubt die Flasche auf, gießt sie über dem Holz und der Pappe zur Hälfte leer, schmeißt sie mir zu, und, bevor ich etwas sagen kann, fliegt in Zeitlupe das Streichholz auf den Scheiterhaufen. WUFFSCH, faucht die Flamme meterhoch, die Nacht zum Tag gemacht, unsere Gesichter im hellen Schein, erregt, gelöst, und still setzen wir uns in einem Halbkreis um das Feuer. Nur das Knacken halbfeuchter Zweige in der Nacht, es qualmt gen Himmel, Sterne, Zeitrafferaufnahmen meiner Augen von aufsteigendem Funkenregen, aufgewirbelt von der Hitze und dem seichten Wind, die Glut, dicke Holzscheite, kleine Explosionen, wie die eines Miniaturvulkans. Die glühenden Teilchen schießen bis in Baumwipfelhöhe, wie lebendig, der Funkenflug, Leuchtspurmunition in Freundschaft, eine eigene Welt, noch nie gesehen, noch nie gesehen.

Mathis' Stimme. «Was war das eigentlich für Pappe, Wayne?»

«Häh?»

«Was das für Pappe war, mit der wir das Feuer hier zum Leben erweckt haben, das Feuer, entfacht, mit der Pappe, die Pappe, woher?»

«Das waren die Kartons von heute Mittag.» Wayne steht neben dem Feuer und legt weiteres Holz nach, obwohl die Flammen höher schlagen, als er selbst groß ist.

«Die Pizzakartons?», horcht Mathis auf.

«Ja.»

«Du hast mit den Pizzakartons das Feuer entfacht?»

«Ja, wir ... das schöne, schöne Feuer ...», träumt Wayne weiter, in die Flammen blickend.

«Mit den Pizzakartons, auf denen die Telefonnummer der Pizzeria draufstand?» Mathis nutzt Waynes Körperhaltung und tritt ihm in den Hintern. «Du Idiot, die Pizza, das Telefon, die Nummer, die Telefonnummer!»

«Oh Gott», schreit Wayne, «oh scheiße ... scheiße!»

Und ihr beiderseitiges Lamentieren verwandelt sich in ein theatralisches Gelächter, und dann jagt Mathis wild gestikulierend hinter Wayne her, zunächst ums Feuer herum, um mich, um die Zelte, den Platz, durch den Park, und schließlich verschwinden sie im Wald, brechendes Unterholz, wo ihr Gejohle zunächst noch zu hören ist und dann schwächer und schwächer wird, bis es still ist.

Vögel fliegen auf, kreischen.

Halbherzig rufe ich: «Stan? ... Olli?»

Wabernde Hitze im Gesicht, das Feuer, flackernde Schatten an den Waldrand werfend, gespenstische Formen, gespenstische Ruhe, ein Tierruf, zischendes, feuchtes Holz, Erinnerungen an längst erloschene Lagerfeuer, der Halbmond über mir, er wandert über unsere Lichtung und wandert und wandert, der Halbmond.

Waynes Gesicht schält sich aus der Dunkelheit und der Stille, sein schweres Atmen, er ist alleine.

«Wo ist Mathis?», frage ich.

«Pizza bestellen.»

«Wie? Ohne Nummer?»

«Richtig, Buster», er überlegt, «ach ja, wenn gar nix geht, will er bei den Bullen anrufen und die nach der Nummer fragen, die haben hier in dem Kaff doch eh nix zu tun.»

Das ist exakt der Gedanke, der mir als Erstes in den Sinn kommt, als ich wachgerüttelt werde, meine Augen aufschlage im gleißenden Scheinwerferlicht eines laufenden Wagens!

Eine Stimme, dicht neben mir: «HEY, MANN, MANN, WACH AUF, WACH ... hey, sag mal, kennen wir uns nicht?»

Neben mir steht ein Pizzataxifahrer. Und wir kennen uns. Der Typ hatte mich am Tag zuvor im Auto mitgenommen, und wir hatten nett gequatscht auf der Fahrt in die Stadt.

Wayne, Mathis und ich sind natürlich am Feuer eingepennt, obwohl wir den Pizzaboten oben an der Straße abfangen wollten. Daran erinnere ich mich jetzt wieder.

Wir wecken die beiden, und der Fahrer meint, wir wären ja eine lustige Truppe, sich mitternachts Pizza bringen zu lassen, auf einen Zeltplatz, neben einem Feuer pennend, das er schon gegen zehn Uhr über dem Inlet hat leuchten sehen.

Er ist nett und sympathisch, und Mathis gibt ihm ein Trinkgeld, das weder mit Trinken noch mit Geld zu tun hat: ein daumengroßes Stück The-Best-in-the-West.

Der Belag zieht sich vor unseren Gesichtern, Sud tropft auf Hosen und T-Shirts, Geschmatze, Gegrunze, und dann rauchen wir den letzten, uns aus den Socken hauenden Pot.

Ich kann nur noch hilflos ins Feuer starren. Mit der einen Hand spiele ich in meinen Haaren, mit der anderen halte ich eine Wasserflasche, an der ich hin und wieder nippe, auch noch, als sie schon längst leer ist.

Das Feuer, das seinem Ende entgegenglimmt.

Vogelstimmen über meinem Kopf.

Wayne erwacht aus seiner Lethargie, trillert mit einer Tonpfeife, die er aus seiner Hosentasche hervorgezogen hat, und die Vögel verstummen schlagartig.

Ich schaue ihn an, keine Reaktion, ich schaue Mathis an, keine Reaktion, ich öffne meinen Mund, um etwas zu sagen, doch Mathis kommt mir zuvor: «Wer weiß, was er denen geflötet hat, und er wird's dir nicht verraten, auch wenn du ihn ganz lieb fragst, stimmt's, Wayne?»

«Stimmt, ich verrate gar nix, kein Wort, kein Wort bekommt ihr aus mir heraus, da müsst ihr schon andere Methoden anwenden, ihr könnt mir ruhig noch eins verpassen, Schmerz ist mein Freund, ich schweige wie ein Grab, ich bin pervers.»

Kein einziger Vogel ist mehr zu hören.

Wayne rappelt sich hoch und schleicht an den Waldrand.

«Was ist das für ein Farn?» Seine Stimme als ein Teil des Flüsterns der Bäume.

Das Feuer, das seinem Ende entgegenglimmt.

Ich kapituliere: «Ich bin eine Null im Bestimmen von Gräsern ... na ja, den meisten jedenfalls.»

Mathis hingegen springt auf und wetzt zu ihm rüber, Achselzucken, er dreht sich um und sprintet zu ihrem Zelt, kommt wieder mit einem Buch, und sie zeigen abwechselnd in das Buch, blättern vor und zurück, und ich höre sie nuscheln: «Ja ... vielleicht. Nein ... oder ... findest du nicht ... sieht das nicht aus wie ...?»

Sie schütteln ihre Köpfe, Wayne reißt ein Farnblatt ab und hält es ins Mondlicht.

«'tschuldigung», rufe ich, «Jungs, was macht ihr da?»

Geistesabwesend antwortet Mathis: «Wir bestimmen Farn, hier steht, es gibt ein paar Dutzend Farnarten in Kanada, und wir bestimmen jetzt diesen ... hier ... der ist es!»

«Ja», kommt es von seinem Freund. Ein paar Schritte weiter rechts beginnen sie die Prozedur von neuem.

Das Lagerfeuer.

Funken.

Zeit.

«Hört mal, ich verziehe mich ins Bett, gute Nacht noch», sage ich.

«Mm-mmh», sie sind zu sehr auf ihre Arbeit konzentriert.

Ich weiß nicht, wie lange ich verzweifelt versuche, in meinen Schlafsack zu kriechen, so breit bin ich, im wahrsten Sinne des Wortes. Ein paarmal stoße ich meinen Ellbogen an der Gitarre, und ich weiß nicht, wo vorne und hinten ist, und irgendwann, nach zu viel verschwendeter Zeit, gebe ich auf, liege still da, ruhig atmend, mehr schlecht als recht zugedeckt, und höre, wie die beiden sich weiter durch die kanadische Natur definieren.

Schön, dass kein Bär mehr aufgetaucht ist. Das wäre echt schade gewesen. Danke.

14. ENGEL OHNE FLÜGEL

Ich höre die afrikanische Flöte, auf der Wayne einige Dissonanzen verursacht, dazu der orientalisch anmutende Singsang von Mathis: «Guten Morgen, Buster, guten Morgen, Buster ...»

Genau so wollte ich immer geweckt werden, meine Zehen sind eiskalt, ich bin hundemüde, zu früh geweckt, und das auch noch mit einer schrägen Flötenmelodie, ich bin also so richtig gut drauf. «Haut ab!»

«Buster ... Buster!»

Der Reißverschluss meines Zeltes wird aufgezogen.

«HEEY, habt ihr keinen Respekt vor der Privatsphfffphänomenal!»

Das Prachtexemplar eines Joints schwebt mit Mathis' Hand ins Zeltinnere, und sogleich ist die Bude zugeschmökert.

«Frühstück!», kichert Wayne.

Ihre Gesichter im Cannabis-Nebel übereinander im Eingang. Engel ohne Flügel.

Cowboykaffee, Toast, weiß und braun, Marmelade en masse, die nächste Tüte, Mokka und heiße Schokolade und Planet Drum und Chick Corea am frühen Morgen.

Moment, so früh ist das gar nicht. Ich bin nur gerade erst aufgestanden. Die Sonne steht hoch am Himmel.

«So ganz nebenbei ... wann wolltet ihr beiden eigentlich weiter?»

Wayne grinst und zupft an seinem Schlapphut. «Wir haben uns umentschieden, wir bleiben bis morgen.»

Der eine ist noch nicht tot, da baut Mathis schon den nächsten.

Hinter meiner Stirn kribbelt es.

Irgendwann fahren sie in die Stadt, und so habe ich Zeit, ein bisschen zu mir zu kommen und zu duschen, aber als ich nach dem Duschen wiederkomme, schnallen sie gerade ihre Fahrradhelme ab, und schon von weitem ruft mir Mathis lachend zu: «Ha, du hast ja 'n Timing, Buster, schau!»

Basti, denke ich.

Er hält eine Riesentüte hoch. «Den habe ich freihändig auf dem Fahrrad gebaut!»

Nenn mich, wie du willst.

Sie haben in Sechelt einen Film entwickeln lassen, den sie gestern und vorgestern mit einem alten Fotoapparat geschossen hatten. Und ich frage mich, wie lange ich geduscht habe.

Es sind Fotos aus Apphill, einem kleinen Ort, wo sie zuvor übernachtet hatten.

«Da musst du auch hin, Buster, Apphill, yeah, du, dahin!», sagt Wayne.

Mathis bestärkt ihn in der Meinung: «Ja, ja, Mann, da musst du dein Zelt aufschlagen, da wird's dir gefallen, das sag ich dir, hör auf mich, glaub mir.»

«Ja, ganz nett», sag ich zu den Bildern.

Nichts ist von der Gegend zu sehen, nur die beiden, auf ihren Fahrrädern, rauchend, essend, trinkend, pinkelnd und immer lachend, und dann zwei Fotos von meinem Zelt. Ohne mich.

«Oh», meint Mathis, «das haben wir gemacht, bevor wir uns kennengelernt haben.»

«Häh? Warum?»

«Och, das sah so toll aus.» Und dann kommen Fotos von uns, von uns dreien, Fotos, an die ich mich beileibe nicht erinnern kann: ich, als ich wie ein Hypnotisierter den Kopf in den Nacken lege, tanzend, wir tanzend ...

Wir haben getanzt?

Ich am Lagerfeuer, gleichgültig.

Wir verbringen den ganzen Tag zusammen, spielen Hackysack, ein Spiel mit einem tennisballgroßen Ledersäckchen, das man irgendwie in der Luft behalten muss, außer mit den Händen, stundenlang. Mathis ist ein Meister darin, er näht die Säckchen auch selbst und vertickt sie, und er scheint überhaupt viel Zeit in seinem Leben zu haben, alle beide eigentlich, wenn man sie so reden hört. Sie sprechen nie über ihr Geschäft, außer dieses eine Mal, nur über ihre Musiksessions bei Mathis jeden Freitag, wozu sie mich einladen, in einer Woche oder zwei, oder wann immer ich es schaffen würde.

In ein oder zwei Wochen, denke ich. Ich lasse mir das durch den Kopf gehen und zucke mit den Schultern. Was weiß ich, wo ich dann bin? So weit habe ich noch gar nicht nachgedacht. Will ich überhaupt so weit planen?

«Guck mal, ob du es schaffst. Wenn es klappt, gut, wenn nicht, kein Problem.»

Alles kein Problem. Was für eine Einstellung. Ein Traumleben. Ein Traumleben dank Traumberuf.

Abends tauschen wir unsere Adressen, und wir reden die ganze Zeit, und wenn es kein Gesprächsthema mehr gibt, dann blödeln die beiden weiter, Szenen aus Star Trek, A-Capella-Songs aus den letzten zehn Jahren, TV-Jingles, Verkehrsfunk Vancouver, oder sie äffen Filmstars nach.

Am nächsten Morgen verabschieden wir uns voneinander, kurz, fast geschäftsmäßig, sachlich. Sie springen auf ihre gepackten Räder und fahren los, ohne sich noch einmal umzuschauen, und nach ein paar Metern beginnen sie wieder ihre Unterhaltungen, ihre endlosen Diskussionen, und als Letztes höre ich ihr Gelächter im Wald.

Dann sind sie weg. Und ich bin da. Wieder alleine. Wieder alleine aber anders alleine als zuvor. Den Rest des Tages latsche ich mit den Händen in den Taschen am Strand entlang, das Inlet auf und ab, so weit es geht. Ich schmunzele über meine Erinnerungen an unsere Szenen, die Kommentare, den Quatsch und das Feuer. Wie ein Rentner, der nach sechzig Jahren auf den Spuren seiner Jugendliebe über das Kornfeld seiner Entjungferung wandert.

Ich muss weiter, in Bewegung bleiben, ja, das Reisen ist wie ein Virus, und den habe ich mir eingefangen. An diesem Ort habe ich alles erlebt, was es zu erleben gab. Besser wird es nicht. Es ist Zeit, das Zelt einzupacken.

III. APPHILLY BILLIES

15. WENN DER FÄHRMANN WORTKARG IST

Ich folge Mathis' und Waynes Rat und bin auf dem Weg zu diesem Dorf, Apphill. Nachdem mich zwei Autos mitgenommen hatten, wollte ich mein Glück nicht zu sehr herausfordern und bin in einen Bus umgestiegen, der die Küstenstraße, den Highway 101, hochfährt.

Neben mir sitzt Timmy, ein 14-jähriger Straftäter auf Wochenendurlaub. Er sitzt eine Jugendhaftstrafe ab, da er mit der Schrotflinte seines Vaters und zwölfmal Nachladen das Pferd seines Nachbarn erschossen hat. Er findet das lustig. Ich nicht. Und ich kann das nicht verbergen. Timmy fragt mich, was ich habe. Ich weiche aus und deute aus dem Fenster zu einem heruntergekommenen Trailerpark, den wir gerade passieren.

Während einer Pause spielen wir Hackysack, das Spiel scheint hier sehr beliebt zu sein. Und ich schlage mich nicht schlecht nach dem intensiven Training mit Mathis und Wayne unter erschwerten Bedingungen. Vielleicht spiele ich sogar etwas besser, aber ich lasse Timmy gewinnen. Wir reden über Eishockey. Ich habe keine Ahnung. Ich stimme ihm immer zu. Recht hat er! Mit allem. Und ich lache laut über seine Witze!

Es ist nämlich bereits sein drittes Pferd gewesen.

Manche Leute denken, per Anhalter zu fahren sei gefährlicher als mit den öffentlichen Verkehrsmitteln.

Der Busfahrer will mich gar nicht gehen lassen. Die letzten drei Kilometer vor meinem Stopp versucht er, mir meinen Plan auszureden. In die Stichstraße habe er noch nie jemanden hineinfahren sehen, und er fahre die Strecke schon seit zwanzig Jahren, der nächste Ort wäre wunderschön. Wenn er in sechs Stunden wieder den gleichen Weg zurückkommt und ich dann immer noch an der Stichstraße stehe, würde er mich wieder mit zurücknehmen, umsonst, er freue sich schon auf mein dummes Gesicht.

Die Bustür schließt sich, er fährt an, hupt und verschwindet hinter der Kurve.

Ich hieve meinen Rucksack hoch, schnappe die Gitarre, gehe fünf Schritte und höre blechernes Geschepper hinter mir. Ein verrosteter und bemooster Pick-up-Truck hält direkt neben mir. Der Daumen des Fahrers weist auf seine Ladefläche voller geplatzter Mülltüten, und ich werfe mein Gepäck dazu.

Vorsichtig öffne ich die grifflose Beifahrertür, sie ächzt und stöhnt, als würde ich ihr vier Zähne auf einmal ziehen, und dann kann ich mein Bein gerade noch reinziehen, bevor die Tür zuklappt, weil der bärtige Mann ruckartig anfährt.

Er schaut demonstrativ oft und lange aus seinem Seitenfenster.

Auch gut, man muss sich nicht dauernd unterhalten, wenn man jemanden mitnimmt.

Ich sitze bis zu den Knöcheln in verrostetem Werkzeug, das aussieht, als hätte man es schon einmal Julius Cäsar vor die Füße geworfen. Außer dem Gaspedal scheint nichts an der Kiste zu funktionieren, sämtliche Anzeigenadeln ruhen auf null, nicht ein Lämpchen leuchtet. Das Radio hängt wie ausgekotzt an seinen Strippen. Ein Wecker vor mir auf dem Armaturenbrett ist mit einem Sieben-Zoll-Nagel in das Plastik getrieben worden. Er tickt.

Auf meine Frage, ob er die richtige Zeit anzeigt, erhalte ich nur ein unverständliches Knurren.

Wald, Wald, Wald und die kurvenreiche schmale Straße mittendurch. Kurven, für deren Erklärung die rationale Ebene nicht ausreicht. Keine sichtbaren Hindernisse, um die der Weg ursprünglich geschlagen werden musste. Die Bäume haben alle dieselbe Dicke, keine Hügel, kein Grund für auch nur eine dieser Kurven. Für den Erbauer musste buchstäblich der Weg das Ziel gewesen sein. Ich baue eine Straße mit Kurven.

Das Werkzeug rappelt am Boden, der Motor klingt ungesund, und ein ständiges Schleifen begleitet die Fahrt, Gummi auf Metall. Plötzlich beugt sich der bärtige Mann vor und greift nach meinem linken Knöchel!

Ich schreie auf.

Er schaut mich stumm an, ohne zu blinzeln und eine Spur zu lang für diese kurvenreiche Straße, dann hebt er kurz die Musikkassette an, die er aus dem Werkzeug gefischt hat, und stopft sie ins Kassettendeck.

Das Gerät ist offenbar vollkommen überrascht von diesem Tonträger, so extrem leiert er. Schließlich kristallisiert sich Barry Manilow aus der Klangwursterei, *Ooooh Maaaandy ...*

Das Hochzeitslied meiner Großeltern. Zu jedem Jahrestag mussten wir uns das Video anschauen.

Wir brettern an einem von unterschiedlichen Kalibern zerschossenen Ortsschild vorbei. Auf der ersten Kreuzung bremst der Mann so sanft, wie es seine klobigen Arbeitsschuhe erlauben, deren Schnürsenkel abgerissen auf dem blanken Bodenblech liegen.

Ich bedanke mich, und er schließt seine Augen. Ich schaue mich um, und er deutet mir vage mit dem Kopf an, ich solle die linke Straße nehmen. Ich bedanke mich noch einmal, steige aus, schnappe meine Sachen von der Ladefläche, er gibt Gas und lässt mich in einer Dieselwolke zurück.

Pa meinte mal, als Mum laut mitgesungen hatte, Mandy sei der Hund von Barry Manilow gewesen.

Irgendwann komme ich an dem ersten Haus vorbei: ein Trailer mit Veranda, der zusammen mit dem Anwesen aussieht, als hätte ihn der letzte Tornado von Florida bis hierhingeweht, inklusive aufschlagen in Alabama, Nevada und Oregon. Alles ist Schrott.

In dem Bereich, den ich etwas unbeholfen als Einfahrt bezeichnen würde, stehen drei Autos: ein Oldsmobile und ein Dodge. Übereinander! Außerdem ein grasüberwucherter Oldtimer, den man in Berlin als Kunst verkaufen könnte.

Nikotingelbe Vorhänge wehen tot aus den offenen Fenstern des Trailers. An einer kleinen Holzhütte muss sich ein böser Nachbar mit seiner Pumpgun abreagiert haben. Mindestens zehn gezackte Löcher mit einer höheren Dichte im Zentrum. Mein Magen zieht sich zusammen. Waffen sind in dieser Gegend wohl allgegenwärtig. Abblätternde Farbe überall, ein halbes Dutzend geborstene Stühle verstreut über den seit Jahren nicht mehr gemähten Rasen, Holzscheite, eine Axt, Werkzeuge, einiges war einst auch motorisiert wie eine rostige Kettensäge, und ein kahler Obstbaum mit einem frischgemalten Schild: *Vorsicht, spielende Kinder!*

Ein einäugiger Hund begleitet mich bis zu einem Haus, dessen Dach gerade von zwei Leuten abgedeckt wird. Wortlos werden die Dachpfannen auf einem Anhänger gestapelt.

Ich passiere einen vollbärtigen Kauz, der auf einem umgestürzten Baum neben der Straße sitzt und raucht. Er grinst kurz und zeigt mir, dass ich mich an der nächsten Straßengabel rechts zu halten habe. Der Mann muss Gedanken lesen können.

Der Weg führt bergab, zum Wasser, zu einem kleinen Hafen, verschlafen, keine Menschenseele, nebelig, bewaldete Berge rundherum, ein Parkplatz mit einem Haus und einem roten Container am Rand.

16. ZWEI NÄCHTE

Ein Schild an der massiven Holztür des Hauses: *Büro geöffnet von acht bis acht.*

Ich rüttele – geschlossen – und lese die anderen, vor Jahren angebrachten Hinweisschilder: *Haustiere an die Leine*, eine Preisliste sagt mir *neun Dollar* und *Stiefmütter sollen mit ihrem Arsch zu Hause bleiben* und dann ein Notizzettel: *Wenn niemand da, frag im Pub nach.* Von Hand war dazugeschrieben: *das Big Daddy gleich oben drüber!!!*

Ich stelle meinen Rucksack und die Tüten auf ein trockenes Stück Zementboden und suche den Eingang der Kneipe. Ich folge einer steilen Holztreppe bis zu einer angelehnten Tür. Stimmen, eine mollige, sympathische Barkeeperin mit grauen Haaren, dicken Brillengläsern und breitem Grinsen schreit mich förmlich an: «Was gibt's, Junge?»

Zwei andere Frauen lehnen an der Theke, sonst ist der Laden leer.

«Ich such jemanden, der fürs Camping zuständig ist.»

«Die hasse gefunden, hahaha, Kneipe, Zeltplatz, Bürgermeisterin, HAHAHA», ein tiefes, hollerndes Lachen.

Wir regeln die Formalitäten in dem Büro, das sie extra meinetwegen aufgeschlossen hat.

«Eine Nacht neun Ocken», sie hält die Hand auf.

«Hier, achtzehn, für zwei.»

«Zwei Nächte? Bist du sicher?»

«Ja, zwei.»

«Hah, würde hier keine zweite Nacht bleiben, wenn es meinem Alten egal wäre, hahaha, bist du dir wirklich sicher? Wir werden morgen nicht ausgebucht sein, HAHAHA, du kannst auch morgen zahlen, ich reheheheserviere dir den Platz.»

Ich zahle also für zwei Nächte, und sie meint: «Such dir 'nen Platz aus, Trinkwasser gibt's hier in der Kneipe, hah, nee, Quatsch, bei dem Baum da vorne am Rand, scheißen kannste in dem Toilettencontainer, Wäsche waschen auch.»

«Soll das 'ne Anspielung sein?»

«Sonst noch was, Junge?»

«E-Mail? Kann ich hier mailen?», fällt mir wieder ein. Das hatte ich in Sechelt bei Mathis und Wayne total vergessen.

«Wozu?»

Und ich schaue sie ausdruckslos an, weil ich diese Rückfrage noch nie gehört und daher nicht erwartet habe.

«Wozu? Willst du deinem Broker Bescheid sagen, dass er verkaufen soll?» Wieder ihre Lache.

«Ich will einfach Freunden schreiben.»

«Schreib 'ne Postkarte.»

Ich baue mein Zelt auf, so schnell es geht, wegen den schweren Wolken am Himmel. Es duftet nach Ebbe, Hafen, Seetang und totem Fisch. Tatsächlich beginnt es gegen Ende zu nieseln, ich schmeiße meinen Rucksack, die Gitarre und das lose Zeug ins Zelt und ziehe den Reißverschluss zu. Zwei Meter vor meinem Zelteingang ist ein kleiner Abhang und darunter, keine drei Meter entfernt, das Wasser, der Hafen, kleine Boote, ein größeres, ein alter Schlepper, würde ich sagen, in geschwungenen Lettern *Hellbob* am Rumpf. Und auf der anderen Seite der Bucht die dunkelgrünen Berghänge, deren Kuppen im Nebel verschwinden, das Echo eines Kutters irgendwo, Treibgut, ein Teppich aus Holzresten in der Mitte einer starken Strömung landauswärts, mein Zelt allein auf einem Campingplatz, es könnte auch ein handballfeldgroßer Parkplatz sein, zur einen Seite das Meer, auf der anderen steigt in allen Grünfacetten ein Berg an. Regen benetzt mein Gesicht, und ich mache mich auf in die Kneipe. Auf dem Weg checke ich die Waschgelegenheiten, die die Barkeeperin zuvor erwähnt hatte.

Okay, neben dem besagten Baum ragt ein Wasserkran über ein dürftig zusammengezimmertes Waschbecken, ein verrostetes Schild daneben: *rinkwass.*

Vor allem, um Fische auszunehmen, denke ich mir, und deute die silbern glänzenden Schuppen und Kopfgräten am Boden und in dem versifften weißbraunen Becken wohl richtig. Ein penetranter Gestank.

Kein Vergleich mit Sechelt. Der Zeltplatz war hiergegen fünf Sterne. Aber es passt irgendwie. Die Berge, die Wälder, der Pub, die Bucht, und wo Wasser ist, gibt es auch Fische, und wo es Fische gibt, gibt es auch tote Fische. Tote Fische und keine Fischstäbchen. Fischstäbchen ist Münster. Da ist alles in Ordnung, geputzt, gescheuert und geschrubbt, sauber, antibakteriell, tot. Das hier ist das Leben. Was ist da schon der Geruch eines angespülten toten Fisches irgendwo da unten, wo die Wellen leise über die Steine glucksen? Das herbe Parfüm des Lebens.

Im Pub lehnen die drei Frauen immer noch an der Theke. Ich bestelle mir einen Kaffee und bekomme einen Pott für einen Dollar, das Refill kostet die Hälfte, so lässt sich Kaffee genießen. Dazu so viel Milch, als gälte es, ein Kalb großzuziehen.

We'd drink and talk and sing all through the night, Morning came leisurely and bright. Ein Musiksender feiert das vorige Jahrhundert, acht Fernsehgeräte hängen unter der Decke verteilt im Raum, sie laufen ohne Bild, nur Ton, Musik, bei Eishockey ist auch das Bild zu sehen.

Eishockey, die Faszination des Unsichtbaren, des Imaginären! Die Faszination jenes Spieles, bei dem das Eigentliche, der Puck, nur mittels modernster Zeitlupentechnik in der Wiederholung sichtbar gezaubert wird, wobei ich davon überzeugt bin, dass er eigentlich gar nicht auf dem Eis ist, er wird erst in der Wiederholung ins Bild hineinretuschiert. Und deswegen prügeln sich die Spieler auch dauernd, ähnlich wie beim Wrestling, weil sie nur so tun müssen, als ob, und auf die Dauer frustriert das natürlich, geht das über die Vorstellungskraft des Einzelnen hinaus, und dann rammen sie die Leiber ihrer Gegner in die Bande, dass selbst die Scheiben im Pub erzittern.

Aber der Laden füllt sich langsam mit Garnelenfischern in hell- oder dunkelblauen, mehr oder noch mehr verschlissenen Jeansjacken mit hochgestelltem Kragen, Jeanshosen und Arbeitsschuhen, zerlöcherten T-Shirts und karierten Hemden. Und nicht zu vergessen, die gepiercte Dorfjugend, die um den Billardtisch herumlungert, drei Jungs und ein Mädel. Sie schätze ich auf 14 oder 15, die Jungs ein Jahr älter. Piercings, das geht ja auch einfach in dieser Gegend, da nehmen die einfach die Markierungszangen für die Tiere, und, BUFFZACK-SCHRAPPNELL, und du hast das Ding, wo immer du es haben willst und billig und ohne Infektionsrisiko, außer vielleicht Maul- und Klauenseuche, aber nix Schlimmes.

Eine der Frauen, die vorhin an der Theke standen, kommt als Kellnerin zu mir. «Alles okay?»

«Klar. Aber eine Frage: Wie viele Leute leben hier eigentlich in Apphill?»

Sie schaut mich etwas länger als unangenehm an, braunes Haar, graue Augen, ein nettes Lächeln. «356 … seit Januar dieses Jahres.»

Wir haben Juni.

«Was war im Januar?»

Sie holt tief Luft: «Pfh, weiß nicht mehr, eh.»

Ich will jetzt niemanden überstrapazieren, aber was sollte in dieser Abgeschiedenheit passieren, Geburt oder Blutrache oder ein Opfer für die Götter? Und vor allem will ich sie nicht so mit ihrem Handtuch der kanadischen

Molson-Brauerei stehenlassen. «Wie sieht's denn aus mit den 356, alle hier um die Ecke?!», frage ich so locker wie möglich.

«Also 178 hier in Apphill Harbour, 64 in Apphill West und der Rest in Apphill Ost.»

«Drei Stadtteile», staune ich.

Sie nickt.

«Wie viele Wahlkreise habt ihr denn dann?», schlage ich innerlich Purzelbäume.

«Wählen? Wir wählen nicht», erwidert sie ernst.

Ich räuspere mich und sage dann ebenso ernst: «Ich hätte dann jetzt gerne ein Bier.»

«Kommt gleich.»

Und ich habe Zeit, über meine Einstellung und mein Verhalten nachzudenken. Ich hoffe, ich erscheine ihr nicht arrogant, alles ist so perfekt hier, warum soll man hier nicht leben, nur weil man kein Kino hat, Konzerte, Lebenspartner, die nicht mit einem verwandt sind ... nein, mal ehrlich, wenn ich hier aus dem Fenster schaue ... traumhaft, und die Leute, richtige Typen ... ich mag das schrullige Apphill, da hatten Mathis und Wayne recht.

Irgendwas riecht nach nassem Hund.

Die Kellnerin geht an mir vorbei zur Dorfjugend, die mittlerweile hinter mir sitzt. Sie fragt, ob alles okay wäre, und die bejahen, und dann dreht sie sich zu mir um. Ich schätze sie auf Mitte zwanzig.

«Du bleibst wirklich für zwei Tage hier?»

«Ja», gebe ich überrascht zurück.

Mit einem Lachen kehrt sie zurück zur Theke. Dort stecken die Leute die Köpfe zusammen.

Beim nächsten Mal wechseln wir ein paar nette Worte, witzeln etwas herum, ich bestelle noch ein Bier, und ich hätte schwören können, dass wir flirten, gefolgt von tiefer Einkehr meinerseits, ob ich an Größenwahn leide.

Ergebnis steht noch aus.

Ein sehr gemütlicher Pub. Offener Kamin, offener Sportkanal, Sessel, gemütliche Stühle, alles aus Holz, und an den Wänden die Polaroid-Fotos betreuter Alkoholexzesse, deren Teilnehmer wohl nur noch nach Hause gerollt werden konnten. Eine kitschige Weihnachtsbeleuchtung umrahmt das Geschehen. Sie erinnert mich an die Kifferhöhle von André, einem Freund von Jojo, bei ihm sind sie allerdings bunt, und das Licht wandert. Ein Blick aus dem Fenster zu meinem Zelt: steht noch, prima. Ich nippe am Bier und frage mich ernsthaft, ob es die junge Frau hinter mir ist, die nach nassem Köter stinkt.

Ansonsten riecht es im Pub nach Zigarettenqualm und Fisch. Wahrscheinlich wegen der Fischer. Ich kriege den Geruch gar nicht mehr aus der Nase, selbst das Bier scheint so zu riechen, aber es schmeckt zum Glück nicht auch noch nach Fisch.

Ich kenne jemanden, der heute Abend bäuchlings in seinem Zelt liegen wird und eine aufgewärmte Instantpasta in sich hineinlöffelt, die wohl auch nach Fisch schmecken wird.

Drittelpause beim Eishockey. Noch ein Bier, irgendwie

fühle ich mich immer wohler hier. Und nach den letzten Tagen hatte ich mir mal einen Biertag verdient. Außerdem hatte ich wirklich Kohle gespart in Sechelt. Weg damit.

Heute.

Hier.

«Noch ein Bier!»

17. CHEYENNE

Die Kellnerin lässt sich auf den Stuhl gegenüber von mir fallen. «Du bist aus Deutschland?»

«Ja. Sag mal, kann das sein, dass das mittlerweile jeder hier weiß?» Ich deute zur Bürgermeisterin mit den dicken Brillengläsern, die mir ihrerseits mit einem Bierkrug grinsend von der Theke zuprostet.

«Wir sind eine kleine Gemeinschaft, ich heiß Cheyenne.»

«Basti. Cheyenne?»

«Ja, ja, wie die *Natives*, kannst mich Chey nennen, tut hier jeder, und du? Basti?»

«Ja», ich bin überrascht, «akzentfrei!»

«Ach, meine Mutter ist schwedischer Abstammung, und ich bin mal ein Jahr durch Europa getrampt, so wie du, Reisen finde ich gut, macht mich neidisch, wie lange willst du bleiben?»

«Oh, so lange, wie es eben geht, keine speziellen Pläne.»

«Keine Probleme mit dem lieben Geld?»

«Wer hat das nicht.»

«Hast du das Schild draußen gesehen?»

«Stiefmütter an die Leine?»

«Hehe-nee, dass hier noch 'ne Aushilfe gesucht wird.»

«Hab ich nicht.»

«Ja, wenn du willst, ein Anruf genügt, und du hast den Job.»

Ich hatte ja mit vielem gerechnet, aber nicht mit einem Jobangebot. «Äh, also am Zoll haben die mich komplett auseinandergenommen von wegen arbeiten.»

«Hab mal keine Sorge, alles Cash, keine Fragen.»

Ein weiterer Gast betritt den Pub, und Chey steht auf. «Okay, schlaf mal drüber, morgen arbeite ich auch, dann sieht man sich wieder.»

«Was macht dich so sicher?»

«Du hast für zwei Nächte gezahlt, und wo willst du hier hin? Wir sprechen uns spätestens dann, glaub mir.» Sie eilt zur Theke, wo sie ein paar Worte mit der Bürgermeisterin wechselt, und die beiden winken mir zu, ich soll meine Sachen packen und rüberkommen.

Glücklich im Zelt. Im Schlafsack. Regen prasselt, platscht auf die Plane, ein wunderbares Geräusch, besser als Mucke. Ich träume, Comicfiguren tauchen unter dem Zelthimmel auf, Bugs Bunny, Nemo, die Grinsekatze von «Alice im Wunderland», ich grinse mit der Grinsekatze um die Wette, wer kann's breiter? Weiß nicht, wie lange. Viele Comicfiguren, die ich gar nicht kenne, Phantasie-Polycolor-Zeichnungen in meiner Vortraumphase.

Tiefes Atmen.

Das Prasseln des Regens auf meiner Zeltplane, von rechts kommt ein Staffelläufer ins Bild gerannt, patscht durch den Regen, stoppt vor mir, ich gebe ihm mit meiner Rechten den Stab, und er läuft wieder weg, sich entfernendes Pitschpatsch seiner Füße im Regenmatsch, vor mir weiterhin die Comicfigurenparty, halb Disney und Pixar sind vertreten, wieder der Staffelläufer von rechts, die Übergabe, er rennt wieder weg, pitschpatsch-pitschpatsch-pitschpatsch, wieder die Comicfiguren, und schon wieder der Staffelläufer, pitschpatsch-pitschpatsch, er stört, es ist lästig, dauernd den Stab zu überreichen, aber da er in regelmäßigen Abständen zu mir kommt, halte ich den Stab nur noch hin, und so kann ich mich auf die Comicfiguren konzentrieren.

Regen auf mein Zelt. Comics im Kopf.

Der Staffelläufer von rechts.

Es wird anstrengend.

Meine Rechte versorgt den ausdauerndsten Staffelläufer der Welt mit Dutzenden von sinnlosen Staffelstäben, wir lassen das Ding nicht einmal fallen, wie ein eingespieltes Team, und wieder sprintet er davon, hingebungsvoll, voller Elan, mit dem Mut und der Ausdauer eines Sisyphus. Was würde Freud dazu sagen? Staffelstäbe und Staffelläufer?

Weiß der Geier, wo er die ganzen Hölzer hinschleppt. Soll mir egal sein. Ich frage ihn nicht. Wenn er es mir nicht von selbst erzählt, bitte, hier der nächste Stab.

Comic.

Schlaf.

18. GEDANKEN ANS SESSHAFTWERDEN

Geweckt von Krähen und einer Motorsäge. Mein Kopf, schwer, Reißverschluss auf, es nieselt etwas, leicht lässt es sich so liegen bleiben, frische Luft weht herein, Fischgeruch, das Meer und Gedanken über die Gegend, die Natur, den angebotenen Job, den Ort, die Bucht, den Staffelläufer. Wenn das Jobangebot heute noch steht, werde ich es annehmen.

Frühstück. Kurze Unterhaltungen mit Einheimischen im Nieselregen. Jemand meint, es wohnen keine zweihundert Leute in Apphill, und er lacht laut auf, als ich nach den verschiedenen Stadtteilen frage, das hätte er noch nie gehört, wer mich da auf den Arm genommen hätte, nein, maximal zweihundert, inklusive der *Boat-People*. Die wohnen auf den kleinen Nachen im Dock und einer auf dem großen Boot, der *Hellbob*, oder sie leben auf der anderen Seite der Bucht, in den versteckten Häusern zwischen den Bäumen. Von hier aus sieht man nur die Boote am Ufer, auf die sie angewiesen sind, weil keine Straße dorthin führt.

«Nein, eine Zeitung gibt es hier nicht», meint ein Typ mit einer Harke, der aussieht wie ein Abkömmling von Jack Nicholson. «Keine Nachrichten können nicht schlecht sein, nicht wahr?»

«Aber», entgegne ich, meine kalten Hände in den Taschen, «müssen die Fischer nicht wissen, wie das Wetter wird, oder so?»

Von den Unterhaltungen gestern weiß ich, dass in der Bucht kein Radioempfang möglich ist, da die Berge die Wellen der Stationen in Vancouver brechen.

«Wie das Wetter wird, wissen wir am besten, heute wird's warm, und schwül.»

Wie auch immer, der ist auch nicht besser als die Kadetten im Fernsehen, denke ich, denn noch ist davon weder was zu spüren noch zu sehen, ja, nicht einmal zu erahnen.

«Und das Wichtigste ist doch», setzt er nach und schwingt seine Harke im Stile der Idole, «Eishockey gibt's im Fernsehen.»

Ich dusche, übe auf der Gitarre, hänge ab, spiele mit dem Gedanken des Hierbleibens auf der Rückenlehne einer glitschigen Parkbank, der Flut zuschauend.

Das wäre unglaublich. Aussteigen mit 18, Ausbildung schmeißen, bevor es losgeht. Nein.

Die starke Strömung. Sie schwemmt mächtige Baumstämme mit der Flut an und wieder aus der Bucht heraus, wie alles, was nicht angeleint ist, wenn die Ebbe beginnt. Kleine Boote mit schwachen Motoren kämpfen gegen die Strömung an. Nervöses Heulen ihrer Außenborder.

Ein Boot tuckert in den Hafen. Es schleppt ein selbstgebautes Gerüst, das wie eine Bühne aussieht, oder wie der Käfig für Baby King Kong. Der Käfig wird später mit leeren Austernkästen beladen und wieder herausgeschleppt.

Der Gebrauchtwarenladen in Apphill ist nur einmal die Woche für vier Stunden geöffnet. Weil meine T-Shirts alle dreckig sind, und ich keine Lust habe, sie zu waschen, wühle ich mich durch die Umzugskisten voller Oberteile, Frauen und Männer gemischt. Hinter mir sortiert die ältere Dame gerade gespendete Kleidungsstücke, prüft sie auf ihren Zustand, hält sie gegen das fahle Licht, das durch die alten Fensterscheiben scheint, riecht an ihnen, wirft einige in einen gerissenen Wäschekorb und faltet andere.

Hier gibt es nichts, was es nicht gibt, kleine Möbelstücke, alte Computer, Lampen, Schuhe, Werkzeug, Bücher, CDs.

Ich ziehe ein blaues T-Shirt aus einer Kiste, verwaschen, aber meine Größe, es sieht altbacken aus, aber was soll's?

Bücher. Ich könnte auch mal wieder ein Buch lesen. Das letzte liegt eine Weile zurück, und es war wegen der Schule, nicht, weil ich es ausgesucht hätte. Aber hier habe ich Zeit. Ich schaue über die Buchrücken, alte Bücher, alles Englisch, das war klar, alle dick, bis auf zwei. Ich ziehe das eine aus dem Regal raus, das Cover sieht gut aus, ein Typ liegt am Boden, betrunken? Es heißt «Smell it», der Autor ist kaum zu entziffern, Niedzviecki, Kurzgeschichten, ich blättere, die Storys sind sehr kurz, nur ein paar Seiten lang. Das sieht gut aus. Das passt mir, ich will keine Romane wälzen. Das andere hat einen Fußknochen auf dem Cover, und es heißt «The Scent of a Lie», auch Kurzgeschichten, von einem Paulo da Costa. Einem Fußballer?

«Nimm se mit!», ruft die Verkäuferin.

Ich zucke vor Schreck zusammen.

«Wie viel?», frage ich.

«Kaufst du das Hemd?»

«Ja.»

«Fünfzig.»

«Cent?»

Sie schmeißt einen Rock in den Wäschekorb und schiebt die Brille auf ihrer Nase zurück. «Nee, Kilo Gold.»

Ruhe mich vom Nichtstun aus, jetzt auf einem großen Stein unten am Wasser. Mein neues T-Shirt passt. Plötzlich bekomme ich Zweifel. Wem hat es gehört? Muss ja aus dem Ort sein. Kommt ja keiner hierhin, um seine alten Sachen loszuwerden. Ist auch nicht kaputt. Frisch gewaschen. Wem kann es gehört haben? Es sieht alt aus, wie aus dem letzten Jahrhundert. Hat es einem alten Mann gehört? Warum hat er es weggegeben? Oder hat es seine Frau weggegeben, weil er verstorben ist?

Ich sehe mich schon um mein Hemd kämpfen, weil eine frische Witwe aus einer Ecke angerannt kommt und an dem T-Shirt ihres kürzlich verstorbenen Mannes zerrt und dabei zetert.

Die Sonne bricht durch. Binnen Minuten wird es drückend schwül. Sattes Grün, wohin ich schaue, dunkel blaugrün ist das Wasser in der Bucht, glasklar, mit zackigen Riffen darunter, kleine Felseninseln, der kleine Hafen, eigentlich nur zwei zusammengeschusterte Anlegestege, die rechte Seite mit hellem, neuem Holz.

Wieder Wolken, zum Greifen nah, dicht über meinem Kopf, dampfende Berghänge, alltäglicher Sonnenaufgangs- und Untergangsdunst. Außenborder schnattern entfernt vorbei, der schwere Geruch nach Fisch und Salz, Zweigteppiche in steter Bewegung in der Mitte der Bucht. Raben, Möwen, Adler kreisen über mir, vier Stück, eine Familie, die Eltern mit weißem Kopf und Schwanzgefieder, die Jungen unter vier Jahren, noch ganz braun, das hatte mir Jack Nicholson erklärt.

Ein Abend wie der gestrige. Billard, Bier und gute Unterhaltungen. Shane heißt der Typ mit der Harke, Ruth, Chey, John, Tony, Heather, ich versuche, mir all die neuen Namen zu merken.

Habe ich wirklich nur sechs Dollar gezahlt?

Erst kurz vor dem Einschlafen fällt mir der Job ein, jetzt erst, vergessen, egal.

Chey hat ihn auch nicht noch einmal erwähnt, egal.

19. TODESANGST

Ich auf einer Wolke. Leicht, weiß, hellblau, Frieden, dann grollender Donner, lauter werdend und lauter, und LAUTER! Oh Gott! Ein viermotoriger Zweiteweltkriegsbomber steuert geradewegs auf mich zu, nein, «NEIN!», schreie ich. Auf der Flugzeugnase prangt ein riesiges Gebiss, eine verzerrte Grimasse, das erkenne ich von weitem, das dumpfe Brummen der MOTOREN, das anschwillt bis zu einer unerträglichen Lautstärke, der KRACH, AAAAAH!, es dröhnt durch meinen Magen, meine Eingeweide rebellieren, mein Hals zieht sich zu, GOTT!, meine Wolke erzittert, erbebt, ich greife hilfesuchend um mich, will mich festhalten, in PANIK, AAAAAH!, nur der Flügel der Fliegenden Festung streift mich an der Schulter, doch irgendwie ist das nicht DAS ENDE ... was ... WAAAS?

Ich reiße die Augen auf, schreie laut, meine Hände greifen, grapschen ins Nichts, immer noch der Traum? Geht er weiter? Augen zukneifen, Augen öffnen, der LÄRM, mein Magen, meine Brust zieht sich zu, ich schnappe nach Luft, mein Kopf wirbelt herum, ich in meinem Zelt, ich BIN in meinem Zelt, die Plane FLATTERT wie verrückt, LAUT, es ist so laut, der LÄRM, etwas reißt an meinem Zelt, ich stöhne laut, mein Gott, mein Zelt! Habe ich es zu nah am

Wasser aufgebaut? Rammt mich gleich ein Supertanker? Gleich ... der Abschied.

«Hilfe!», ich kann mich selbst nicht verstehen, DIESER MOTORENLÄRM, ein Motor ... kann SO LAUT sein??? ... der Boden vibriert, nein, ich bilde mir das nicht ein ... MEIN GOTT, ich kralle mich an meinem Schlafsack fest, habe keine Zeit, kein Gedanke an Flucht, es ist zu spät, ich schreie nur: «Aaaaah!» und «Ich sterbe!», als würde das etwas helfen.

Jeden Moment erwarte ich den ... TREFFER? Oder was?

Sitze aufrecht, DIE ZELTPLANE SCHLÄGT AN MEINEN KOPF, DER LÄRM, der Boden, mein Magen, dann ... das undefinierbare Motorengeräusch wird leiser, leiser und leiser, und ich spüre, wie meine Angst, die Bedrohung weicht, meine verklebten Augen, mein hektischer Atem, die Plane beruhigt sich, der Boden, mein Herzschlag in meiner Brust, beim Abebben des Geräusches höre ich Männerstimmen.

Ich öffne vorsichtig das Zelt, recke meinen Kopf raus ... und ich glaube nicht, was ich hinter meinem Zelt sehe.

Ein Hubschrauber parkt direkt hinter meinem Zelt. Sein Rotor dreht sich behäbig, hell summend. Zwei Männer diskutieren daneben mit dem Piloten, als wäre nichts gewesen, sie witzeln.

Ich springe auf, barfuß, und schreie auf Deutsch: «HABT IHR EIGENTLICH NOCH ALLE LATTEN AM ZAUN?»

Die Männer lachen. Und ich kann es nicht glauben, habe die Arme in meine Hüften gestützt, trage nur T-Shirt und Unterhose, das Rotorblatt saust keine zwei Meter von mir und meinem Zelt entfernt vorbei, ebenso schätze ich die Entfernung zu den anderen Seiten, den Felsen, landetechnische Maßarbeit. Ich hätte tot sein können, und für einen Moment dachte ich das auch.

Lässig baumeln die gelben Kopfhörer über die Schultern des Piloten. «Hab dich geweckt, eh?»

Die Männer lachen lauter.

Ich winke ab, meine Sprachlosigkeit verfliegt, meine Stimme eine Oktave höher als gewöhnlich: «Ich hab mir gesagt, Gott, wenn du mich holst, warum nicht in nem modernen Transportmittel? Aber hey, was ist das hier? Ein Campingplatz oder ein Flughafen?»

Sie lachen, anscheinend über beide Begriffe, und der eine mit dem Vollbart meint: «Hier gibt's keine Flugplätze, er landet, wo immer er kann.»

«Und deswegen ... habe ich das jetzt jeden Morgen zu fürchten hier?»

«Nee-nee, is 'ne absolute Ausnahme, wir hatten keine Zeit, uns bei dem anderen Parkplatz zu treffen ... wir beide hätten mit unseren ganzen Klamotten dorthin laufen müssen, da haben wir gesagt, treffen wir uns hier, wir wussten ja nicht, dass hier jemand zeltet.»

Ich zeige auf ihre großen Taschen. «Keine Zeit? Und wo geht's jetzt hin?»

«Holzfällen, oben in den Wipfeln, wir sind quasi so was wie Scouts, er setzt uns ab, wo es gerade geht, und wir machen dann 'nen Weg für die anderen, und dann kann das schwere Gerät kommen», er klopft auf seine Tasche, «Motorsägen, etwas zum Essen und 'ne Plastikplane, falls wir über Nacht bleiben müssen, wenn uns der Helikopter wetterbedingt nicht holen kann. Und die letzten Tage war nichts möglich. Heute ist das Wetter besser, und wir wollen keine Zeit verlieren. Also, bye.»

«Hey, hey, und was soll ich machen?»

«Wenn du nicht dein Zelt aus dem Wasser fischen willst, dann würde ich mich wieder da reinsetzen, damit es nicht wegfliegt.»

Sie steigen in den Hubschrauber.

Ich gehe wieder ins Zelt.

Wieder der ohrenbetäubende Lärm, die Zeltplane flattert gegen meinen Kopf, als würden hundert Hände daran reißen, ich lasse den Reißverschluss offen, er liegt im Windschatten, ich komme mir vor wie in einem Krisengebiet.

Hab ich mich wirklich drei Meter neben ein Rotorblatt eines startenden Hubschraubers gesetzt? Aber der Typ hat recht, sonst ist das Zelt futsch. Ich ziehe den Kopf ein und warte, dass sich der Hubschrauberlärm entfernt, was er nicht wirklich tut. Es schwillt nur wieder an, das laute Geräusch, auf der anderen Seite, nahe, und ich öffne den Zelteingang einen Spalt und ziehe ihn dann ganz auf.

Der Hubschrauber schwebt etwa 15 Meter entfernt vor mir über dem Wasser, die Kanzel in Zelthöhe, ihre grinsenden, nickenden Gesichter hinter Glas und Sonnenbrillen, der Bärtige streckt den Daumen in die Höhe, das Fluggerät verharrt in der Position, ich schüttele den Kopf und forme mit meinem Mund ‹James Bond›, sie verstehen nicht, ich zeige mit den Händen 0-0-7, nun formen ihre

Münder James Bond, und ich nicke, wir lachen, winken uns zu, und der Hubschrauber neigt sich zur Seite und fliegt drei Meter über dem Wasser nach links in einer buchtfüllenden Kurve weg, um einen unbemannten kleinen Leuchtturm herum, und mir wird alleine vom Anblick flau im Magen.

Leise sage ich: «Die spinnen, die sind hier total durchgebrannt, das gibt es nicht ...»

Ich sitze eine Weile so da, und eine Frauenstimme ruft: «HEY, ist da Leben im Zelt?»

Ach, das ist Ruth, die habe ich völlig vergessen, wir wollten uns heute Morgen treffen, weil ... weil ... ach ja, ich kann auf ihrem Grundstück zelten, für umsonst. «JA ... ja, noch lebendig.»

Ich ziehe meine Hose an und klettere hinaus.

«Hangover vom gestrigen Abend?», fragt sie.

«Nee, Helikopter vorm Zähneputzen.»

«Oh, hab ich auch gehört auf dem Weg hierhin, hat er dich geweckt?»

«Siehst du die Narbe an meiner Schläfe ... war ein Rotorblatt.»

Sie schaut ins Wasser, ihre Hände hinter ihrem Körper. «Ist das deine blaue Tasse da unten?»

«Stimmt, ja, die hätte ich wohl gesucht, jetzt ... ja, die ... ich erinner mich ... als ich gestern ans Zelt kam, wollte ich meinen Reißverschluss öffnen und fasse in eine Schnecke, die habe ich dann weggeflitscht, aber sie landet genau in meiner Tasse, die wollte ich wiederum ausschütteln, und dabei ist mir die Tasse aus der Hand geglitten und in den Pazifik gefallen ...» Irritiert nehme ich ihr Gesicht wahr.

Sie hat den Kopf langsam zur Seite gelegt und sagt, die Schultern zuckend: «Kannst du nicht einfach sagen: Ruth, ich war so im Arsch gestern Abend, dass ich hier über meine eigenen Füße gestolpert bin?»

«Ehrlich, eine Schnecke ... ich war nicht ...»

«Ist klar, komm, lass uns zu mir gehen, ich zeige dir den Wald.»

«Also, wenn du so auf geile Ausblicke stehst, dann lass uns da mal hochkraxeln.» Ruth zeigt auf einen Hügel, der auf dem Weg zu ihrem Haus liegt.

Auf allen vieren kriechen wir die letzten Meter.

«Wie gut, dass ich nicht die Einzige bin, die total aus der Übung ist», stöhnt sie außer Atem.

Von dem kleinen Plateau aus kann man über die Baumspitzen hinweg die ganze Bucht überblicken. «Wow, das ist geil, vielleicht sollte ich hier campen?!»

«Natürlich kannste hier dein Zelt aufschlagen.» Ruth steht neben mir, stemmt ihre Arme in die mächtigen Hüften, saugt tief die frische Luft ein, kneift die Augen zu einem schmalen Schlitz zusammen und späht in die Ferne. «Die Leute hier nennen ihn den Todeshügel.»

Ich bücke mich, inspiziere den Boden. «Ah nein, schade, ja, ich glaube, hier ist es schlecht, einen Hering reinzutreiben, schade ... wobei es doch so ein schöner Platz ist ...»

Sie grinst breit. «Schisshase.»

Ich imitiere ihr Grinsen, und mir fällt nichts Schlagfertiges ein.

Wir genießen eine Weile den grandiosen Ausblick. Schweigend.

Mir fallen Blumentöpfe auf dem Hügel auf. Nachdem ich die ersten drei entdeckt habe, finde ich immer mehr, verstreut, auf dem ansonsten kahlen Gestein und Schutt, in Mulden oder auf schmalen Terrassen, Blumentöpfe, einige Dutzend.

«Die sind von mir, hehe.» Ruth muss meinen fragenden Blick bemerkt haben.

«Von dir?»

«Ja, ich bepflanze hier das Areal, bis dahinten und von da oben.» Sie zeigt, rudert mit den Armen in verschiedene Richtungen.

«Du bepflanzt ... den Regenwald?!»

«Die nennen mich die Pflanzenfrau, hehehe.»

Ich versuche ihrem Arm zu folgen.

«Da, den Teich habe ich auch angelegt.»

«Der ist trocken.»

«Der ist noch nicht fertig, Mann.»

«Und warum? Warum tust du das?»

«Das Land gehört alles einem Typen, und der lässt mich dafür umsonst hier wohnen.»

«Weil du ihm den Berg mit Blumentöpfen vollstellst?!»

«Gewissermaßen, wenn du so willst.»

«Seit?»

«Drei Jahren.»

«Cool.»

«Ja.»

«Und wo ist dein Haus?»

«Hehaha ... Haus?! Da vorne, der Trailer, schlecht zu sehen von hier ... zum Glück, hehehe, durch die Bäume.»

«Deiner?»

«Mmh, jetzt ja, ursprünglich Cheys, sie hat zuerst da gewohnt, bevor sie mit Tony zusammengezogen ist. Chey hat da für lau gelebt, weil ihre Mutter mal was mit dem Eigentümer hatte. Wer weiß, wer Cheys Vater ist ... hahah ... sie hatte 'nen Deal mit dem Vermieter, er ließ sie dort für lau wohnen, in ihrem Trailer, egal wie lange, dafür durfte er das Ding behalten, sollte sie weiterziehen, na ja, was eigentlich bedeutet, dass der Typ zuließ, dass sein Land zu ner wilden Müllkippe wird ... sie zog nach einem Dreivierteljahr aus, und als ich nachfragte, vertickte er mir das Ding für 600 Dollar, das Schwein, Halsabschneider ... als Ausgleich machten wir 'nen Deal ohne Platzmiete ... dafür bepflanze ich sein Land.»

«Vertickt ... für 600 Bucks? Das ist geschenkt! 'nen Trailer!»

«HAH, find mal einen, der DAS Ding geschenkt haben will ...»

«Also ...», ich deute auf mich.

«Oh, vorschnell ist die Jugend mit dem Worte ... komm, ich zeig dir den Rest.»

Beim Abstieg bewundere ich noch einmal die grünen Hügel, Bäume, Büsche, Farne, Moos auf Baumstämmen und auf dem durchbrechenden Stein. Und Ruth bepflanzt dieses Land.

Ich muss noch mal nachhaken. «Hör mal, das meiste ist grüner als alles, was ich kenne, es ist dichter Regenwald, nur dieser Hügel bleibt für dich zum Begrünen ... was ist das für ein Deal? War der Typ breit oder was?»

«Was 'ne Frage.»

20. RUTH ZEIGT MIR DEN WALD

Wir passieren ein aufgebocktes großes Holzboot neben der Straße, auf einem bewaldeten Grundstück, umgeben von Bäumen, hundert Meter weg vom Wasser, in sechzig Metern Höhe.

Sie erklärt mir: «Da wohnen zwei Typen drin, die sind ... wie soll ich sagen? Komisch.»

«Nein! Komische Typen, hier?»

«Ich meine richtig durchgeknallt, paranoid, halte dich von denen fern.»

«Wie heißen die ... Gebrüder Noah?»

«Man sieht sie wirklich selten ... und wenn, dann passiert nur Scheiße, seltsame Gestalten, kamen irgendwann und sind geblieben, wie aber eigentlich fast jeder hier.»

«Vielleicht glauben sie an die Erderwärmung, das Steigen der Meeresspiegel.»

«Die glauben nicht.»

Wir biegen in Ruths Einfahrt, ein zugewucherter alter Truck, zerstörte Möbel, zerbrochene Blumentöpfe.

Sie zeigt auf einen kaputten Schaukelstuhl, von dem Blumen herunterranken. «Da, den Stuhl hat mir ein Kerl gezimmert, war der hart drauf-f-f.»

«Wirklich hart? Härter als die Knilche auf der Arche?»

«Yeah, er hat im Wald gelebt, mit Pfeil und Bogen, nur er, alleine, im Kanu, das ist 'ne Weile her.»

«Du sprichst von Rambo?»

«Arsch. Respekt, ja!»

«Woher kanntet ihr euch?» Wir latschen auf ihren knatschgrünen Trailer zu, der ganz offensichtlich schief steht, da der Unterbau auf der einen Seite im Boden eingesackt ist. Die Schräglage stellt die des vielzitierten Turmes von Pisa bei weitem in den Schatten.

«Aus meiner ... harten Zeit ... in Vancouver.»

Was immer das bedeutet, sie wird es mir erzählen, wenn sie will. Ich erinnere mich, wie sie gestern gemeint hat, sie würde keinen harten Alkohol mehr trinken ... vielleicht das ... oder harte Drogen.

«Ich habe ihn kennengelernt, als er aus dem Knast kam.» Sie bleibt stehen und sucht einen Vogel in einer Baumkrone. «Jugendarrest, Psycho, Knast, Psycho.»

«Was hat er angestellt?»

Sie zögert. «Angestellt, angestellt, angestellt hat er ... sein Vater hatte seine, Dereks, so hieß er, Derek, Dereks Schwester ...», sie wirft mir einen kurzen Blick zu, «berührt, und da hat er ihn noch in der gleichen Nacht erschlagen, den Vater.»

Wir bleiben stehen.

«Wie ... alt ... war er da?»

«Derek war da 14 ... als er rauskam, hat er auf der Straße gelebt ...»

«Eine Frage ... mh ... mit was hat er ... ich meine, mit 14, da hat er doch noch nicht so die Kraft ...»

«'ne Axt kompensiert fehlende Muckis.»

«Ja, natürlich», sagte ich. Was kann man Passendes auf so was sagen?

«Wie auch immer ... er hat danach auf der Straße gelebt ... bevor er ganz ausstieg. Er hat jahrelang in den Wäldern gewohnt, ab und an kam er hier vorbei, als er gehört hat, dass ich auch raus bin, na, nicht so ganz raus wie er, aber immerhin raus aus der Szene da, und letzten Herbst haben sie ihn dann gefunden ... in Vancouver.»

«Wie gefunden?»

«Ersoffen.»

«Ersoffen?»

«Ja ... ist wahrscheinlich mit seinem Kanu untergegangen.»

«Was wollte er in Vancouver?»

«Was alle wollen: Pot verkaufen. Er brauchte wohl Kohle ... was weiß ich, weswegen ... vielleicht war er krank ... da ist er eines Nachts mit dem Kanu ... ein Wetterumschwung ... da hat man ihn gefunden ... mit einer Tasche um den Hals ... zwanzig Kilo, stand in der Zeitung.»

«Woher hatte er zwanzig Kilo?»

Sie schaut mir eindringlich in die Augen, denkt über irgendwas nach, dann fragt sie mich: «Du bleibst hier für 'n paar Tage, wie es aussieht, eh?!»

«Ja?!»

«Mmh, wie auch immer, und du kannst wahrscheinlich dein Maul halten, eh?»

«Na ja, also es hat sich noch niemand beschwert.»

«Okay, okay, okay, bin ja nicht das F.B.I., und du wirst

das sowieso schnallen, wenn nicht heute, dann morgen. Basti, hier baut jeder an.»

«Wie?»

«Jeder. Was glaubst du, wie wir hier überleben, siehst du irgendeine Industrie hier, glaubst du, die paar Fischkutter geben genug her, die Austern, die paar Touris, die sich mal hierhin verirren? Hier blieb noch nie ein Touri länger als eine Nacht ... und die auch nur, wenn es nicht anders ging.»

«Unverständlich.»

«Und was soll ich sagen, wenn du es noch nicht gemerkt hast, du hast hier bei einigen Leuten 'nen echten Stein im Brett. Du bleibst sofort zwei Nächte. Das ist noch nie jemand. Du scheinst unser Dorf nett zu finden, magst die Gegend und uns Apphillybillies, hahaha, das merkt man einfach.»

«Ich fühle mich geehrt, ehrlich, und ich wäre schon glücklich, wenn ich einfach hier das alles nur genießen könnte, ich meine, das alleine, aber dass jeder mit mir abhängt, ist um so schöner!»

«Siehste, und das sieht man, und das zum ersten Mal, glaub's mir. Wahrscheinlich ist das der Grund, warum wir dich wirklich mögen. Die Touris kommen doch alle nur, um den alten Totempfahl zu knipsen, lachen über uns Apphillybillies, Hinterwäldler, und dann nix wie weg aus dieser Gegend.»

«Hier ist ein alter Totempfahl?»

Sie lacht laut auf. «Nein! Du warst noch nicht da?! Willst du mir sagen, dass du noch nicht mal ... von der einzigen Pseudoattraktion hier weißt?»

«Totempfahl?»

«Was machst du den ganzen Tag? Weißt du gar nix ...? Steht doch in jedem ...»

«Ich weiß, in jedem Reiseführer.»

«Und?»

«Habe keinen.»

«Du bist 'ne Rübe. Warum hast du dich dann überhaupt hierhin verirrt?»

«Zwei Mountainbiker haben mir ...»

«Mountainbiker? Lass mich raten: Mathis und Wayne?»

Ich nicke. Sie prustet los vor Lachen.

«Ruth? Was ist mit den beiden?»

Aber sie schüttelt nur lachend den Kopf, beruhigt sich langsam und übergeht dann meine Frage: «Pass mal auf, ich werde dir was zeigen. Ich ... oder wir verlangen nur, dass du nichts von hier erzählst! Niemandem!»

Während wir uns unterhalten, wundert sie sich, dass mir eine ihrer wilden Katzen Aufmerksamkeit schenkt.

Morgen soll ich mit meinen Klamotten zu ihr ziehen, aber zelten, draußen, neben dem Trailer! Sonst könnten ein paar Leute auf schräge Gedanken kommen.

«Ich bin ein anständiges Mädchen.»

21. COWBOY-KAFFEE

Kaffeewasser kocht vor meinem Zelt, und ich krieche gerade die Uferböschung hoch mit meiner Tasse, ohne Schnecke, da marschiert Ruth über den Platz, mit meiner Jacke rumwedelnd. «Lässt du immer alles liegen?»

«Oh, die hatte ich noch gar nicht vermisst. Danke, ich ... aber früher oder später hätte ich mir die sicher geholt.»

«Sicher, ich muss eh anfangen zu arbeiten, Essen kochen, es ist Mittag!»

«Also für meinen Kaffee reicht's gerade noch ... aber kochen ... ich ... jetzt? Nee-nee.»

«Gewohnheitssache ... einerseits ...», sie schmeißt mir burschikos die Jacke vor die Brust, «... wie sollten wir auch sonst die Wahnsinnigen aushalten?»

«Die Touris?»

«Es ist manchmal echt zum Schreien, glaub's mir.»

«Blind.» Ich sehe die Locals hier, wie sie freundlich zu den Leuten sind und sich innerlich wegschmeißen.

Drei Tassen Cowboy-Kaffee machen mich richtig wach. Die Sonne bricht durch, und in der Bucht herrscht binnen Minuten eine brütende Hitze, da die Berge den Wind abhalten.

Aufgrund des Wetters gönne ich mir einen Spaziergang. Kann man so etwas Spaziergang nennen? Klingt so altbacken. Es sollte ein anderes Wort dafür geben, wie Chillen oder Grooven. ‹Ciao, Mum, Pa, ich groove ein bisschen durch die Stadt.› Und wenn mich Jojo fragt, was ich gemacht habe? ‹So gegrooved.›

Ich kaufe ein in dem kleinen Laden im Ort mit dem humpelnden Verkäufer, Obst und zwei Postkarten. Beim Rausgehen treffe ich Tony und Chey, sie betreiben einen Hot-Dog-Stand auf dem Weg zum Totempfahl, dann treffe ich Chris, den netten jüngeren Bruder von Chey, mit sympathischer Plauze und irgendwie zu kurzen Armen, außerdem fehlt ihm der kleine Finger der rechten Hand. Er schraubt an einem Außenbordmotor herum, wir verabreden uns für abends zum Poolbillard.

Dann laufe ich John, der größten Schnapsnase des Ortes, über den Weg. Man kann sich hier wirklich nicht aus dem Weg gehen. Hier arbeitet ja auch niemand.

John ist einer der *draft dodger* im Ort, einer jener Amerikaner, die während des Vietnamkrieges nach Kanada geflohen sind, um nicht in die Armee eingezogen zu werden.

Die Luft im Wald ist stets ein paar Grad kühler und frischer. Ich marschiere auf einem schmalen Weg, uneben durch die Wurzeln und Steine, die das Erdreich durchbrechen. Ich habe keine Ahnung, wo der Weg hinführt, es fühlt sich einfach gut an zu gehen, und das Inlet ist bald hinter Hügeln und Bäumen verschwunden. Grüne

Äste und Farne ranken über den Weg und zupfen bei jedem Schritt an meiner Hose. Ein sehr dichter Wald, dunkle Landschaft, Grün auf Grün auf Braun, gedrungene Geister mit schmalen Augen, handflächenschmal und lang wie Schießscharten, belauern mich, Augen überall, tuscheln sie? Was? Äste knacken, Bärenscheiße, und ihre Spuren an den Rinden, gefressene Furchen tief im Holzfleisch, und überall die Geister mit den Schlitzaugen drei Meter hoch, autobreite Baumstümpfe, deren Stämme im Ausgang des 19. Jahrhunderts hier traditionell mit Axt und Blattsäge geschlagen, gefällt wurden, zwei Waldarbeiter jeweils einen dieser Mammutbäume. Dazu schlugen sie zuerst in knapp zwei Metern Höhe Schlitze für ihre Standbretter ins Holz, von denen sie den Stamm dort, wo er sich verjüngte, schlugen und sägten. Und nun beobachten mich die stummen Zeugen durch das modrige Unterholz aus Farnen, Flechten und Moosen, gefällten, umgestürzten und schiefen, von anderen gestützten Bäumen, sich sinnlos in die Luft krallendem Wurzelwerk, Pilzen und Sporen.

Das Ding ist: Wenn einen die fremde, undurchdringliche Landschaft derart gefangen nimmt, kann es sein, dass man das Auge für andere Details verliert, Details wie den Rückweg. Nach etwa einer Stunde strammen Marschierens kehre ich um.

Das dachte ich zumindest.

Mein Plan war einfach: den gleichen Weg zurückgehen, weil ich keine Karte hatte – sollte eine solche überhaupt irgendwo existieren.

Und nun bin ich mir auf einmal gar nicht mehr so sicher, ob dies noch der Weg ist, den ich gekommen bin. Seit etwa einer halben Stunde halte ich Ausschau nach mir bekannten Bäumen oder Hügeln, markanten Stellen, die mir auf dem Hinweg aufgefallen waren.

Ich gehe schneller, ohne dass ich es will. Fragt sich, ob die Richtung stimmt. Laufe ich auf Apphill zu oder davon weg? Bei Letzterem stellt sich die Frage, wohin der Weg führen würde. Jeder Weg führt irgendwohin, sonst gäbe es ihn nicht. Aber wie weit ist das Ziel? Zu Fuß. Geht ja nur zu Fuß. Also maximal eine Tagesreise, nehme ich an. Dann kann es nur ein Haus sein, eine Farm, oder ein Trailer. Oder eine leere Jagdhütte. Das wäre schlecht.

Vielleicht fährt man diesen Weg auch mit einem Crossmotorrad, davon hatte ich einige gesehen. Damit käme man deutlich weiter, und ich kann lange ins Leere laufen.

Ich muss unbedingt feststellen, in welche Richtung ich gehe. Ich bin vorhin Richtung Süden in den Wald gelaufen, auf die Sonne zu, das Inlet links von mir. Alles wäre klar, wenn ich nur das Inlet sehen würde. Ich muss sofort auf einen Hügel.

Doch sobald ich einen Meter von dem Weg abweiche, versinken meine Füße in einem Morast aus feuchter Erde, toten Blättern und Tieren und Moospolstern. Auf den umgestürzten Bäumen, die nur sehr schwer zu überwinden sind, lässt es sich nicht balancieren. Zu glitschig ist ihre grüne Rinde. Kleine Tiere und Insekten flüchten vor mir, ich puste Moskitos aus meinen Mundwinkeln und schüttele meinen Kopf. Die vierzig Meter Luftlinie zum Gipfel eines kleinen Hügels erweisen sich als wahrer Spießrutenlauf, denn die beim Sturz abgebrochenen Äste der gefallenen Bäume ragen wie Lanzen aus dem Holz. Sie reißen an meiner Hose und an meinem Hemd und kratzen mir über Arme und Beine, sie scheinen absichtlich angespitzt wie die Bambusfallen der Vietcong im Vietnamkrieg, von denen John mir erzählt hat.

Außer Atem und klatschnass geschwitzt, lehne ich mich schließlich auf dem Hügel an eine breite Zeder. Um mich herum nur Bäume, einhundert Meter hohe Bäume, die bei weitem den Hügel überragen.

Was habe ich gedacht? So mal eben über die Wipfel spähen?

Ich bin eingekreist von einer braungrünen Wand aus Baumstämmen und anderen Hügeln derselben Höhe und über mir ein dichtes grünes Dach aus Blättern, welches den Blick auf den Schimmer Restsonne in der Dämmerung verwehrt. Bald wird es dunkel. Da ist zu bezweifeln, dass ich den Weg vor meinen Füßen überhaupt erkennen werde, so dunkel wird es sein. Ich stapfe und kraxele zurück zu meinem Weg, und beinahe hätte ich ihn verfehlt, beinahe hätte ich ihn überquert, ohne es zu bemerken, so zugewuchert ist der Wegesrand.

«Das gibt es doch nicht.»

Meine Stimme ... so einsam hat sie sich noch nie angehört.

Ich schlucke, keuche: «Scheiße.»

Nach der Anstrengung bin ich durstig, hungrig werde

ich auch bald sein, und ich habe nichts mitgenommen, nichts zu trinken, nichts zu essen. War das leichtsinnig?

Moos, das Moos fällt mir ein, das wächst doch immer auf einer Seite der Bäume. Ich schaue mich um, ein schlechter Scherz, die sind rundherum grün, zumindest scheint es so. Jedes Mal, wenn ich glaube, bei drei Bäumen die gemeinsame Wetterseite erkannt zu haben, passen die nächsten drei nicht dazu.

«Hilfe», sage ich, das war mehr ein Test, nicht gerufen, nur um zu sehen, wie es sich anhört. Das hört sich nicht gut an. Es hört sich wohl nie gut an.

Ich gehe immer schneller. Ist das klug? Oder soll ich mit meinen Kräften haushalten?

Als ich in eine Art Jogging hochschalte, stolpere ich und fliege der Länge nach in ein Gebüsch. Sofort rappele ich mich wieder hoch. Ich hätte mich verletzen, mir den Knöchel verstauchen können, dann wäre alles vorbei. Dann würde man mich irgendwann hier finden, verwest und von wilden Tieren halb verspeist.

Ich fluche und lehne mich pustend an einen Baumstamm: «Hilfe.»

Das klingt schon überzeugender. Und ich rufe es richtig laut: «Hilfe!»

Ich lausche, höre aber nur das Rauschen der Baumkronen und meinen Atem.

«AAAH», schreie ich einfach nur. Immer wieder.

Es wird immer dunkler. Das bilde ich mir nicht ein.

«AAAAAH!»

Warum ich? Andere erleben nicht mal die Hälfte der Scheiße wie ich in der Schule und im Urlaub.

Knacken im Unterholz.

Ich kann noch nicht mal sagen, ob ich hier die ganze Zeit im Kreis gelaufen bin.

«Hilfe? Hilfe!»

Mein Körper schüttelt sich, dabei ist mir gar nicht kalt. Noch nicht!

Tränen, so plötzlich, als würde ich mich emotional übergeben.

Meine Schreie bleiben mir im Hals stecken, und ich knie nieder vor der Natur und meinem Schicksal.

Das ist nicht gerecht.

Muss es gerecht sein? Wer sagt das? Ich. Weil es nicht fair ist. Andere spazieren durch ihr Leben. Und ich?

Meine Faust haut auf den Waldboden. Wieder und wieder, als würde ich mit der bloßen Faust einen Nagel in eine Wand treiben wollen. Es trocknet die Tränen aus. Immerhin. Und mit den Ärmeln meines T-Shirts reibe ich mir das Gesicht trocken, von Rotz und Tränen.

Wieder schüttele ich mich.

Dann stehe ich auf. Ich habe eine Idee. Ich werde nicht schneller, sondern langsamer gehen und mit den Augen auf die Ränder des Weges achten, nach einer versteckten Abzweigung.

Es dauert nicht lange, da probiere ich es das erste Mal, aber der Weg entpuppt sich als Sackgasse. Ich kehre zurück zu meinem ursprünglichen Weg und folge ihm weiter.

In der Dämmerung ergraut das Grün des Waldes, und die Geräusche erscheinen unheimlicher. Ein Knacken irgendwo. Brechen die Äste unter der Last eines Tieres? Eines Bären? Kommen die in der Dämmerung raus? Schweigen die Vögel auf einmal wegen der einsetzenden Dunkelheit oder wegen der Gefahr in ihrem Revier?

Ich räuspere mich, schaue mich um und breche einen zwei Meter langen, dicken Stock ab, der eigentlich zu schwer ist zum Mitschleppen, aber ich fühle mich etwas sicherer, auch wenn das wahrscheinlich Quatsch ist. Wie einen Speer trage ich ihn, sodass mein Körper stets in der Mitte ist, egal ob er nach vorne oder zur Seite zeigt. Das richtet sich nach der Dichte der Büsche um mich herum. Außerdem trampele ich mit meinen Füßen auf, damit ich kein Tier erschrecke. Und ich gehe wieder schneller, ich spüre meine Anspannung, fühle mich klein, zu klein hier im Wald, wie ein von seinen Eltern verlassenes Kind umgeben von lauter fremden Erwachsenen in einer fremden Stadt.

Bei der zweiten Abzweigung erwische ich tatsächlich einen anderen Pfad. Möglich, dass ich auf ihm hergekommen bin, möglich, mehr nicht. Und er zieht sich, schmal schlängelt er sich durch den Wald, rutschige Hügel hoch und wieder runter. Stoisch latsche ich weiter, ruhig, zu ruhig eigentlich, aber ich konzentriere mich auf weitere mögliche Abzweigungen, und deshalb sehe ich das Wasser des Inlets erst, als es sich schon deutlich vor mir ausbreitet. Ein Anblick wie eine Oase! So müssen sich Verdurstende in der Wüste fühlen. Ich habe meine Orientierung wieder, stütze mich mit beiden Händen auf meinem Stock ab, und ein juchzender Laut der Erleichterung entweicht mir.

Bis auf fünf Meter reicht der Weg an die Küste heran, dann macht er einen Linksknick in die richtige Richtung, und schon bald sehe ich auf der anderen Seite des Inlets die vereinzelten kleinen Häuschen der Einsiedler am Wasser. Mit der Kraft der erfüllten Hoffnung setze ich meinen Marsch fort, ohne das Wasser aus den Augen zu lassen. Wasser, das Meer, es liebt mich, und ich liebe es.

Es ist schon dunkel, als ich ausgehungert und mit einem brennenden Durst das *Big Daddy* betrete.

Ich bin mir sicher, noch nie hat sich jemand so gefreut, all die bekannten Gesichter wiederzusehen. Wie ein Soldat, der aus dem Krieg zurückkehrt. Verrückt. Ich muss mich echt bremsen, Cheyenne nicht zu umarmen. Auf dem Weg vom Ufer zurück nach Apphill war meine Erleichterung schon groß, aber erst jetzt begreife ich wohl meine Freude und die Gefahr, in die ich mich begeben hatte. Das Zittern meiner Finger verstecke ich in meinen Hosentaschen.

Man freut sich auch, mich zu sehen, so, als ob ich hier schon seit Jahren leben würde. Wundern über mein spätes Erscheinen tut sich niemand, und weil keiner fragt – vielleicht wegen des beliebten Mottos: *Mind your own business* –, will ich lieber Teil des Abends werden und nicht in dessen Zentrum stehen und verschweige den dramatischen Teil meines Ausflugs.

Es folgen Biere, Billard, Spaß und gute Unterhaltungen, manchmal nur kurz wie mit dem alten Ron mit seiner tiefen, heiseren Stimme, den ich von meiner Ankunft vom Baumstamm neben der Straße kenne, manchmal höre ich nur zu, wie dem Monolog von John mit seinem roten Gesicht, verquollenen hellgrauen Augen, Wolfsaugen, braungebrannte Haut, Narben im Gesicht und an seinen Händen, muskulöse und zugleich knochige Hände, von der Arbeit, wie alle eine verschlissene No-Name-Jeans tragend, Turnschuhe und T-Shirt. Er trinkt stets große Biere den ganzen Tag lang und die halbe Nacht. Er nuschelt sehr und raucht dabei starke Ohnefilter, einen Ellbogen auf der Theke, so sitzt er mit krummem Rücken auf einem Barhocker.

«Und ich hatte dem Herrn Architekten gleich gesagt: Lasst Platz zwischen den Stelzenhäusern, lasst Platz für den Regen und den Schnee, für das Wetter, aber der Typ aus dem Osten wusste ja besser Bescheid, sie hätten ja auch Winter, meinte er, und er wüsste, was ein harter Winter sei, und Schnee, dabei haben die da 'nen ganz anderen Schnee als wir hier, ihrer ist leichter, wir kriegen schweren Schnee, feuchten, aber das wollte er ja gar nicht hören, die Scheißstelzenhäuser in einer Reihe aneinander, darunter die Bootsgaragen für die Yachten der reichen Wochenendausflügler, das sähe doch schöner aus, ja, wenn es Ihnen darum geht, bitte, halte ich mich raus, ich bin's ja nur, John, können die Reichen ihre Stelzenhäuser dicht an dicht bewundern, aber nur 'ne Zeit lang, sag ich, meine Bude war fünfzig Meter den Hang rauf, na ja, nur weil's schöner klingt, wollte ich da unten nicht gebaut haben, aber die ..., und im ersten Winter ging die Geschichte gut, und er stolziert ein halbes Jahr später an mir vorbei, im Sommer, die Nase nach oben, pah, als hätt er die Pyramiden in Ägypten gebaut, und was soll ich sagen, im zweiten Winter ... ich brauch's gar nicht zu Ende zu erzählen, stimmt's, Heather?»

«Stimmt.» Die Bürgermeisterin zapft weiter, ohne aufzuschauen.

«Und da schmiss es in einer Nacht drei Fuß Schnee, scheißschweren Schnee, und als am nächsten Tag dann noch die Sonne draufknallt und ich so aus meinem Fenster rausschaue, liegen da die kompletten Bretter und Dachpfannen von den sechs Scheißstelzenhäusern in der Bucht, und die Bootsteile auch. Da treibt der Schmand auf dem Wasser, HAHAHA, von sechs Scheißstelzenhäusern in der Bucht, brachen alle zusammen, alle sechs, krach, alles für'n Arsch, die Wunderschönheit, platt. Zum Glück hatte keiner der gutgläubigen Idioten darin gepennt, waren alles Neureiche aus Vancouver, Wochenendler, haben die geglotzt, weißte, standen sie da mit den Händen in den Bügelfaltenhosentaschen, die Frauen schnäuzend, Scheiße, keine zwei Jahre alt, hatten sich die Besserwisser mit der Versicherungskohle in den Haaren, habe den Architekten nie wieder in der Gegend gesehen, würd mich nicht wundern, wenn er durchgebrannt wäre mit der Scheißstelzenhäuserkohle, HAH, hatte er doch mal zu mir gemeint, SOLLTE es, SOLLTE es wirklich mal so schneien, dass man sich Sorgen machen müsste, dann würde er ein

Schneegebläse besorgen und ...», er tippt sich stark gegen die Stirn, «... und er würde vom BOOT aus den Schnee einfach von den Dächern blasen! Unseren schweren Schnee von 'nem Scheißscheideldach, der Idiot, hab ich gesagt, Scheideln! Überhaupt SCHEIDELN! Da braucht er das Dach gar nicht erst decken, wenn er mit so 'nem Riesenstaubsauger dranginge, außerdem, hab ich ihn gefragt, wo er so 'n Scheißding besorgen will und auf was für 'n Schiff er das schnallen wolle, dieser Weltfremde, das kann er vielleicht in Toronto so machen, oder Montreal, sag mal, Basti, hab ich dir erzählt, dass das die Stadt ist, DIE Stadt, Montreal, Montreal ist DIE Stadt, egal, Essen, Trinken, Frauen, Nachtleben, geh nach Montreal, Essen um drei Uhr nachts kein Problem, chinesisch, französisch, italienisch, alles kein Problem, Montreal ist die Stadt, ich muss bald mal wieder hin ...»

Ein Ruck geht durch seinen Körper, seine Augen flackern kurz auf, und dann sackt er in sich zusammen, rutscht vom Hocker die Theke herab auf den Boden und beginnt sofort zu schnarchen.

Heather beugt sich über die Theke, hält eine Polaroid-Fotokamera über John, es blitzt, sie lehnt sich wieder zurück, zieht das weiße Papier aus dem Apparat und wedelt sich damit Luft zu.

22. WAS TUN BEI EINEM BÄRENANGRIFF?

Gefrühstückt habe ich noch der Bucht und versucht, mich an all die Namen der Leute zu erinnern, die ich kennengelernt hatte. Ron, der sympathische Mann mit heiserer Stimme, lebt auf einem Boot im Hafen, besitzt einen bunten Chopper und einen 54er Ford Truck, sieht aus wie Robin Williams ohne Karriere, ohne Zahnarzt, Friseur und Rasierapparat. Lawna, Ende zwanzig, blond gebleichte, selbstgestutzte Haare, Brille, einfaches Englisch.

Wow, wer bin ich, englische Muttersprachler nach ihrem Englisch zu beurteilen?

Aber sie benutzt wirklich nur ein geringes Vokabular, und ich habe mich heute das erste Mal dabei erwischt, dass ich auf Englisch gedacht habe. Abgefahren. Das schafft kein Sprachkurs.

Der Wald von gestern läuft mir nach. So eine Aktion kann wirklich schief gehen. Ganz so blauäugig kann ich nicht mehr irgendwohin marschieren. Als wir auf das Thema kamen, ohne dass ich meinen Panikmoment preisgegeben hatte, waren sie schnell mit Sätzen dabei wie: Die Natur ist die Natur. Die Natur selber ist nicht gefährlich, nicht, wenn man gut ausgerüstet und vorbereitet ist.

Wie viel Natur steht mir noch bevor? Und wo?

Von hier aus gibt es nur den Weg zurück, den ich gekommen bin, oder hoch, weiter nach Norden. Von Apphill aus führt die Stichstraße zum Highway 101. Keine Straße in die Rockys und die Fähre nur als Brücke für den Highway gen Norden. Im nächsten Nest nördlich, Powell River, gibt es immerhin eine Fährverbindung nach Vancouver Island. Die einzige andere Option ist, immer weiter Richtung Norden zu reisen, aber ich hatte von einem Ort auf der Insel gehört, Tofino, in dessen Nähe sich der angeblich schönste Strand der Westküste befinden sollte, Long Beach. Das ist mein Fernziel.

Aber zuerst muss ich nach Powell River. Wer weiß, wie klein das Nest ist? Zeit für die Postkarten.

Meinen Eltern schreibe ich:

Liebe Mum, lieber Pa,

So, eine Zeile ist schon mal voll.

ich habe es hier super angetroffen, nette Leute, tolles Wetter, und mein Englisch wird besser und besser. Die Schule macht Spaß, super Land Kanada, alles in Ordnung, bis bald, Basti.

PS: Habe mein Ladekabel vom iPhone zu Hause liegen lassen, daher kein Telefon.

Spitze. Und noch nicht mal gelogen. Schule macht ja Spaß, solange man nicht hingeht.

Und jetzt das Gleiche an Jojo:

Alter! Ich bin dauerbreit, nur Party hier, die Mädels alle bauchfrei, Mexikanerin abgeschleckt, Sprachschule geschmissen, ich zelte zurzeit, vielleicht bleibe ich hier, immigriere, falls nicht, bis baldobelly, Buster-Basti.

PS: Falls du meine Eltis triffst, du weißt von nix.

Beim Zeltabbau festgestellt, dass ich mein Zelt auf einem toten Fisch aufgebaut hatte! Kein schöner Anblick, und der Gestank, kein Wunder, dass ich immer und überall Fisch gerochen habe, ich muss selbst nach Fisch gestunken haben. Ein Wunder, dass ich die letzten Nächte nicht langsam erstickt bin.

Wie konnte ich das Ding nur übersehen? Kriechende Maden, mein Frühstück im Magen ...

Ich klopfe den Zeltboden ab, das ist alles, was ich tun kann. Dann schleppe ich den ganzen Kram zu Ruths Anwesen und baue das Zelt auf einem ausgelatschten Trampelpfad wieder auf. Ansonsten liegen hier überall Scherben oder Blechreste herum, oder der Boden ist schlichtweg uneben oder weggeschwemmt und mit Brettern ausgelegt, damit man trockenen Fußes zum Trailer gelangen kann. Danach klopfe ich bei Ruth, aber sie ist nicht da, vermutlich noch in der Kneipe. Keine Ahnung, wie spät es ist.

Der Trailer ist von außen verschlossen, das heißt, ein Draht ist durch zwei Stahlschlaufen gesteckt, damit keine Tiere rein können, drinnen ihr Chaos, vertrocknete Blumen, Erde auf dem Boden verstreut. Auf einer leeren Kabeltrommel aus Holz, die als Wohnzimmertisch dient, ein Zettel: *Fühl dich wie zu Hause.*

Das tue ich, vor allem bin ich ein freundlicher Gastgeber, denn Ron und Lawna klopfen nacheinander, und Lawna bringt auch ihren Hund Sam mit, ein Labrador-Dobermann-Weibchen. Auch Ruth kommt irgendwann dazu.

Ron stellt sich als Talent im Geschichtenerzählen heraus. «Basti, einerseits kannste froh sein, dass du hier umsonst pennst, aber du weißt, dass hier ein Bär sein Revier hat?!»

«Nope», spiele ich seine Geschichte mit.

«Ruth, wann musstest du ihn das letzte Mal von hier verjagen?», fragt er.

«Ah, ist schon lang her», winkt sie überzogen ab.

«Wie lang?», hakt Ron nach.

«Drei, vier Tage.»

Gelächter und Gehuste in der Runde.

«Ja, siehste, Basti», er zeigt weise mit einem Finger auf mich, «und er geht immer da lang, wo dein Zelt steht, die gehn ja immer die gleichen Wege, und der war schon da, bevor der Trailer hier stand.»

«Wie alt werden Bären?» Ich deute mit beiden Händen auf den Zerfall um mich herum. «Achtzig, neunzig Jahre? Kommt der Bär mit ner Gehhilfe aus dem Wald?»

Ruth schubst mich von der Seite an: «Pass bloß auf, du! Nicht dass ich heute Nacht aus dem Wald komme!»

Ron nimmt seinen Faden wieder auf: «Und ... na ja, ich geb dir einen Rat, du musst wissen, es gibt jedes Jahr jede Menge Tote auf den Campingplätzen, Unwissende, die keine Ahnung haben, wie man sich bei einem Bärenangriff richtig verhält, das sind übers Jahr Hunderte von Toten, alleine in B. C.!»

«Ich habe schon einen Bären gehört, in Sechelt, beim Frühstücken!»

Ich spüre diesen Druck unter meiner Schädeldecke,

als dehne sich meine Hirnrinde aus. Meine Augen tränen auch ohne Lachen.

«Und?»

«Nix, kam nicht raus aus dem Wald.»

«Siehste. Und die Regierung hält das natürlich zurück, soll ja nicht den Tourismus beeinträchtigen, logisch, so, und jetzt stell dir vor, du liegst im Zelt, im Schlafsack, und ein Bär rennt dich um ... hmh? Was machst du? Sag's mir. Jahaha, du zuckst mit den Ohren, du würdest dir die Decke über die Ohren ziehen und mucksmäuschenstill sein, stimmt's?! ... Und denken: Hoffentlich läuft er über mich hinweg, richtig? Der nickt, der nickt, hat er genickt?», fragt Ron die anderen, die nicken, weil ich genickt habe. «Und weißt du, was der Bär denkt? Der denkt, worauf stehe ich denn hier? Das riecht ja wie ... wie ... leichte Beute! Ich muss nur ein bisschen buddeln, um dranzukommen, denkt sich der Bär, und beginnt sofort zu graben, so!»

Er ahmt täuschend echt einen schaufelnden Bären nach. «Und er gräbt ... und gräbt ... und gräbt ... und deswegen verbluten die meisten Touris im Bauchbereich, die Tiere buddeln die Bauchdecke auf, die Gedärme raus, weil die meisten Menschen Rückenschläfer sind. Wie schläfst du?»

«Embryohaltung.»

«Wie auch immer. Aber kannst du dir das vorstellen, wenn man die findet, dieses traurige Bild, überall Blut und Daunen und Gedärme, und aus isses. Also, wenn du einem Bär begegnest, ich will dir mal erzählen, was du machst, wenn du einem Bär begegnest, erstens: Sei laut! Schrei! Oder ... noch besser ... du bist ja Deutscher: Jodel! Wegen der hohen schrillen Töne, jodeln, da musste dich ja mit auskennen, jodel, jodeln hilft, Jodeln ist das Beste! Jodel dir die Seele aus dem Leib, hier aus tiefer Brust, richtig aus dem Bauch heraus, so: HOLLA DILLI JODELDI LADILA DILLALALHO LOLIILI ...»

Und wir fallen mit ein und jodeln uns zu viert die Seele aus dem Leib: «HOLLLA LIDILILI JODELIDIDIDI ...»

Sam jault dazu.

Das geht ewig so.

«Und mach dich groß!» Ron steht auf und bläht sich auf wie ein Kugelfisch.

Ich kriege kaum Luft, so lache ich, trotzdem quetsche ich aus: «Ich könnte auch ganz einfach weglaufen.»

«Stimmt. Aber nur, wenn er wirklich mit der Gehhilfe kommt. Ansonsten: Vergiss weglaufen, der Bär kriegt dich immer, also kurzum, denk dran, entweder du jagst ihm Schiss ein oder: Daunen und Gedärme. Und, nebenbei, schau ihm nicht so in die Augen wie mir gerade, er kann die Angst in seinen Opfern lesen.»

Wir platzen völlig weg.

«UND!», ermahnt Ron mich weiter, «vergiss bloß nicht den Puma!»

«Wen?»

«Den Puma, den Berglöwen!»

«Hier gibt's auch Löwen im Wald?»

Rons Märchenstunde.

Ruth klatscht in die Hände. «Der Berglöwe, Mensch,

weißt du noch letztes Jahr, Ron? Der Hund von der alten Birdy.»

«Jajaja, natürlich, am Strand ging sie lang, links das Meer, vor ihr der gute alte Hughy, rechts von den beiden die 14 Fuß hohen Klippen und plötzlich aus dem Nix: ZACK, so, ZACK!», seine Hand zuckt wie eine Schlange nach einem Hasen. «Da fliegt was Großes auf Hughy, ihren Schäferhund, ein Deutscher Schäferhund, sieht man nicht oft hier, tolle Hunde, intelligente Hunde, also Hughy, da fliegt was auf ihn herab, ein Biss in den Nacken, und mit zwei Sätzen jagt der Puma mit dem Schäferhund im Maul die Klippen wieder hoch, in zwei Sätzen! 18 Fuß, stell sich das einer vor! Zwei Sprünge fast zwanzig Fuß hoch. Und alles ging so schnell, Hughy hat noch nicht mal bellen können, keinen Mucks soll er gemacht haben, weg war der Scheißpuma mit dem armen treuen Hughy, da stand die alte Birdy dumm da, so ohne Hund von der einen auf die andere Sekunde.»

«Dabei hatte der Berglöwe noch Glück», meint Ruth ernst, «stell dir vor, der hätte versucht, die alte Birdy zu packen!»

«Gott erbarme sich dem Berglöwen», Ron schlägt sich die Hände vors Gesicht.

Die beiden lachen hustend. Lawna stiert Sam an und sagt kein Wort.

«Die alte Birdy hätte ihn glatt erwürgt», bestätigt Ruth.

Und Ron informiert mich: «Du musst wissen, sie hat solche Pranken, die geht stramm auf die neunzig zu und kann 'nen Sack Zement über die Bucht hier schleudern.»

Ruth: «Sie ist 1,90 Meter, und ihr Mann ist früh gestorben.»

«Der Glückliche», kichert Ron.

Und Ruth weiter: «Von da an hat sie alles alleine gemacht, keine Kinder, kein neuer Mann, nur die kleine Austernfarm bei der Insel da draußen, wo sie heute noch wohnt, ihre Familie hatte die erste Austernfarm hier in der Gegend.»

«Ja, als ich hier anlegte, das war vor gut 25 Jahren», Ron kratzt sich seinen gelbgrauen Vollbart, «da hat die alte Birdy die Axt besser geschmissen als alle Männer in der Bucht, und sie hat uns bei den Küstenvorausscheidungen im Axtwerfen vertreten, seit 1947, die erste Frau, das war damals den Jungs bestimmt gut peinlich, 'ne Frau, die die Axt besser wirft als alle Männer im Tal, das ging so bis Ende der Achtziger, da passierte das mit Jim.»

«Oh, der arme Jim», lacht Ruth auf.

Sie schweigen, ich soll fragen: «Was ist mit Jim passiert?»

Ron nimmt dankend an: «Ja, sie war krank, und Jim, Jimmy, dem heute unser Supermarkt gehört, der sollte ihr Milch bringen und was zu essen von hier, und Blizz setzt ihn mit seiner Fähre über, und Jim trägt ihre Tüten, und sie erkennt ihn nicht gleich, weil ihre Augen schlecht wurden, und jagt ihm 'ne Ladung Schrot in den Oberschenkel ... deshalb humpelt er heute noch ... ist dir das aufgefallen? Er, hinter der Verkaufstheke ... so.»

Ron humpelt durch den Trailer, an der langen Wand mit den eintausend verschiedenen abgerissenen Tapetenfetzen entlang, dann klatscht er sich auf die Oberschenkel. «Und danach verbot man ihr die Knarre. Und das Axtschmeißen natürlich auch. Stell sich einer den Jimmy vor, hätte sie damals 'ne Axt gehabt, wir hätten jetzt einen Selbstbedienungsladen da unten.»

«Ja, scheiße, kein Mensch hinter der Theke, keiner zum Reden, gut, dass sie keine Axt hatte, die alte Birdy, ja.» Ruth steht auf und verlässt das Wohnzimmer.

Lawna grinst ihren Hund an.

Sam grinst zurück.

Lawna kichert los.

Und Sam kichert auch.

Der Hund zittert vor Lachen, sein Körper, die Lefzen zurückgezogen, schlabbernd, kichernd, original, ich habe bis jetzt noch nie einen Hund kichern gehört, oder gesehen, und Lawnas und Sams Nasenspitzen berühren sich fast, und sie kichern um die Wette.

23. ZEIT ZU JODELN

Am Abend der übliche Auftritt im Pub, Billard umsonst, dazu Bluesmusik. Ich hatte noch mitgekriegt, dass Ruth sich verabschiedet hat, weil sie müde war nach ihrer Schicht, und so rede ich mit Cheys Mutter Erikka weiter, die heute die Bar schmeißt. Heather, die Bürgermeisterin mit der rauen Stimme, ist heute nur Gast, und ich habe dauernd ihre Lache in meinem Ohr wie einen heiteren Schiffsdiesel. Dazu Countrymusic, ein Sänger: *Since I quit drinkin' life makes no fun anymore*, ein anderer: *Ain't no fun with a jukebox without a countrysong*, eine Frau: *Baby take me with you to the rodeo*, und so weiter.

Ich wundere mich: Warum verstehe ich plötzlich alle diese Texte?

Ein paar schwach beleuchtete Möwen schauen von der Veranda in den Pub.

John tanzt besoffen eine Art Breakdance zur Countrymusik und lässt sich einige Male auf den Rücken fallen, bis er nicht mehr aufsteht und einschläft.

Heather holt die Polaroid-Kamera.

Blitz.

Müde marschiere ich zu meinem Zelt, und ich kann mir kein richtiges Bild von der Situation machen. Mit einer Hand in der Hosentasche und mit der anderen den Kopf kratzend, glotze ich den weißen Plastiktisch, die beiden weißen Plastikstühle und die vielen weißen Styroporblöcke an. Gespenstisch fluoreszieren sie in der Dunkelheit.

Ich schiebe ein paar Styroporblöcke zur Seite, um an den Zelteingang zu gelangen. Als ich mich bücke, um den Reißverschluss aufzuziehen, finde ich davor ein langes Küchenmesser. Erschrocken fahre ich hoch, schaue mich um, als säße mir der Tod im Nacken.

Hat die Wahnsinnige jetzt die Waffen gewählt? Warum? War das kurze Blauweißkarierte eine Anspielung? Und ich habe versagt? Soll ich Ort und Zeit ausmachen?

Ein Zettel liegt auf dem Boden, ich hebe ihn auf. Und direkt nach den ersten Worten lasse ich erleichtert den Arm wieder sinken.

Hi, Basti! Für den Fall eines Bärenangriffs ...

Ja, ein Küchenmesser! Was würde ich tun? Wo wäre der Bär am empfindlichsten? Nase, denke ich mir, ja, die Nase, wie bei Hunden, die sind da doch auch am empfindlichsten.

Ich lese weiter:

... zu deinem Schutz. Aber versuch nicht die Nase zu treffen, das klappt in der Regel nicht. Als Erstes musst du ja laut sein! JODEL! Sollte das nicht glücken, dann bleibt dir nur eines zu tun: Wenn der Bär versucht, dich zu packen, halte das Brotmesser mit beiden Händen vor deine Brust, sodass er sich durch seine

eigene Gewalt quasi selbst das Messer in die Brust rammt, wenn er dich an sich reißt. Dann schlitze ihm von oben nach unten den Bauch auf!

Und wo bin ich in der Geschichte? Ich sehe mich jodelnd und ein Brotmesser schwenkend untergehen.

Schlaf gut, Ruth!

Die hält ja wirklich eine Menge von mir.

Paranoia setzt ein.

Ich sehe überall lauernde Bären, die deutsche Volksmusik mögen. Ich ramme das Messer vor meinen Eingang in den Dreck, sodass ich es nur noch, hehe, zu ziehen brauche.

Liegend lausche ich nach verdächtigen Geräuschen in der Nacht, und in dieser Nacht gab es viele.

24. DIE BÄRENSPUR

Lawna, Ruth, Ron und ich stehen neben meinem Zelt. Sie rauchen. Sam schnüffelt mit eingezogenem Schwanz an dem schwarzen Riesenhaufen Bärenscheiße hinter meinem Zelt.

Ruth betont noch einmal: «Meiner ist das nicht, ich schwör's!»

Ich glaube ihr.

Rons Hand landet auf meiner Schulter. «Schätze, du hattest mächtiges Schwein.»

«Oder Fußgeruch», sagt Ruth.

«Danke.»

«Nein, Mann», wiederholt Ron, «du hattest richtig Schwein, ich meine, so RICHTIGES Schwein, wie ein neuer Geburtstag, du solltest das heutige Datum als zweiten Geburtstag feiern, ehrlich, jedes Jahr, ich würde das machen, den Wievielten haben wir?»

«Keine Ahnung», sagt Ruth.

«Ist auch egal jetzt», sage ich.

«Scheißegal.»

«Nette Wortwahl», kommentiert Ruth.

Und Ron redet weiter: «Mann-Mann, der Bär wollte dir nur zeigen: Ich kann größere Haufen scheißen als du, und wenn du das nicht glaubst, dann setz deinen mal daneben, und wir vergleichen.»

In ihrem Trailer steht der Bär immer noch zur Debatte. Das zusammengerollte Zelt, die beiden Rucksäcke und die Gitarre liegen nun neben dem Ofenrohr. Ron und Lawna würden Ruths guten Ruf im Dorf verteidigen, die Umstände erlauben das außereheliche Zusammenwohnen in unserem Fall.

Ich überlege laut: «Also, wann hast du den Bären wirklich zum letzten Mal gesehen, Ruth?»

Sie atmet geräuschvoll aus.

Drohend zeige ich auf sie. «Sag nicht, es ist wirklich nur ein paar Tage her.»

«Nein-nein-nein!!»

«Wann?»

«Letzte Woche, Anfang letzter Woche!»

Ich schüttele den Kopf. «Wie bitte? Wo?»

«Na, gleich da.» Ruth zeigt aus dem Fenster neben den Trailer, wo bis vorhin noch mein Zelt gestanden hatte.

«Also vor ner guten Woche wäre der Bär mit seinem Arsch schon keine zwei Meter von meinem Zelt weg gewesen?!»

«Wär auch 'n Wunder, wenn nicht», meldet sich Ron zu Wort.

Ich drehe mich zu ihm. «'n Wunder, wenn NICHT?! Was soll das heißen?»

«Wie ich dir schon sagte ... Bären nehmen immer den gleichen Weg. Sie haben ein Revier.»

«Den gleichen Weg ... Revier?»

«Der Bär besucht immer den Komposthaufen vom Supermarkt.»

«Dem Laden?»

«Ja.»

«Und?»

«Bären nehmen immer den gleichen Weg.»

«Ja?»

«Da die Straße entlang über den Hof von Joey und hier die Einfahrt hoch ...»

«JA?»

«... und da dann durchs Gebüsch, stimmt's, Ruth?»

Ruth nickt.

«Moment, Ron, du meinst, der geht da WIRKLICH immer lang? Dann war die Geschichte von gestern wahr?»

«Mmmhja-ja natürlich, immer, ist ja ein Bär.»

«Der Bär kommt immer die Einfahrt hoch und verschwindet da über den Trampelpfad, auf dem mein Zelt stand.»

«Ja, hin und zurück, logisch», sagt Ron.

«Ich frage nur mal so: Weiß das hier jeder im Ort?»

Die drei murmeln: «Jajaja-natürlich-türlich-jaja.»

«Und ihr lasst mich da zelten?!»

Ron wiegelt ab: «Er kommt ja nicht täglich.»

«Nicht täglich ... wie oft?»

«Tja, ich würde sagen ... mh ... was meint ihr?», er druckst herum, aber niemand hilft ihm.

Lawna studiert ihre Fingernägel, und Ruth späht angestrengt aus dem Fenster.

Schließlich sagt er: «Also ... ich sag mal ... einmal die Woche ... vie...»

«ER KOMMT EINMAL DIE WOCHE DA LANG? Willst du sagen, ihr lasst mich da pennen, wo ein Bär einmal die Woche langschleicht?»

Ruth verteidigt sich. «Du wolltest ja nur 'n paar Tage bleiben.»

«NA UND? Das ist russisches Roulette, nein ... das ist kanadisches Roulette! Apphillybilly-Roulette! Außerdem war der Bär überfällig, wenn er sich eine Woche lang nicht hat blicken lassen!»

Ruth sagt: «Komm runter, komm runter, beruhig dich, deswegen hatte ich dir ja noch zur Sicherheit den Tisch und die Stühle gegeben.»

«Oh ja, und nicht zu vergessen die Styroporplatten! Gegen den Bären!»

«Ja, du warst sicher.»

«Pfh.»

«Na, warst du sicher oder nicht?»

«Lässt mich auf nem Bärenweg zelten ... ehrlich ... das muss man sich mal vorstellen, das glaubt mir kein Schwein. Sagt mal, habt ihr Wetten abgeschlossen? Auf mich, auf den Bären?»

«Apropos.» Ron hält Ruth seine Hand hin, und sie kramt in der Hosentasche ihrer schlabbrigen Jeans.

«Also ...»

«Quatsch, Mann, ich mach nur Quatsch.»

«Ich traue euch alles zu», ich schüttele den Kopf und schaue in die Runde, ziehe und spreche mehr zu mir selbst: «Lassen mich auf ’nem Bärenpfad zelten. Beschützen mich mit Styroporplatten und Plastikmöbeln vor ’nem Bären», und dann lauter: «Oh, und nicht zu vergessen: das Messer!»

«Genau», sagt Ruth stolz.

«Ja, das Messer, mit dem Rest Marmelade. Sollte die den Bären vergiften?»

Lawna hält sich das Messer beidhändig vor ihre Brust und jodelt, wobei sie die Augäpfel so weit nach oben rollt, dass wir nur das Weiß ihrer Augen sehen können.

Wir sitzen beieinander, Ron und Ruth auf Plastikstühlen, Lawna und ich auf meiner Isomatte auf dem Boden, Sam in der Mitte.

Lawna beginnt aus heiterem Himmel: «Also wenn du die Einsamkeit magst, Basti ...», und sie schaut mich fragend nach einer Bestätigung an.

Ich weiß nicht, wie sie jetzt darauf kommt, wir haben seit Ewigkeiten geschwiegen, und ich weiß nicht, wer, was und ob ich und, wenn ja, was zum Schluss gesagt hatte, aber ich nicke ihr wohlwollend zu.

«Dann ... also dann ... fahr nach Moncton! Das nennt man auch den Fliegen-Korridor, du weißt, Oklahoma in den Staaten ist der Tornado-Korridor, und Moncton ist das Gleiche für Kanada ... nur eben mit Fliegen ... und Mücken ... statt Tornados ... und da will keiner leben.»

Ron ergänzt trocken: «Der Ungeziefer-Korridor.»

Sie schaut ihn kurz an und fährt dann fort: «Und ich kannte da mal einen ... also eigentlich war das mein

Schwager, scheiße, und der war ... ich will mal sagen ... absolut magisch, ja, magisch war der. Ihr kennt doch die Bienenmänner, oder?»

Fragende bis gleichgültige Gesichter in der Runde.

«Na, die Bienenmänner, Mensch, die Bienenmänner», sie stößt mich an.

Ich nicke. «Lawna, ich habe keinen blassen Schimmer, von was du sprichst, und wenn du das Bild eines Bienenmannes, was ich grade vor Augen habe, sehen würdest, dann würdest du ganz schnell versuchen, es zu erklären.»

«Bienenmänner, die nicht von Bienen gestochen werden, obwohl Abermillionen Bienen an ihnen kleben ...»

«Imker», sagt Ron tonlos.

Sie blickt ihn zweifelnd an. «Na, jedenfalls werden die nicht gestochen, absolut magisch, wow.»

Wir staunen alle.

Er verschränkt seine Arme und fragt Lawna: «Was hat das denn wohl mit deinem Bruder zu tun?»

Die Beförderung ihres Schwagers zum Bruder nimmt sie gelassen hin: «Oh, richtig, mein Bruder, ja, absolut magisch, der war kein Bienenmann, der war das für Fliegen, was Bienenmänner für Bienen sind, er war ein Fliegenmann, oder Moskitos, besser, ja, ich meine ja eigentlich Moskitos! Er war ein Moskitomann! Der konnte durch Moskitoschwärme marschieren, ohne gestochen zu werden, nix, die klebten an ihm, sein ganzer Körper konnte schwarz sein, die stachen ihn nicht, schwarz von Moskitos, und die taten ihm nix.»

Ron lehnt sich vor. «Er hat sie einfach so angezogen?»

«Ja, einfach so.»

«Und sie haben ihn nicht gestochen?»

«Nein.»

«Warum sind sie dann erst gekommen?» Ron wedelt mit den Fingern.

«Keine Ahnung, keine Ahnung, eh.»

«Soll ich dir was verraten?»

«Mh-mmh.»

«Die haben ihn vollgewichst. Die haben sich selbst befriedigt, an ihm. Die haben sich in seinen stinkenden Poren einen runtergeholt. Wie eine überdimensionale, lebende Gummipuppe, dein Bruder, eine riesige menschliche Ejakulieroberfläche für Ungeziefer, voll mit unsichtbaren, geringen Spermamengen, Myriaden von Fliegen und Moskitos, ekelhaft, deine Verwandtschaft, gibt sich für so was her und ist auch noch stolz drauf, bah, uäh, ich geb dir nie wieder die Hand, und an meinen Sticks darfste schon zehnmal nicht mehr ziehen, bah, wer weiß, bah, eh, Fliegenwichse, wie abgefahren, ist das abgefahren, Gruppensex in Vollendung, Myriaden Insekten spritzen gleichzeitig ihren Saft in die Schweißporen deines Bruders, bis die Poren voll sind, uäh, ein allgemein orgastisches Aufschreien kommenden Ungeziefers, erzittern, und dann lassen sie von ihm ab, mit sechs weichen Knien, weichen Flügeln und weichen ichweißnichwasnoch, und dann bss-ss-ss-ss-s-s-sssss, und dein Bruder grinst blöde dazu, schaut her, was ich kann, schaut her, wozu ich gut bin, tolles Exemplar Mensch, eine Insektensperma schluckende Epidermis, Glückwunsch, ein galaktischer Fortpflanzungsversuch, dessen positive Wahrscheinlichkeit von Mal zu Mal, von Akt zu Akt steigt, und irgendwann hustet dein Bruder, und eine Schmeißfliege summt in seiner Lunge, die hat sich dort verpuppt und am besten noch geteilt und noch mal und noch mal, und jedes Mal, wenn er hustet, bsss-sss-ss-s-s-s-s-s-sssss-ss, kleine Fliegen füllen das Wohnzimmer, und irgendwann darf er nicht mal mehr tief ausatmen, und er kratzt sich dauernd die Brust, weil es da drin juckt, die tausend Jungfliegen und -moskitos, alles kribbelt und krabbelt, boah, was hast du für 'ne Verwandtschaft, bah, echt ekelhaft, Lawna, du bist richtig ekelig.»

Ich schaue ihn an, als würde er immer noch reden.

Lawna überlegt: «Aber ...»

«Aber was?», fragt er zurück.

«Aber warte mal, Ron, das letzte Mal hatte er einen Stich!»

Er zuckt die Schultern. «Pfh, einen Perversen findste immer.»

25. SCHWARZER PASSAGIER

Ich weiß nicht, ob mein Verlaufen im Wald damit zu tun hat, aber es lastet wie ein schwarzer Fleck auf Apphill. Nicht dass ich esoterisch werde, aber Apphill hat dadurch einen Makel. Das Nest, wo ich beinahe im Wald verreckt wäre, wahrscheinlich 500 Meter entfernt vom nächsten Haus, nur weil ich es nicht sehen konnte. Mal ganz abgesehen von dem Bären.

Ich kann nicht hierbleiben, die angebotene Arbeitsstelle in der Küche habe ich freundlich abgelehnt. Sie verstanden. Natürlich hätte ich hier ewig bleiben können. Aber das hätte ich auch schon in Vancouver, und dann hätte ich das hier nicht erlebt.

Ja, ich könnte in Kanada bleiben, länger oder mein ganzes Leben. Niemand würde mich finden, ich könnte heute und jetzt alles hinter mir lassen: Ella, Jojo, meine Eltern, die Ausbildung und vielleicht auch die Erinnerung. Aber dann werde ich ein Lifedodger. Es gibt keinen wirklichen Grund. Nein, wenn es gut läuft, dann kann man schon mal mehr wagen. Meine Kumpels und ich hatten letzten Winter gepokert, so richtig mit Chips, Jojo hatte sich einen Pokerkoffer zugelegt. Erst haben wir aus Spaß gespielt, dann um Cents. Und beim Poker ist das so: Wenn es gut läuft, dann kann man mehr riskieren, wie im Leben auch.

Wir schlingern gemächlich in Johns hellblauem Pick-up-Truck über die schmale Landstraße zum Highway 101. John am Steuer, zwischen uns Ruth, mein Gepäck und die Gitarre auf der Ladefläche.

Ruth tätschelt das Armaturenbrett. «Ist das ein Chev?»

«Mh-mmh», knurrt John kurz angebunden, wie er nüchtern immer ist.

«Sechs oder acht ...»

«Acht Zylinder, V8, 350 PS.»

Ruth haut aufs Armaturenbrett. «Ich liebe Chevs.»

«Ich hasse ihn», sagt er.

«Aber du fährst ihn.»

«Ich fahre ihn trotzdem, das ist, wie verheiratet zu sein. Ich habe ihn aus Liebe gekauft, dann bleibt man halt zusammen, auch wenn er viel frisst.»

Vor uns der Hafen, eine Fähre unmittelbar zum Ablegen bereit, John hupt, jemand gibt uns zu verstehen, dass wir uns beeilen sollen.

Nach einer hastigen, aber herzlichen Verabschiedung hetze ich mit meinem Gepäck über den Platz, ein Mann winkt mich durch, und ich verschwinde im Bauch der Fähre, finde die Treppe nach oben zum Deck, schmeiße Rucksack und Gitarre neben die Reling und sehe unten John und Ruth am Truck.

«HEY, DANKE EUCH, GESCHAFFT!»

Sie recken ihre Daumen nach oben, im Dieselgedröhn

der Fährmotoren höre ich ihre Stimmen nur leise. Ruth ruft: «Hast du gefragt, wo die hingeht?»

«WIE, WO DIE HINGEHT?»

«Wohin die Fähre geht!»

«ICH DENKE, ALLE FAHREN VON HIER NACH SALTREY?»

«Nein, Basti, nicht alle Fähren fahren nach Saltrey.» Die beiden stützen sich vor Lachen am Truck ab.

«Aber Richtung Norden, oder?»

«Ja, von hier kann man nur Richtung Norden!»

Der Rest geht im Brodeln der Schiffsschrauben und im Quietschen von Metall und Gummi unter.

Wir winken uns stumm zu.

Dann überlege ich kurz, ob ich jemanden nach dem Zielhafen der Fähre fragen soll, lasse es aber, da ich es sowieso nicht mehr ändern kann. Jetzt ist es zu spät. Wozu stressen? Die beiden haben ja recht, von hier geht es nur nach Norden, nicht nach links, nicht nach rechts, weder in den Osten noch nach Westen, keine Straße, keine Fähre, man kann von hier nicht tiefer in die Rockys reisen oder raus aufs Meer fahren. Nur nach Norden. Entweder dorthin oder zurück nach Vancouver, und das macht keinen Sinn. Ich will schließlich etwas Neues sehen, etwas Neues erleben.

Abgesehen davon habe ich auch irgendwie gar kein Ticket.

IV. POWELL HARBOUR

26. LASS DIE OMA LAUFEN

Ich genieße die Überfahrt. Die Sonne, die Luft, der Wind, so frisch, ich barfuß auf einer weißen Kiste am Heck, herunterschauend auf das magische Blau, das glitzernde Wasser, die Möwen, die geschwungenen Buchten, die Inlets mit ihren kleinen Sandbuchten, selten mal ein Haus am Wasser, und wenn, dann mit einem kleinen Anlegesteg, weitab von allem, ohne verloren zu wirken, von Hochspannungsdrähten überquerte Inlets, an denen mächtige rotweiße Ballons hängen, um die Flugboote zu warnen, obskur plastisch in dieser grünblauen Küstenlandschaft.

Die wenigen Passagiere der Fähre beäugen mich, das merke ich. Ich, der König der Sunshine Coast. So komme ich mir vor, das hätte ich alles nie für möglich gehalten, aber ich habe es möglich gemacht und zugelassen. Ein Full House im Leben.

Hafen in Sicht.

Ein Schild: *Saltrey*. Na also.

Ich betrete als Letzter den Bauch des Schiffes und gehe gleich weiter nach vorne zur Luke. Dort stehe ich neben einer Oma, die als Einzige außer mir zu Fuß gereist ist.

In Schwarz gekleidet, weiße Haare, hutzelig, ein Täschchen am Arm, eben wie ein Bandenmitglied von Monty Pythons gewalttätiger Großmüttergang.

Eine Männerstimme hinter mir: «Wo geht's für euch zwei Hübschen hin?»

Die Oma und ich drehen uns zu einem dunkelblauen Kombi um.

Ich antworte: «Powell River.»

Das ist etwa dreißig Kilometer von hier.

«Schwing dich rein», sagt der Mann.

Und die Oma macht ein paar wackelige Schritte auf den Wagen zu und sagt: «Ich möchte nach Pettson.»

«Na, da kannste ja wohl zu Fuß hinlaufen.»

Die Oma blinzelt.

Der Mann steigt aus seinem Kombi und öffnet mir den Kofferraum, dabei spricht er so laut mit sich selbst, dass sie es hören soll: «Pettson ... ich glaub's nicht, das ist ja wohl nicht weit ...»

Sie seufzt und dreht sich wieder zur Ladeluke.

Ich will gerade etwas sagen wegen der Oma, da kann er nicht mehr länger ernst bleiben und platzt heraus: «Quatsch ... hahaha ... ich hab nur Spaß gemacht, Oma ... spring rein in den Wagen.»

Nachdem ich mich auf einem Zeltplatz einquartiert habe, folge ich der Strandlinie auf der Suche nach einer Bar in Powell River.

Heute werde ich einfach nur einen Ruhigen machen und Apphill verdauen.

Ein Pick-up-Truck mit einem jungen Pärchen dreht ein paar Runden auf einem knochentrockenen Ascheparkplatz, bis sie im roten Staub verschwinden, dann wird gebremst. Unendlich langsam legt sich der Staub um den geparkten Truck. Die beiden eng umschlungen, küssend im Führerhaus.

Ich bin sogar stehengeblieben, wie ein Rentner schaue ich ihnen zu. Ella im Kopf. Das hätten wir auch haben können. Schön, mal so verliebt gewesen zu sein. Ich gönne es ihnen, die beiden da jedenfalls wissen, was ein Moment bedeuten kann.

Am Hafen sollte auf jeden Fall ein Pub sein. Das hatte mir das nette Mädel von der Touristeninformation mitgeteilt, als ich gefragt hatte, nachdem ich genau vor dem Büro ausgestiegen bin. Eine Strandbar wäre jetzt besser gekommen, thailandmäßig gut gekommen, aber egal, ich bin hier in Kanada, und bis jetzt kann ich nicht sagen, ob Thailand mehr gerockt hätte.

Jetzt einfach entspannt ein Bier zischen und dann ab in die Falle. Mein Zelt steht auf einem Zeltplatz auf einem Hügel am Strand.

Mit den Frauen um die Wette lächeln, das ist nett, unverfänglich, offen, so, wie ich es normalerweise nicht kenne. Schade eigentlich. Das verschönt jeden Tag, und niemand scheint sich hier dabei einen abzubrechen.

Achtziger-Jahre-Musik aus den Boxen der Karaoke-Hafenkneipe. Ein kaltes Bier in meinen Händen, so lungere ich an der leeren Fensterfront an einem kleinen Tisch mit

Blick auf die Schiffe, auf die Abendsonne, auf Vancouver Island, gen Westen.

Die Tür wird aufgestoßen, und weil das nicht allzu häufig passiert, schaue auch ich hin, und ich muss aufpassen, dass ich nicht allzu blöde aus der Wäsche gucke. Ich meine, das hier ist eine Hafenkneipe eine Meile vor dem Ende der Welt, und da kommt sie herein. Sie ist in meinem Alter und einfach wunderhübsch. Als stamme sie aus der Gussform meiner Phantasie.

Sie setzt sich hinter mich an den Tisch. Leider nicht vor mich, an den nächsten. Ich muss mich einfach umdrehen, ich warte einen kurzen Moment, schmeiße geschickt meine Jacke von der Rückenlehne und hebe sie auf.

Was für klare Augen! Dunkelbrauner Teint, ungeschminkt, eher schmale Lippen, Stupsnase, beringt, die Haare provisorisch zum Zopf verknotet, beigefarbenes ärmelloses Hemd mit V-Ausschnitt, das untenherum einen fingerbreiten Streifen Bauch frei lässt, Muscheln um den Hals, braune Leinenhose, abgetragen, zu kurz, um ihren rechten Knöchel ein Bastband, eine Sandale wippt lose von ihrem Fuß, zwei Ringe um die Zehen ... ups, sie hat mich bemerkt ... ich starre meine Jacke an, lege sie über die Rückenlehne, räuspere mich und trinke Bier.

Zwei Typen haben auf dem Tisch vor mir ihre Biere abgestellt, sie spielen Pool-Billard, reden unaufhörlich und essen gleichzeitig Riesenportionen Hamburger mit Fritten. Bauarbeiter, schätze ich, Mitte dreißig, Baseballmützen, dazu das Haar vorne kurz, hinten lang, Oberlippenbart, kurz: Vokuhilaoliba.

Sie haben schon leicht einen im Tee, würde ich sagen, lachen viel, und auch sie haben die Schönheit hinter mir bemerkt. Wie auch nicht.

Draußen legt eine Fähre an. Als Erstes laufen die Jungs einer Baseballmannschaft von Bord.

Die Sonne geht heute hinter einigen Wolken unter, in der Ferne der zackige Horizont von Vancouver Island mit seinen schneebedeckten Bergkuppen. Der Himmel in Wolkenfetzen, langgezogen, wie nur ein Himmel über einer Weite aussehen kann.

Die Frau sitzt immer noch alleine hinter mir, hat mittlerweile ihr zweites großes Bier da stehen. Wie kann sie jemand bei einer Verabredung so lange warten lassen?

Vier Baseballspieler betreten mit aufrechtem Gang die Bar und setzen sich an einen Tisch nahe der Theke, ordern vier große Biere, und einer der Hafenarbeiter schreit: «Und habt ihr wieder eins auf den Sack gekriegt?»

«Nein, wir haben sie geputzt.»

Und bis auf uns Fensterbänkler johlt der Laden auf, und der Hafenarbeiter brüllt zum Barkeeper: «Die Runde für die Jungs geht auf mich!»

Ich wünschte, ich hätte einen Rückspiegel. Jeden dummen Grund nehme ich dankend an, um mich umzudrehen.

Die beiden Billardspieler spielen so Pool, wie man spielt, wenn man sich zeit seines Lebens diesem Spiel gewidmet und Abende, Nächte in verrauchten Kneipen bei dünnem Kaffee und laschem Bier zugebracht hat. Pool: das Königsspiel der Rumtreiber. Weil man wirklich eine Menge Übung braucht, um ein Level zu erreichen, das anderen zeigt: Hey, ich weiß, meine Freizeit auszukosten.

«Du bist dran», nuschelt der eine nach einem misslungenen Stoß. Sein Partner schaut geistesabwesend über mich hinweg, mit einem mittlerweile sicherlich kalt gewordenen Bissen Hamburger in seinem Mund.

Ich muss unweigerlich grinsen, und er wacht auf, sieht mich, bemerkt mein Grinsen, und ich roll mit den Augen und nicke sachte hinter mich, und er schließt langsam die Augenlider, kaut zu Ende und winkt mir mit dem Queue zu.

Ich stehe wortlos auf und stelle mein Bier zu ihren. Er reicht mir den Queue und meint: «Ist sie kein schöner Anblick, Mann?!»

«Zu schön, um gemalt zu werden.»

«Hey, wo bist du denn her?»

«Germany.»

«Wie meine Eltern. Verstehen kann ich Deutsch, nur sprechen nicht, hmh, ich heiße Mike, das ist mein Kumpel, Greg.»

Ich muss mich weit über den Tisch beugen, um die weiße Kugel anzustoßen. Es ist ein Versuch, einen schwereren Stoß als vonnöten auszuführen, nur weil ich meine Traumfrau aus dieser Position bewundern kann. Ich peile über Queue und Kugeln hinweg.

Sie liest gelangweilt in einer kostenlosen Zeitung, alleine, und ich wäre super in der Stimmung, sie anzulabern, aber bitte wie?

Ich meine, das ist ja schon auf Deutsch immer die Frage, aber was sage ich denn zur Hölle auf Englisch?

Was für eine beschissene Situation.

«Basti, warteste auf ein Erdbeben, damit sich deine Kugeln von selbst versenken?», fragt Mike.

Und Greg setzt hinzu: «Er könnte ja auch die hier vorne spielen.»

Sie lachen.

Sie wissen.

Dauernd spukt sie mir im Kopf herum, ich nehme wirklich jede Chance wahr, ihr ungesehen oder Zufälligkeit heuchelnd, einen Blick zuzuwerfen.

Wie kann ich halbwegs intelligent eine Frau auf Englisch ansprechen, ohne irgendwie prollig, eindeutig oder sonst wie zu wirken?

Was wäre wohl mit: ‹Hey, ich sammle auch Muscheln!›

Nein.

Außerdem ist sie wahrscheinlich gar nicht verabredet, sie würde man nicht versetzen, sie hat bestimmt keine Probleme, jemanden kennenzulernen, wen immer sie möchte, und wenn ich meine bescheidenen Erfahrungen mal auf einen Nenner bringe, dann würde ich, nüchtern die Situation betrachtet, sagen, sie möchte einfach nur mal alleine abends ein Bier trinken gehen, ohne von halbbesoffenen notgeilen Solomännern angelabert zu werden.

«Basti ... Träumer ... Mike, rede du doch mal mit ihm!» Greg kommt mit einem Pitcher für uns drei wieder.

Mike meint: «Hey, Mann, du hast dich ja ziemlich verguckt, was?»

Nicht so laut!

«Bitte? Wer? Ich doch nicht.»

AC-DC aus den Lautsprechern.

«Das kann man ja kaum mit ansehen», sagt Greg.

Ich habe das Gefühl, mich für meine Unaufmerksamkeit ihnen gegenüber entschuldigen zu müssen, denn die beiden sind echt okay, aber ich bin nur zu fünf Prozent bei ihnen am Billardtisch.

«Mir reicht's. Warte mal», Mike dreht sich zu ihr um.

Er dreht sich tatsächlich zu ihr um, setzt an, ihr etwas zu sagen, nein!

Ich flüstere: «Ah, nein, Mike, bitte, nein, Mike, M...»

Da hotzenplotzt er los: «Hey, wunderschöne Frau!»

Zu spät.

Sie schaut auf.

Ich gucke zum Deckenventilator. Ich kenne die beiden quasi nicht.

Vorbei, denke ich, obwohl ja noch nichts angefangen hat. Als hätte ich einen Plan gehabt, sie geschickt anzusprechen, eloquent und humorvoll, dabei hätte die Kneipe die Vorhölle sein können, wir hätten hier für alle Ewigkeiten gefangen sein können, ich hätte die Zähne nicht auseinandergekriegt. Trotzdem, ich war der Illusion beraubt, weiter von dem Moment zu träumen.

Ruiniert. Dieser Hornochse. Der ist doch älter als ich,

das muss der doch wissen: So einer Frau muss man doch mit Klasse und Charme und Witz kommen.

Stattdessen sagt er laut und deutlich: «Hättest du Lust, dich zu drei notgeilen halbbetrunkenen Jungs an den Tisch zu setzen? Du sitzt so alleine.»

Alter.

Ich linse aus dem Augenwinkel zu ihr rüber.

Und sie lächelt das erste Mal, sie lächelt, und ich sterbe ein Stück, bezaubernd, hübsch ist gar kein Ausdruck.

Und sie sagt: «Au ja, gute Idee.»

Au ja, gute Idee? Habe ich sie richtig verstanden? Au ja, gute Idee? Ist das ihre Antwort, ihre Reaktion auf den Spruch von Mike, oder hatte ich ihn nicht richtig verstanden, oder hat er noch etwas anderes gesagt?

Sie nimmt ihr Bier und kommt herüber. «Iesch eißö Marleen.»

«Ich bin Mike.»

«Greg.»

Mike hilft mir: «Das ist Basti, aus Deutschland, spricht nicht ganz hundertprozentig Englisch.»

Danke, Mike.

Sie berührt mich am Arm. «Echt? Wow. Hallo! Ich spreche auch nicht so gut Englisch, ich bin aus Quebec, da haben wir ja etwas gemeinsam, oder?»

Sie hat auch noch einen französischen Akzent. Einen französischen Akzent!

Und wir haben etwas gemeinsam. Sie und ich. Die Schöne und das Biest haben was gemeinsam.

Iesch sterbö.

Alles klar, denke ich, alles klar! 18 Jahre verbale Erstkommunikation mit Frauen für nichts. Die drei bliesen alle Ahnung, die ich bis dahin zu haben glaubte, mit zwei Sätzen in den Wind.

Ja, und warum auch nicht? Die Situation dürfte für alle Beteiligten sonnenklar sein, warum um den heißen Brei rumreden, eine Partie Billard und ein paar Bier gemeinsam in einer fremden Stadt. Was ist dabei?

Mike und Greg sind aus Vancouver und arbeiten auf einer Baustelle in Powell River. Da ist doch wirklich nix dabei. Hier geht doch niemand fremd, oder? Warum nicht einfach mit der Wahrheit raus, und wem das nicht gefällt, mit dem kann man sowieso nix anfangen.

Alles klar, das kann ich mir auf jeden Fall merken, und ich gucke mal, was passiert, wenn ich das so in Deutschland ausprobiere: ‹Hi, ich heiße Basti, ich bin notgeil und besoffen, hast du Lust, einen Kaffee mit mir zu trinken?›

Marleen ist aus Quebec, der französischsprachigen Provinz Kanadas, und ihr Englisch ist wirklich nicht besser als meines, nein, es ist sogar schlechter, und sie ist Kanadierin. Das hätte ich nicht gedacht, dass das möglich ist, ich dachte bis eben, die wären alle fließend zweisprachig.

Wir spielen Pool, Partie um Partie, Greg und Mike gegen die *Traveller*, wie sie sagen. Marleen ist auch hier, weil sie ihr Englisch verbessern möchte.

Und ich jauchze auf: «Da haben wir ja noch eine Gemeinsamkeit!»

Morgen würde sie in Sechelt einen Job auf einer Fischfarm antreten, ansonsten hätte sie «Keine Pläne und keine Verträge», wie sie sich ausdrückt.

Dummerweise habe ich zu dem Zeitpunkt schon herausposaunt, dass ich dort schon gewesen bin, ansonsten hätte ich eiskalt behauptet, dass wir das gleiche Ziel haben.

Greg und Mike haben ihren Spaß, und sie bezahlen die Getränke, die nun laufend kommen, Pitcher um Pitcher, erst einzeln, dann stets zwei Pitcher auf einmal, wir reden viel, über Gott und die Welt, und lachen und spielen Pool, und dann diskutieren Greg und Marleen ernst über die Separationsgedanken ihrer Heimatprovinz. Manche Quebecer hätten gerne ihr eigenes Land, und Mike erklärt mir, dass Kanada zuerst mit K geschrieben wurde und sie erst vor gar nicht allzu langer Zeit das K gegen das C getauscht haben und dass der Name Kanada sowieso auf einem Riesenmissverständnis beruht. Die ersten weißen Siedler fragten die ersten *Natives*, die sie trafen, wie das Land hier heißen würde, das nördliche Land Nordamerikas, und die antworteten ganz logisch für einen nichtnomadisierenden Stamm, gemäß ihren Kenntnissen ihrer Umgebung, in der sie seit Jahrtausenden wohnten und die sie wie sich selbst Kanada nannten.

Und dann rufen uns ein paar *Locals* zu, wer am Billardtisch sei, und Mike und ich nicken, und wir werden aufgefordert, und wir spielen und spielen, er kann es, und ich habe Glück, und so sind wir ein gutes Team, und wir spielen, ohne zu zahlen, und es macht Spaß. Dennoch bin ich *eifersüschtiesch* auf Greg, der sich angeregt mit Marleen unterhält, obwohl sie uns bei einem gelungenen Stoß Szenenapplaus zukommen lassen, Marleen strahlend wie eine Frühlingssonne.

27. BRASILIANISCH KÜSSEN

Mike und Greg müssen morgen früh raus, sagen sie, aber hinter Marleens Rücken zwinkert Greg mir zu. Nein, das war nicht die übliche Zeit, zu der die beiden eine Bar verlassen, niemals, die sind nur so ... nett ... oder wie sagt man dazu, wenn jemand versucht, Gott zu spielen?

Marleen und ich sitzen alleine beim letzten Pitcher. Wir albern herum, reden über die beiden. Dann schaut sie mich an, schweigend.

Mit meinen glasigen Augen versuche ich zu sagen: Weißt du eigentlich, wie erotisch du aussiehst?

Und sie fragt mich: «Kiffst du?»

«Kannst du Gedanken lesen?», frage ich.

«Hast du Lust?»

«Ja.»

«Ich bin mit dem Auto da. Musst du noch irgendwohin?»

«Zeltplatz.»

«Ich bringe dich hin, dann rauchen wir da einen.»

«Das ... ist ... 'ne gute Idee», meine Stimme viel zu hoch.

Sie zündet den Stick an.

Beide Seitenfenster weit offen, eine laue Nacht, hinter

uns brausen gelegentlich Autos über den Highway 101, ansonsten hören wir nur die Meeresbrandung und das leise Plätschern eines kleinen Baches, der in den Pazifik mündet.

«Dein Wagen?», frage ich.

Wir sitzen in einem uralten verrosteten Kleinjapaner, Marke weiß ich nicht, und der Wagen selbst hatte es wohl auch vergessen.

«Nee, der ist von meinem Freund, na ja, was heißt schon Freund, wir sind ein paarmal zusammen ins Bett gesprungen, weißt du, das Übliche halt.»

«Ja, pfh, klar, so, ups, ins Bett, das Übliche, ja, ja, der Quatsch halt», ich tue so kenne-ich-nur-zu-gut und lache zu hysterisch, räuspere mich und frage: «Ist der hier auch irgendwo, dein Freund?»

«Nein, in St. Suttree, sucht wohl noch seinen Wagen.»

«Ach?»

«Mh, ja.»

Gestohlen also. Aber ich hake nicht nach.

Wir erzählen und kiffen, und dann fällt uns der Stick, als er schon ziemlich kurz ist, in das Zettelgetümmel auf der Mittelkonsole, und wir beide lachen und suchen hektisch, der gute Wagen soll ja nicht abbrennen, wir greifen in Papier und unsere Finger, Hände, und ihr Geruch, ihr eigener Geruch, der mich mindestens ebenso betört wie ihr Weed, das sie seit vier Jahren täglich raucht, wie sie vorhin gesagt hat, kein Nikotin, niemals, so was rauche sie nicht, das sei Gift.

Und wir beide lallend und lachend, schlechte Motorik

und THC-verklebter Schlafzimmerblick, das Meer, der Bach, und sie findet den letzten Rest des Sticks, er qualmt zwischen ihren Fingerspitzen, und sie meint: «Ist so gut wie tot.»

«Rest für dich.»

Sie zieht noch mal tief und schmeißt ihn aus dem Fenster.

«Schade drum», sage ich.

Marleen schaut mich an.

Ihr Killerlächeln.

Sie presst ein «Wenn du willst» heraus und tippt sich zwischen ihre Brüste.

Wie? Was ich will? Wie jetzt? Dich? Deine Brüste? Was?

Sie grinst und sagt mit so wenig Atemluft wie möglich: «Nennt man brasilianisch Küssen.»

Und sie beugt sich rüber, streicht mit ihrer Nase über meine und flüstert: «Scheiß Süchte», bevor sie ihren Mund öffnet, und wir pressen unsere Lippen aneinander, und sie atmet den Rauch aus ihrer Lunge aus in meinen Mund, und ich atme ein.

Sterben.

Jetzt.

Unsere Zungen spielen miteinander, der Geschmack, und dann lehnt sie sich, die Augen noch geschlossen, wieder zurück. Auch ich schließe meine Augen. Ihr Atem in meiner Brust umschließt mein Herz.

«Danke», sage ich, mit ebenso wenig Atemluft wie möglich.

«Keine Ursache.»

Schweigen.

Schließlich muss ich ausatmen. Ich hätte am liebsten in eine Flasche ausgeatmet, sie verkorkt und *Marleens Brasilianischer Kuss* auf das Etikett geschrieben.

Ich spüre, wie das Weed den Alkohol quirlt. Mein Schädel, als hätte jemand versucht, ihn mit einem Strohhalm aufzupusten.

«Marleen, wenn ... also, wie viel hast du jetzt getrunken?»

«Fünf oder sechs, vielleicht auch sieben.»

«Und der Stick jetzt ...»

«Yeah, ich bin jetzt gut drauf!», sagt sie.

Fragt sich, wie gut?

Und da ich meine Pokerphilosophie habe und der von nun an treu bleibe, weil sie sich in Kanada so bewahrheitet hat, der Philosophie von der Dynamik des Schicksals, was bedeutet: Wenn es gut läuft, dann riskiere ruhig was, klopfe ich bei Marleen an: «Hör mal, Marleen, du musst nicht noch fahren ... nirgendwohin ... und im Wagen pennen ...»

Das hatte sie mir vorhin erzählt.

«Wenn du willst ... nurwennduwillstnatürlich! ...»

Ich schon.

«... Kannst du auch in meinem Zelt pennen ...»

Fragt sich, ob das größer ist als ihr Auto. In der Tat zweifelhaft.

«... du kannst dir auch den Flügel aussuchen ... hehe ...»

Das war der Humorteil.

«Ähem, und ... ich verspreche natürlich ...»

Und das jetzt so locker, wie ich nur kann.

«... Dass meine Finger auf meinem Schlafsack bleiben.»

Und morgen schneit es bunte Elefanten.

«... Also is' nur ein Angebot ... überleg's dir ruhig, wenn du möchtest.»

«Ja, denn ... mach's mal gut, Marleen», ich halte die Beifahrertür auf, der Motor läuft unruhig. Jetzt einen Kolbenfresser, bitte-bitte.

«Dank dir noch mal für das Angebot, hihi, echt nett», sagt sie, ihre Augen funkeln.

«Kein Thema.»

«Man sieht sich.»

«Aber denk dran, es ist echt gefährlich, in deinem Zustand jetzt noch Auto zu ... ja, nee, klar ... hast ja vollkommen recht ... wär ja Blödsinn ... total albern jetzt zusammen ... man sieht sich.»

Ihre Bremslichter flammen auf vor der letzten Kurve.

Da fährt sie hin.

Meine Philosophie.

Marleen.

28. WACHTRAUMSPLITTER

Nieselregen und Hangover am Vormittag, Frühstück, Klamotten gewaschen, Gitarre gespielt, eine Busfahrt für 1,25 fast eine Stunde lang mit einem der beiden öffentlichen Busse durch Powell River, mit seinen Häusern ohne Gartenzäune, breite einstöckige Häuser, nahe einer Holzmühle, die demnächst dichtmacht, und dementsprechend sieht hier auch die Nachbarschaft aus, nichts, was nicht zu verkaufen wäre: Rasenmäher, Werkzeuge, Möbel, Häuser, Trucks, Autos, Wohnmobile, Boote auf Anhängern und die Anhänger selbst, *Zu verkaufen*. Die Gegend ist ein einziger riesiger *garagesale*. Was sich am besten in den Geschäften verkauft, sind die rotweißen Schilder mit dem Aufdruck *Zu verkaufen*.

Im Kino läuft ein Film, an drei Tagen die Woche *Grease mit Olivia Newton John und John Travolta*, so steht es angeschlagen, ein Autist spielt mit einem Strohhalm auf einer Holzveranda, *Zu verkaufen*, Möbel, Stereoanlagen, *Zu verkaufen*, Tischtennisplatten, aufstellbare Basketballkörbe, *Zu verkaufen*.

Die einfachen Arbeiter sind längst entlassen, nahe der Holzmühle kauern die Wohnmobile der Demontagearbeiter, ein lukrativer Job heutzutage, erfolgreiche Wanderarbeiter, die nur dazu angeheuert werden, die Maschinen einer Fabrik zu demontieren, da viele betroffene Arbeiter das nicht wollen oder können.

Der Mann auf der anderen Seite des Busses erklärt es mir: «Wir werden dafür bezahlt, die Arbeitsstellen anderer abzubauen. Wenn wir gehen, dann bleibt kaum noch etwas zurück, das Management verhökert die gebrauchten Maschinen, meist in Billiglohnländer, was bleibt, sind verlassene Kleinstädte und Stadtteile. Mit der Arbeit geht die Hoffnung, wir sind wie Heuschrecken, wir ziehen von Krisengebiet zu Krisengebiet, ich mach das jetzt seit zehn Jahren, man kann ganz gut davon leben, vom Elend anderer, aber ich habe ... hatte schließlich auch eine Familie zu ernähren und jetzt Unterhalt zu zahlen. Wir sind seit drei Jahren geschieden, die meiste Zeit war ich ja weg von zu Hause, das ist nicht gut ... aber das Geld ist gut, und das wird so auch noch 'ne Weile bleiben ... sie haben Maschinen, die Maschinen bauen, und das werden immer mehr, aber es gibt noch keine Maschine, die die anderen auseinandernehmen kann. Mmh, ich muss hier raus ... gute Reise noch.»

Am Abend schaue ich dem Sonnenuntergang zu, keine Wolke am Himmel, wunderschön, und die Köpfe der Seehunde tanzen auf dem dunklen Meeresspiegel. Ich sitze nahe am Wasser, in der Dämmerung.

Jemand kommt vorbei und fragt: «Wie geht's?»

«Es ist schön, es ist ruhig.»

«Ja, könnt nicht ruhiger sein.»

Doch, denke ich, wenn du nicht dauernd von einem Fuß auf den anderen steigen würdest und das Knirschen der Kiesel die Seehunde nicht verjagt hätte. Er merkt meine fehlende Gesprächigkeit und geht.

Mücken, ich schlage eine tot.

Wie viele sind es jetzt noch?

Oft schlägt man Mücken tot, wenn sie einen schon gestochen haben und saugen, und dann kratzt man das Geschmier vom Handrücken. Wenn ich so die plattgehauene Mücke anschaue, dann sehen die Viecher nicht besonders flexibel aus. Beine gebrochen, Hals gebrochen, Flügel gebrochen, was wohl mit den Rüsseln ist?

Die brechen doch bestimmt auch ab. Es macht beim Aufprall doch nicht SCHEPPER-SPLITTER-KNAX-KNIRSCH mit allen Körperteilen, und der Rüssel flutscht einfach raus?!

Die stecken doch alle in der Haut.

Wie viel Rüssel ich wohl in meinem Fleisch stecken habe? Im Schnitt im Leben vielleicht alle zwei Tage eine Mücke, das macht 150 im Jahr, im Winter sind es ja nicht so viele, das sind fast 3000 bei mir, 3000 Mückenrüssel in meinem Körper! 3000 sinnzerstörte Bohrinseln, Lebensschläuche ihrer Eigentümer in meiner Haut.

Was ist, wenn so ein Rüssel wandern kann?

Ein alter Doktor schaut mich ernst an. «Tja, Basti, siehst du das auf dem Röntgenbild, in deiner Herzkammer? Das ist ein Mückenrüsselgewölle.»

Die Silhouette eines Reihers, der zehn Meter weiter auf einem kleinen Felsen einen fetten Wurm verschlingt.

Die Silhouette des Wurms.

Wachtraumsplitter später im Zelt zur Gossen Posse, *Was ist das schön im schwerelosen Raum, und ich verwünsche den ungeschminkten Clown.*

Ich ärgere mich noch mal wegen Marleen, einerseits eine wunderschöne Begebenheit, aber Mann will ja meist mehr, na ja, ich zumindest in ihrem Fall. Hätte es nur eine Chance gegeben, sie näher kennenzulernen, wenn ich gen Süden nach Sechelt gereist wäre anstatt in die andere Richtung? Was hätte ich im Wagen sagen sollen?

Wäre ich eine Spur nüchterner gewesen, verdammt, ich konnte ja nicht ahnen, wie der Abend hätte ausgehen können, wir zwei im Wagen ...

Ich beobachte meine Hände über mir, ich spiele Ameisenschnippen am Innenzelt, linke gegen rechte Hand 32 zu 47, Endstand, Ausstand, Abstand.

29. -B.C. MINISTERIUM FÜR GESUNDHEIT

Bei meinem zweistündigen Frühstück habe ich mehrere Tassen Tee getrunken, denn die Nacht war frisch.

Ich spaziere entlang der Küste. Leises Plätschern der flachen Wellen, Glucksen, ruhige See, und ein aufgemaltes Cannabisblatt auf einem Baum weist mir den Weg von ihm zum nächsten und zum nächsten, bis zu einem umgestürzten Baum, der weit über den Strand ragt, breit, ideal zum Drauflegen, Herumlungern und eine gute Zeit einfach eine gute Zeit sein zu lassen, im Halbschatten, ich danke dem unbekannten Zeichner! Auf meinem Rückweg werde ich hier haltmachen.

Ich gehe weiter, auf den Kieseln des Strandes balancierend, in Sandalen, neben mir angeschwemmte und von der salzhaltigen Luft und der Sonne ausgeblichene alte Baumstämme wie Saurierknochen.

Ein riesiger Baumstumpf steckt aufrecht im Watt am Strand, halb im Wasser, er muss dort schon eine ganze Weile so stehen, die ersten Sträucher wachsen aus seinem abgesägten Stumpf, drei Meter hoch, vielleicht vier, ein altes Schild daneben, verrostet, ich würde es gerne lesen, ziehe meine Sandalen aus und stapfe zum Baumstamm. Das Meer ist angenehm kühl.

Ich stehe bis zu den Knien im Wasser, bitterkalt, und lese das Schild:

Beachten Sie!
Aufgrund der Arbeit in der Sägemühle
kann auch auf der Stadtseite das Wasser
je nach Windrichtung kontaminiert sein.
-B.C. Ministerium für Gesundheit

Ich überlege, ob das Schwimmen in der Bucht seit zwei Tagen wirklich aufgrund der Quallen verboten ist, auch wenn nicht mehr viel in der Mühle gearbeitet wird. Wer weiß, was die Demontage alles so freilegt. Ich schaue an mir herab. Im Wasser meine weißen fleischlosen Fuß- und Unterschenkelknochen, sauber abgeätzt vom säurehaltigen Wasser. Unsicher wanke ich auf meinen Stelzen zurück.

Siebzig Meter entfernt im Wasser ein Riesenschild, das das Ankern in der Bucht verbietet, wegen der Gashochdruckleitung, die offen unter Wasser verläuft und, von Ankern getroffen, beschädigt werden könnte.

Weit vor der Sägemühle liegen fünf Kähne im Wasser, die aussehen, als hätten sie die Nadel im Heuhaufen gefunden, die Gashochdruckleitung, die rostrotbraunen Kähne auf Schlagseite, ohne Aufbauten, nur ihre Rümpfe, farblose Metallhüllen, deplatziert in der Natur.

Ich entscheide mich für den Rückweg durch den Wald, er ist in dem kleinen Plan eingezeichnet, den mir die nette

Touri-Info-Angestellte mitgegeben hatte. Kein Risiko, sich zu verirren.

Zwischen den Bäumen erkenne ich alte Maschinen, mit denen früher der Wald abgeholzt wurde, halbversunken im Erdreich, abseits des Weges, Bäume, die auf umgestürzten Bäumen wachsen, ihre Wurzeln um den Stamm geschlungen wie die Arme von Alien im gleichnamigen Film, und ein umgestürzter Riese, sein Fuß samt Wurzelwerk ragt senkrecht empor, hoch wie ein Haus, bizarr, die Äste, die Wurzeln, als wären sie in ihrer Bewegung versteinert, im Umfang eines halben Tennisplatzes.

Stahlräder, die mir bis zur Brust reichen, hohl, damit sie auf hölzernen Schienen rollen konnten, um große Baumstämme aus dem Areal befördern zu können, gezogen von Arbeitern, Pferden, Ochsen oder Dampfeseln, den Vorläufern von Traktoren.

Immer wieder Maschinen mit traktorreifengroßen Zahnrädern, die in Zahnräder greifen, die gewaltig, gewalttätig aussehen, nach schweren Verletzungen, Amputationen, auf Lafetten aus Stahl, aus dem frühen 19. Jahrhundert, konkurrierend im Alter mit einigen Bäumen, die sie umgeben, auf eine andere Art und Weise einschüchternd wirkend, bedrückend, angsteinflößend, kälter, tot, ja tot, als klebe immer noch das Blut der Arbeiter an ihnen, vermischt mit dem Saft des frisch geschlagenen Holzes.

Den Rest des Nachmittages bis weit in die Dämmerung verbringe ich auf der Holzgabel mit dem Cannabisblatt, die bis über das Wasser ragt. Was für eine Ruhe! Ein paar Blätter rascheln im Wind über mir, das Glucksen der Wellen unter mir, so trommele ich einen Takt zum Gesang der Vögel, drei Auerhähne, Raben und ein Möwensolo. Meine Gitarre würde das Bild abrunden, aber ich bin zu faul, sie zu holen.

Der Tag wird kommen, an dem man erkennen wird, dass das Geräusch, das beim Zusenden von Gedankenströmen entsteht, dem der Tierstimmen ähnelt oder dem Rauschen der Wellen.

30. MORGENSTERNSCHLEUDERNDE MÄNNERBLICKE

Das Sportpub ist rappelvoll. Ein Steak-Spezial-Angebot hat die Leute angelockt. Am Nebentisch philosophiert man über das Leben.

«Wie gut das Bier nachmittags schmeckt, und billiger ist es auch noch um die Uhrzeit!»

«Das Beste ist, nachts zu arbeiten und tagsüber zu saufen.»

«Ich würde nachts lieber schlafen, mit dem Tag wäre ich einverstanden.»

Gelächter.

Endlich ein ruhiger Tag. Ich will aufstehen und den Tag am Strand ausklingen lassen, oder besser, auf dem umgestürzten Baum, da tippt mir jemand auf die Schulter.

«Hi, Basti.»

«H-hi ... *Marleen?*»

Ich kann kaum sprechen.

Letzten Winter habe ich die ganze Zeit, und ich meine wirklich jede freie Minute, «Zombie Ground Zero» gezockt, online. Ich habe es bis in die Top 1000 geschafft, weltweit, egal, da gab es auf jeden Fall viele verschiedene Waffen zur Auswahl. Meine Lieblingswaffe war die Sense, eine Riesensense, die man seitlich schwingend gegen die

Monster anwenden konnte. Wenn man sie richtig traf, in Bauchhöhe, senste man sie einfach mitten durch, in zwei Hälften, in Bauchhöhe. Genau so fühlt sich das gerade bei mir an. Ich gucke an mir hinab, ob ich noch ganz bin.

«Du bist noch immer in Powell River?», fragt sie.

«J...a ... ja, so ... halb, bis übermorgen, und selbst?»

Ich hatte sie gar nicht reinkommen sehen.

«Mit der Fischfarm läuft es total klasse, klasse Arbeit, klasse Bezahlung.»

Sie trägt ein verwaschenes, löchriges T-Shirt, eine ebensolche Jogginghose und Sandalen. Irgendwie ist alles versifft mit diversen Flüssigkeiten toter Tiere, aber sie sieht einfach nur zum Anbeißen aus, mit ihrem wirren Pferdeschwanz. Männergespräche an den Nachbartischen verstummen.

«Und die Leute sind sowieso klasse, wir haben für heute frei, wir waren in der Gegend, da haben wir mal kurz angelegt, um ein paar Bierchen zu zischen, wir sitzen da drüben.»

Ich nicke ein paar robusten Kerlen zu, alle über vierzig. Und ich weiß nicht, wie man sich für gewöhnlich eine Frau vorstellt, die nachmittags mit der Bootsbesatzung eines Fischkutters in einem Sportpub Bier-Pitcher weglunkt, ich habe sie mir jedenfalls immer ganz anders vorgestellt.

«Nicht unten in der Kneipe?», frage ich, ein kurzer Satz, ich habe einen Kloß im Hals.

«Nein, wollten uns ein bisschen die Beine an Land vertreten.»

Ich deute auf ihre Klamotten. «Richtig am Malochen, was?»

«Kann ich dir sagen, Fisch, Fisch, Fisch, ich rieche nix anderes mehr», sie hockt sich neben mich, «ich wage eigentlich niemandem zu nahe zu kommen.»

«Geht noch.»

«Haa-haa.»

Was gerade gar nicht geht, ist meine Körperreaktion. Als hätte ich mein Verfallsdatum erreicht. Ich überhitze wie ein Atomreaktor, und gleich gibt's eine Kernschmelze. Abschalten, sofort abschalten ...

«Ich will gar nicht wissen, wie meine Kleidung stinkt, ich hoffe, ich bin's nicht schon selbst. Was meinst du?»

Sie hält mir ihren Unterarm unter die Nase.

Wuff-wuff, hechel-hechel, winsel, wuff, wuff, wuff ... nein, du riechst sicherlich nicht nach Fisch, ganz und gar nicht, eine Prise exotisch, denke ich und sage: «Mmh, halt mir deinen Arm noch länger so hin, und ich beiß rein.»

Ich erschrecke selber über meine Stimme, die tiefer geraten ist als gewollt, weil ich wegen meiner zugeschnürten Kehle nach unten spreche.

Ihr Arm zuckt zurück, ihre Augen blitzen, sie lacht auf. «Schleimer, hihi, und wo willste hin?»

Ich bemerke die morgensternschleudernden Männerblicke von den Nachbartischen.

«Rüber.» Sie weiß, dass ich Vancouver Island meine.

«Courtenay?»

Das ist mein Zielhafen. «Ja.»

«Es ist schön auf der Insel. Vielleicht fahre ich noch mal rüber zum Nationalfeiertag.»

Die sollten nach dir einen Feiertag benennen!

Die Fischer an ihrem Tisch summen «Love is in the air» und klopfen dazu den Rhythmus auf das Holz und mit ihren Ringen gegen die Gläser. Taktvoll ist anders.

Und dann sagt sie: «Okay, ich gehe jetzt mal wieder zurück an unseren Tisch, das Bier wartet nicht, die Jungs sind schnell.»

«Ja.»

«Bis dann.» Ihr Lächeln.

Ich schaue sie an, als wäre sie ein Kunstwerk.

«Bis dann, Marleen», und ich wünsch dir alles Glück im Leben, wir werden uns nie wiedersehen.

Ich finde nach unserem Treffen keine Ruhe am Strand und gehe noch ins *Pier*, die Hafenkneipe. Ich muss auf andere Gedanken kommen.

Greg und Mike spielen wieder Pool, aber ihre Stimmung ist nicht die gleiche.

Greg meint: «Basti, eins musst du wissen, und ich will's dir sagen, *this land is fucked*, weißt du, was das auf Deutsch heißt?»

«Diss Land iss fuckt?! Warum?» Ich blicke mich im *Pier* um, als könne ich den Grund dafür sehen.

«Ja, da! Die sind eben reingekommen», Greg zeigt auf zwei Polizisten in schusssicheren Westen.

In meinem Zelt liegt ein Hookout, das ich in Apphill bei Ian gekauft habe.

«Was ist das denn? Was machen die denn hier, hab ich was verpasst?»

«Die checken, ob hier Junkies sind. Junkies HIER! Die spinnen.» Er spricht leiser. «In Vancouver knallen sich die Bandenmitglieder gegenseitig auf offener Straße ab, und die Bullen patrouillieren die Pampa, weil sie hier keiner anpisst, und lassen den Dicken raushängen, Mann, und die Verbrecher kommen für ein Jahr in den Knast und laufen dann wieder frei herum, kein Wunder, dass die machen, was sie wollen, das Land geht vor die Hunde, und wir Arbeiter finden kaum Arbeit, ich muss hier oben rumjobben, Hunderte Kilometer von meiner Frau und meinen beiden Kleinen entfernt, während uns der Staat zu Tode steuert!»

Gregs und Mikes Vorarbeiter stößt dazu, ein alter Kerl, groß gewachsen, ledernes Gesicht, grobe Züge.

Mike stellt mich vor. Der Vormann nickt und fragt die beiden: «Baggert ihr jetzt schon die männlichen Touristen an?»

Greg fragt zurück: «Genau, wo sind bloß all die Frauen?»

Abgesehen von Marleen war abends wirklich keine junge Frau in der Kneipe zu sehen, und Marleen stammt wie wir nicht aus dem Ort.

«Jau», meine ich, «tagsüber bin ich hin und weg, aber sobald es dämmert, verschwinden die einfach von der Bildfläche, ich meine, tagsüber würde ich Powell River, was die Stadtschönheiten angeht, in die oberen Ränge einordnen.»

Das stimmt, und das trifft nicht nur auf die Angestellte im Touri-Büro zu. Vielleicht sollte ich da auch noch mal hin.

Quatsch. Die war nett gewesen, aber Marleen war der Knaller.

Und ich der Knallfrosch.

Der Vorarbeiter erklärt es uns: «Ich glaub, also ... hier sind seit zwei Wochen hundert Männer, Bauarbeiter, im besten Alter, weit weg von ihren Familien, wenn sie welche haben, was glaubt ihr, was die Leute mit ihren unverheirateten Töchtern tun? Die schließen sie seit dem ersten Tag weg. Die wissen, dass wir nur drei Wochen hierbleiben, dann geht das Nachtleben wieder seinen gewohnten Gang.»

Greg winkt ab. «Ach, hör auf.»

Der Vorarbeiter klopft auf den Tisch. «Sicher, Jungs, ich bin lang genug dabei, glaubt mir, hehe, und wisst ihr, was sie als Nächstes tun werden?»

«Was?», fragt Mike.

«Die schließen ihre Tiere weg!»

31. VORARBEITERS GANG UND DIE VERSAUTE HAPPY HOUR

Am nächsten Vormittag hänge ich im waagerechten Baum ab und lese eine Kurzgeschichte aus «The Scent of a Lie». Sie spielt in einem Dorf in Portugal am Meer. Das passt.

Ein älterer Mann kommt vorbei, sieht mich da liegen und bleibt kurz stehen. «Nettes Plätzchen gefunden, junger Mann.»

«Jau, überall Sonne, nur nicht im Gesicht», ein Busch über mir verwehrt das stressende, gleißende Licht.

«Erster Tag vom Sommer», meint er.

«Och, die letzten paar Wochen waren doch auch nicht schlecht.»

«Ja, aber heute ist der Wind warm.» Er kratzt sich die Halbglatze.

Schön, ein bisschen Smalltalk, und ich muss mich noch nicht einmal bewegen.

Er verabschiedet sich und geht weiter.

Ich schließe die Augen. Nach einer Weile schaue ich noch mal nach ihm.

Da steht dieser alte Sack hundert Meter weiter, nackt bis zu den behaarten Waden, im Wasser, dreht mir seinen weißen Schlabberarsch zu und holt sich mit links einen runter!

Ich falle fast vom Baum. Ich kann es nicht glauben, aber ich lehne mich wieder zurück, schließlich ist er weit weg und schaut mich nicht dabei an.

Soll das wirklich aller Sex sein auf dieser Reise?

Ein Rentner mit kalten Füßen, der an sich selber rumspielt?

Ach, Marleen.

Aber so richtig entspannen kann ich nicht mehr, wer weiß, wo der Rentner jetzt steht? Hat es da nicht im Gebüsch hinter mir geraschelt?

Also springe ich von meiner hölzernen Hängematte und schlendere den Strand entlang zu dem Sportpub, in dem es heute die Biere für einen Dollar gibt, achtzig Eurocent für 300 Milliliter Bier, das nenne ich eine echte Happy Hour, eigentlich ein Happy Sunday, denn das Angebot gilt den ganzen Tag.

Für den Preis werde ich einige Biere trinken und dann wieder zurück, sobald es dunkel ist. Was weiß ich, wen so ein Angebot alles anlockt.

Gut, ich bin auch dabei, aber sich selber zählt man ja nie mit.

Zu meiner Verwunderung bleibt der Pub die ganze Zeit nur zu drei Vierteln gefüllt, große Biere für unter einen Euro in Germany, da wäre was los!

Nach meinem dritten Bier und eingehenden Studien, genauen Beobachtungen der anwesenden Trunkenbolde, weiß ich, dass ich hier nicht lange bleiben werde. Neben den geradezu deliriumösen Geschöpfen stören die Leute das Bild, die hin und wieder mit Kanistern hereinstürmen, die Angestellten belästigen, ihnen reichlich Bestechungstrinkgeld geben, ihre Kanister an den Zapfanlagen auffüllen lassen und flux darauf wieder verschwinden.

Die Hintertür fliegt auf, hart schlägt sie an die Wand, Putz rieselt runter, klackert auf den Boden, die laute Lache eines türrahmenfüllenden Zeitgenossen, der sich die Knöchel seiner Rechten bläst. «HAHAHA, das härtet ab!»

Seine Baseballmütze ist zu klein für seinen großen Schädel, und mich würde es wundern, gäbe es eine in seiner Größe. Er schreitet in den Raum, seine Arme wie ein Teddybär abgewinkelt von der voluminösen Fastfood- und Bierbauchhüfte, in einer abgewetzten Jeansjacke mit Lederkragen, die mindestens zwei Nummern zu klein ist. Wahrscheinlich ist es die Jeansjacke aus seiner Jugend. Seine Hose, eine Jeans, hängt ihm schlabbernd bis in die Kniekehlen, ohne dass es ein Modeschnitt ist. Von seinem Gewicht plattgelatschte No-Name-Turnschuhe, die Hose handlang nach außen umgeschlagen, verdreckt und speckig.

Im Schlepptau führt er die verlebte Version von Keith Richards, einen Mann, der die tätowierten Handrücken seiner knochigen Pranken im Kneipenlicht bestaunt, als hätte er dreckige Fingernägel. Und als Nächstes betritt ein südländischer Kerl mit Stilettos sprühenden Augen den Schankraum, sein weißes Hemd offen bis zum Bauchnabel, fette goldene Kette über behaarter Brust, braunweiße

Lederstiefel unter ... das ist mir jetzt egal. Zeit zu packen. Schnell!

Der Anblick dieser drei Gestalten lässt mich mein Bierglas in einem Zug exen, ich stelle es ab und will gerade aufstehen, da höre ich meinen Namen aus ihrer Richtung!

«Basti, hahaha, der deutsche Schwanz, hier, natürlich!», ruft der Vorarbeiter vom Vorabend, der gerade als Vierter hinter dem Trio den Pub betreten hat, ohne Mike und Greg.

Die vier rücken sich die Stühle an meinem Tisch zurecht, als hätten die ihnen was Böses getan. Leute drehen sich zu uns um.

Der Vorarbeiter lacht, ich lache unsicher mit, und er stellt mir seine Bande vor. «Klar, dass wir dich hier treffen ... wo das Bier am billigsten ist ... hehe, also hier, das ist Basti, Mädels, der säuft sich hier durch den Westen, reist, meine ich, das sind meine anderen Jungs von der Baustelle, unser Riesenbaby heißt Dick, der Musketier Enzo, und das hier is Schotte.»

«Angenehm.»

Die Bedienung kommt, die Mittvierzigerin kennt den Vorarbeiter. «Hi, Vorarbeiter, was kann ich für dich tun?»

«Mir einen blasen.»

«Sofort oder gleich?»

«Gleich, hehehe, bring uns erst mal, eins, zwei, drei, vier ...», und er schaut mich und mein leeres Bier an.

Ich schüttele den Kopf und die Hände. «Oh, nee, ich nicht, ich wollte sowieso gerade geh...»

«Fünf! Pitcher!! Für jeden einen. Auf mich, heute wird gefeiert!»

Na hurra, denke ich.

«Was kostet denn heute ein Pitcher?»

«Sieben», sagt sie.

«Oh, da muss doch'n Mengenrabatt drin sein, Schatz.»

«Nix da.»

«Och, Dolly, komm schon, was wir hier trinken ... lass es fünf Dollar sein, ich garantier dir auch, dass wir mehr als 'n Dutzend trinken, na ... naa ...?!»

«Sechs.»

«Sex ist immer gut!», bringt sich Dick ein.

«Fang du nicht wieder an wie gestern, Kleiner.» Sie droht ihm mit dem Zeigefinger.

«Scheiße, was denn? Ich war doch gar nicht so voll.»

«Und ob, und wie! Als wir hier dichtgemacht haben, hast du dagestanden und gebrüllt ...», sie äfft ihn schreiend und mit tiefer Stimme nach: «‹Ich bin bereit für jede Frau im Laden, ich bin bereit für jede Frau hier, kommt nur her.› Nur dass ich die Einzige im Laden war.»

«Scheiße, echt?» Er sackt auf seinem viel zu kleinen Hocker zusammen, um zu zeigen, dass er sich richtig ertappt fühlt, und überhaupt hat er eine unerwartet filmreife Gestik und Mimik parat.

Die anderen lachen.

Und ich lache wieder vorsichtig mit. Also wenn er nicht so gewalttätig aussehen würde, ich hätte auch so gelacht, aber ich will erst einmal testen, was für ein Humor hier am Start ist und über wen wann gelacht werden darf.

Dolly kommt mit den Pitchern. «Hier, Jungs, euer Bier, hier deins, Vorarbeiter, und sei bloß still, Schotte, Mr. Lover Bubi, benimm dich heut! Und eins für den Traveller.»

Ich wundere mich: «Woher weißt du, dass ich ...?»

«Jungchen, das hier ist Powell River. Was machst du eigentlich in so guter Gesellschaft? Auf dem Bau arbeitest du nicht.»

Während ich noch überlege, ob sie mir das einfach so ansieht, antwortet der Vorarbeiter.

«Dank dir, Dolly, und der Rest ist für dich.»

«Danke. Und? Was macht eigentlich der werdende Vater, hmh?! Bist du doch, oder nicht?!» Sie nickt dem Vorarbeiter zu.

«Ooohohohooo, woher weißt du das denn? Ich weiß es selbst erst seit heut Vormittag.»

Dick prustet los: «Was ist los? DUUU kriegst 'n Blag?»

Dolly zu Dick: «Davon kannst du nur träumen, das kriegst du im Leben nicht hin!»

«Ich will ja gar keine Gören, und dann dafür zahlen, und ihr Frauen legt euch auf die faule Haut, die faule Haut von 'nem anderen Kerl!», sagt Dick laut, damit es jeder hört.

Der Laden bebt vor Gelächter.

Enzo ergreift das Wort: «Moment mal», er hat eine ruhige Stimme, als hätte der böse Wolf Kreide gefressen, was seinen psychopathischen Anstrich verstärkt, «Vorarbeiter, du wirst Vater? Du bist 54, oder?!»

«Tja, war keine Absicht.»

«Seht ihr, das kann mir nicht passieren», strahlt Dick.

Und Dolly meint: «Aber aus ’nem anderen Grund, als du denkst! Dich lässt keine ran.»

«Autsch.»

Wieder lautes Gelächter von überall, die meisten Gäste hatten der Unterhaltung an unserem Tisch zugehört.

Wir trinken und trinken, und als der Pub schließt, haben die Männer noch mehr Durst, und ich bin willenlos, sage Ja und Amen zu allem, und so finde ich mich auf der Beifahrerseite von Enzo wieder, der mich mit einer Frauengeschichte unterhält in seinem Truck, und wir folgen den anderen in dem Truck vor uns zu einer Nacht-Bar, kein Eintritt, wie sie mir versichern, von mir aus.

Aber die Nacht-Bar ist geschlossen, also beenden wir unseren Abend, obwohl Dick und Schotte noch einige Trinkideen einwerfen. Enzo fährt mich zurück zum Campingplatz, mit einem kleinen Umweg, weil er von weitem einmal einen Polizeiwagen zu erkennen glaubt und weil er mehr als ich getrunken hat. Es geht über unbefestigte Straßen und Wege, einen Hügel rauf und runter, eine schmale Einfahrt hoch, dicht an einer Hollywoodschaukel vorbei, Mensch, wir fahren durch Gärten, denke ich, und dann scheppert sein Truck im rechten Winkel wieder auf den Highway 101.

Vor der Einfahrt vom Campingplatz bedanke ich mich noch mal für alles, und seine durchdrehenden Reifen im Rückwärtsgang werfen Staub und Steine auf.

V. VANCOUVER ISLAND

32. MEIN ERSTER SONG

Nach der Fährfahrt rüber nach Vancouver Island stehe ich an der Straße, diesmal mit einem selbstgebastelten Schild aus braunem Karton in der Hand: *Naniamo*. Den Edding hatte mir ein Techniker an Bord geliehen. Ich wusste, Vancouver Island war groß, und vom Hafen aus konnte man in alle Richtungen fahren – nicht wie entlang des Highways 101 nur in eine.

Ein Dutzend Autos passieren mich, die Fahrer zeigen an, sie würden die falsche Richtung nehmen. Der Nächste hält, ein Geschäftsmann.

Unterwegs passieren wir aufgebockte Autos in Hauseinfahrten, Pontiacs, Fords und eine Corvette, aber nur die rote Karosserie, und wieder das Gefühl, das in mir stärker und stärker wird, seit ich aus Vancouver weg bin, dass die an mir vorbeiziehende Landschaft ein Lebenselixier ist, das mir zukünftig in Deutschland fehlen könnte. Wie hätte ich das festgestellt, wenn ich es nicht ausprobiert hätte?

Zur Linken saust der Küstenstreifen Vancouver Islands vorbei, seine Weder-Sand-noch-Kiesel-Strände, eher hölzern, Holzstrände, und zu meiner Rechten Häuser mit kaputten Trampolinen in den Vorgärten, und Autos im

Schlepptau von Wohnmobilen kommen uns entgegen. Holland verkehrt herum.

Ich merke, dass die eigentliche Touri-Saison beginnt, die Fish-&-Chips-Portionen werden kleiner oder teurer oder beides, und die Preise für Übernachtungen steigen, die roten und grünen Neonschilder werden von jungen oder sehr alten Angestellten an den Werbetafeln der Motels ausgetauscht.

Meine Augen auf dem Horizont, Meer und bergigem Festland, meine Augenweide.

In dem abgelegenen Busterminal in Naniamo warte ich auf meinen Bus, mit dem ich die Insel durchqueren werde.

Ein Besoffener telefoniert nach Hause, brüllt in sein Handy: «Wenn das wahr ist, dann prügel ich dich windelweich ... du dumme Scheißkuh! Blödes Stück ... fuck ... ich schwöre dir ...»

Und ich bin froh, als der Bus kommt. Es geht entlang einer bewaldeten kurvigen Strecke, Nieselregen, Tropfen rinnen die Scheibe hinab, Zickzack, schräg im Fahrtwind, Zickzack die Scheibe runter.

Der Bus überholt einen Kieslaster, Geklacker kleiner Steine und das Fluchen des Busfahrers. Um kurz vor zwölf bin ich in Port Alberni, meinem Ziel.

Ich steige als Einziger aus und habe nur eine vage Vorstellung, wo das Hostel zu finden ist.

Ich habe Hunger, Durst.

Fragen kann ich niemanden, die Straßen sind menschenleer.

Wenigstens regnet es nicht mehr. Wahrscheinlich werde ich feststellen, dass das Hostel geschlossen ist, wenn ich es überhaupt finde.

Kalten Hähnchenstreifen zu Kartoffelsalat, nachts um eins, gebe ich fünf Sterne. Theresa, die Frau vom Hostel, sagt mir, es sei okay, sie würde mir nichts berechnen, sie sieht gerne einen jungen Mann gut essen. Ich tue der Rentnerin den Gefallen, mein Blutzuckerspiegel reguliert sich wieder, und dann meint das Glück es unverschämt gut mit mir, denn alle Mehrbettzimmer sind belegt.

Also schließt sie mir ein Einzelzimmer auf, zum Preis eines Bettes im Mehrbettzimmer. Alleine im Zimmer, lösche ich das Licht. Was bleibt, sind ein orangefarbener Schein und die Schatten an den Wänden.

Ich kann es nicht glauben, ein Einzelzimmer. Aber es ist stickig, ich reiße das Fenster auf, ich vermisse die frische Luft nachts im Zelt. Wände um mich herum, Mauern, ungewohnt. Wie schnell sich Gewohnheiten ändern. Wahrscheinlich wäre mir selbst die Queensuite heute zu stickig.

Das helle Licht der orangefarbenen Straßenlaterne scheint mir ins Gesicht, sie steht leicht schief nur ein paar Meter entfernt von meinem Fenster. Ich schaue über die regennasse Straße hinweg auf niedrigere Häuser und das Gewirr von Telefon- und Hochspannungsdrähten zum Greifen nahe. Das dumpfe Gestampfe von Maschinen einer weit entfernten Fabrik weht mit dem Wind herüber und mit ihm auch der feuchte Geruch nach Holz.

Ich schnappe mir die Gitarre, setze mich in den Fensterrahmen, einen Fuß auf der Fensterbank und spiele meinen ersten Song. Ich greife D, Asus, G. Die Akkorde habe ich von dem Blatt und ausprobiert, sie passen zusammen, zumindest für den Ohrenblick. Erst improvisiere ich, brabbele unverständlich zum Rhythmus, dann versuche ich es witzigerweise nicht einmal auf Deutsch. Gegen die Gossen Posse komme ich nicht an. Englisch drängt sich mir geradezu auf, schließlich sind meine Erinnerungen an Ron auch auf Englisch.

This is a song about a man called Ron
Who lived on a boat at the Sunshine Coast
He was a draft dodger and never went home
In his driver's license stood as his address
No town, no street, no land, just Highway 101

Ron didn't work that much
Most of the time he sat on a log
Right beside the only road
And he talked to everybody who came by
He was the A-storyteller of the Highway 101

Ron was a farmer of some kind
His field was hidden between the trees
A good chunk he smoked by himself
The rest he sold to pay his bills
Some food, some booze, some rent at the Highway 101

I don't know if Ron is his real name
His thumb covered it in his driver's license
But who cares about names if the lifestyle is right
A philosopher on a boat is better than in a barrell
Bye-bye, Ron, see you soon, so long, on the Highway 101

Plötzlich ist der Song vorbei. Eine halbe Stunde habe ich gespielt, wieder und wieder neu angefangen, bis der Song stand. Danach habe ich ihn, ich weiß nicht, wie oft, durchgespielt. Mein erster eigener Song. Okay, ein einfacher, aber ein eigener. Wahnsinn. Das ist fast wie verknallt sein.

Ich lehne die Gitarre an die Wand und lasse ein Bein aus dem Fenster baumeln. Motten schwirren um das Licht der Straßenlaterne.

Bye-bye, Ron, bye-bye, Kanada. Der Tag meines Abfluges liegt näher als der Hinflug. Bye-bye Marleen. Das wäre dann der endgültige Abschied. Bis dahin kann ich mir Tag für Tag einbilden, dass ich sie noch einmal so zufällig wie in dem Sportpub wiedersehe. Aber ich sollte ehrlich zu mir sein, das ist aussichtslos. Ich hatte meine Chance, zwei Chancen, um genau zu sein. Wie viele Chancen brauche ich? Beim ersten Mal war alles so neu und anders, das Leben hier, die Zeit, die vor mir lag und nicht hinter mir. Ich konnte mich treiben lassen, und bald würde ich wieder getrieben werden, zu Hause, Ausbildung, Berufsschule.

Wie oft bekommt man so eine Chance? Wie oft trifft man eine Marleen? Ich bin 18. Nur Ella kam da ran. Das macht zweimal in 18 Jahren.

Ich habe es wirklich gründlich vergeigt. Marleen hat mir doch die Möglichkeit gegeben, war noch einmal auf mich zugekommen. Worauf habe ich gewartet? Dass sie mir die Zunge in den Hals steckt?

Marleen. Ich kenne noch nicht einmal ihren Nachnamen. Ich kann sie noch nicht einmal suchen, googeln, facebooken.

Ein V8-Motor röhrt durch die Straßen. Der schwere Geruch nach nassem Holz in der Luft. Das habe ich so noch nie gerochen, und in Deutschland gibt es auch Holz. Ich hätte nicht gedacht, wie sehr mir dieser Geruch gefällt. Wie auch, ohne ihn jemals gekannt zu haben? Was wäre, wenn ich nie nach Kanada gereist wäre? Ich würde ihn bis heute nicht kennen. Was gibt es noch, was mir gefallen würde? Welche Gerüche? Welche Plätze? Welche Menschen?

Und ich soll mich jetzt festlegen? Mit der Ausbildung, drei Jahre lang? Mit einem Beruf? Ein Leben lang?

Ein anderes Gefühl steigt in mir hoch, mehr ein Schauer, ein Kribbeln aus Angst und Verzweiflung. Das kann es doch nicht gewesen sein. Aber ich kann auch nicht alles hinschmeißen. Ich brauche Zeit. Ich weiß noch nicht, was ich wirklich will, aber ich weiß, was ich nicht will. So klingt Ärger. Das wäre eine Bombe für Mum und Pa. Ist es wert, sie zu werfen? Es geht um mein Leben.

Wenn ich eine Alternative hätte, die ich ihnen präsentieren könnte, oder mir selber, das würde es einfacher machen. Ich will auf keinen Fall zu Hause in meinem Spielzimmer abhängen, dauernd die beiden um die Ohren.

Was kann das sein?

Ein streunender Mischlingshund zottelt mit nassem Fell unten vorbei. Ich schnalze mit der Zunge, und er zwinkert mir zu, bevor er zwischen den schiefen Brettern eines alten Zaunes verschwindet.

Ich nehme die Gitarre und spiele noch einmal meinen ersten eigenen Song. Dass meine Fingerspitzen schmerzen, ist mir egal, immerhin spüre ich sie, spüre ich mich.

33. ORGANFLEDDERER

Am nächsten Tag weicht der positive Eindruck über das Hostel einem unangenehmen. Ja, ich habe nach wochenlangem Zelten das erste Mal feste Wände um mich herum, die dünnen löchrigen Wände von Ruths Trailer zähle ich mal nicht mit. Aber eine Frage stellt sich mir plötzlich: Sollten diese Wände die meines Grabes werden?

Mit den ausgeschlafenen Augen meines ausgeruhten und weniger erschöpften Körpers sehe ich die Welt – und vor allem die angebliche Jugendherberge – etwas anders.

Im Verlaufe des Tages, den ich mit Unterbrechungen für Spaziergänge, dem Abchecken der morgigen Bootsfahrt nach Uclelet und Einkaufen im Hostel verbringe, stelle ich fest, dass die Jugendherberge alles ist, nur nicht ausgebucht. Außer mir nächtigen dort nur zwei Gäste, ein deutsches Pärchen, wobei wir eigentlich von unterschiedlichen Planeten stammen. Vielleicht fällt mir das auch nur so auf, weil ich einen Monat lang keine Deutschen gesehen habe, und vielleicht wirken wir ja alle so auf die Menschen, als würden wir nicht rundlaufen? Aber das ist nicht das Thema.

Das Thema ist mein Grab.

Die anderen Menschen, die hier wohnen, sind entweder über siebzig oder übergewichtig oder beides und tätowiert, und zwar von den Fingern, *H-A-T-E*, bis zur Stirn, *Jesus loves everybody but me*. Ihre Haut ist übersät mit über die Jahrzehnte bis zur Unkenntlichkeit verwitterten, selbstzugefügten einfarbigen Tattoos, durch alternde Haut verzerrt, schlecht gestochen vor einem beschmierten Spiegel oder einer dunklen Schaufensterscheibe. Oder, wenn durch eine fremde Hand verursacht, so dürften die Dinger ihren Erschaffern einigen Ärger eingebracht haben.

Theresa hatte mich gestern begrüßt. Sie ist eine der zwei Frauen hier, beide knapp unter siebzig.

Dann ist da noch der Knacki, mit der zu großen *Redskins*-Baseballmütze, hager, und immer mit der Zunge durch die Zahnlücke schnalzend, durch eine Zahnlücke von vier fehlenden Oberkieferschneidezähnen. Dann der Opa im weißen Ripphemd, Shorts, schwarze Socken, Puma-Turnschuhe, dicke Brille und ebensolcher Bierbauch, und schließlich der mit dem aufgedunsenen Gesicht. Die drei Männer zusammen um die 230 Jahre alt, davon wahrscheinlich zwei Jahrhunderte hinter Gittern, Alkohollaufbahn, das volle Programm.

Nach außen hin wirken alle schrecklich nett, aber es gibt Anzeichen dafür, dass ich am nächsten Morgen mit einer Narbe aufwachen könnte, durch deren Öffnung zuvor eine meiner Nieren herausgefischt wurde.

1. Sie sind zu nett.
2. Es ist alles antiseptisch sauber.
3. Das Krankenhaus ist schräg gegenüber, und es würde

mich nicht wundern, wenn es zu den Kapazitäten im Fachbereich der Organtransplantationen auf Vancouver Island zählen würde.

4. Es sind keine weiteren Gäste angekommen.
5. Sie haben heute im Keller gearbeitet. Da ist wohl der OP-Raum. Da haben die Schweine alles für die kommende Nacht vorbereitet.
6. Die Wände sind alle weiß.
7. Vielleicht steht das deutsche Pärchen einfach noch unter dem Einfluss einer Vollnarkose.
8. Die Fünf leben und wohnen alle hier zusammen und verstehen sich prächtig. Geldprobleme gibt es wohl nicht, auch wenn sie keine Gäste haben.
9. Ach so, und sie nennen den mit der dicken Brille *Doc*!

Wer weiß, wofür der eingebuchtet wurde?! Und jetzt im offenen Vollzug macht er mit seinen Kollegen ein paar schnelle Dollar, indem sie Organe an das Krankenhaus verhökern. Ich bin wahrscheinlich schon halb verkauft.

‹Die Niere ist nicht die beste, aber besser als gar keine ... Gut, er guckt ein bisschen dumm aus der Wäsche, aber er guckt! Er kann sehen, mit seinen Augäpfeln ... Was meinen Sie, Herr Douglas, wie Ihnen dieses Haupthaar stehen wird ... Ich schwöre Ihnen, Ihre Leber sah in dem Alter nicht besser aus, und Sie sind jetzt achtzig, seine Leber bringt Sie easy auf über hundert!›

Und ich werde morgen früh aufwachen, schreiend: ‹UAAH! Wo ist mein Haupthaar?› Und dann renn ich vor den Spiegel, volles Pfund, weil ich ja auch nichts mehr sehen kann, ich werde schreien, ich werde ganz Port Alberni zusammenschreien. Organisch ein geplündertes Pharaonengrab, von diesen Organfledderern.

Am Abend wieder Gitarre am offenen Fenster, ein weiterer Song auf der Fensterbank im Laternenlicht.

We're riding in the Joyride Sky
We're leaving it all behind
Just you and I
In a Joyride Sky
Yeah-yeah-yeah we won
And you're riding shotgun

The highway is empty, it's a cloudless night
And the sky is the colour of your eyes
Your bare feet on the dashboard, the wind is in your hair
This car ain't ours but we don't care

Our faces in the headlights of the oncoming cars
We're feeling like movie stars
The radio is playing an unknown band
And we're quiet, so we're not ruining this perfect moment

Another smalltown, another small-time crime
We have to stock up on chocolate and wine
Now we're good for a hundred miles
And I'm good for your killing smiles

Before I'm running out of dreams
I'm running out of gas
That's what I call freedom, yes

Wo der Song wieder herkam? Ja, am liebsten würde ich Marleen einpacken und abhauen. Aber das geht nicht. Verpasst.

34. ENDWETTER

Morgens wache ich entgegen meiner schlimmsten Befürchtungen mit Haupthaar, Nieren und Augäpfeln auf. Es ist sehr früh am Morgen, ich packe und mache mich auf den Weg zum Hafen mit seinem Wald aus sich sanft wiegenden Masten der Fischerboote und gehe zu meiner Fähre, einem alten Schiff.

Müde Menschen kommen an Bord, schweigsam.

Langsam tuckern wir durch das Inlet, langsam steigt der Nebel, und die Wolken bleiben in zwanzig Meter Höhe an den grünen Bergen hängen, geschwungene Hügel, dichtbewaldet, bis an die Küste, gesäumt von totem Treibholz, und über allem die grauen Wattewolken, aus denen unsichtbar, lediglich spürbar, Nieselregen fällt, mein Gesicht benetzend. Die Wolken schleierhaft, wie mit einem breiten Pinsel mit hellgrauer Farbe einmal rasch über das grüne Bild dieser Landschaft gehuscht, flacher Seegang, Totenstille.

Selbst die Menschen an Bord sind ruhig, an der Küste selten Häuser, paradiesisch gelegen, wenn man Einsamkeit mag, Fischer in kleinen Booten erscheinen aus dem Nichts, grüßen winkend, eine Schiffsfahrt wie in «Apokalypse Now» mit dem Gefühl von «Dead Man». Den Film hatte Ella unbedingt sehen wollen, wegen Johnny Depp. Komischer Film. Geile Gitarre allerdings. Elektrisch. Sollte ich auch mal versuchen. Das werde ich versuchen, korrigiere ich mich selbst.

Ich lehne mich an die Reling. Die Vibration brummt durch meinen ganzen Brustkorb. Sie ist so stark, man könnte Leute damit wiederbeleben.

Bald keine Fischer mehr, nur kleine Felseninseln ohne Tiere, zehn Quadratmeter große braune Brocken, einen halben Meter über Wasser, flaches Wasser um die Broken Islands, Broken Dreams in Broken Islands.

Das klingt gut, das klingt wie ein Refrain. Das merke ich mir, da wird vielleicht auch mal ein Song draus. *Broken Dreams in Broken Islands.*

Ein kleiner Hafen schält sich aus dem dichten Grün. Häuser. Uclelet. So, wie ich als Erster auf die Fähre bin, bin ich auch als Erster wieder runter. Ich frage einen Hafenarbeiter nach dem Zeltplatz, und er erklärt mir gestenreich den Weg.

Der Zeltplatz ist teuer, auch diese Preise ziehen an, aber es ist nur für eine Nacht.

Ich muss noch einkaufen, Essen für eine Woche, weil ich so lange auf dem nächsten Zeltplatz bleiben werde, Long Beach. Er liegt direkt an der Westküste von Vancouver Island, am Long Beach, und dort gibt es keinen Supermarkt in der Nähe.

Ich habe so viel Gutes von so vielen verschiedenen Leuten darüber gehört, dass ich mich dazu entschieden habe, meinen Trip dort am Wasser, am Strand ausklingen zu lassen. Danach werde ich nur noch einige Tage in Victoria verbringen und von dort aus nach Vancouver zum Flughafen fahren.

Also baue ich mein Zelt auf, wieder das einzige Zelt auf dem Platz, koche Tee, wärme mich daran auf und gehe einkaufen, Proviant für eine Woche, Trockenmüsli, Milchpulver, Bananen, Äpfel, Orangen, schleppe den Kram zum Zelt, packe die Tüten in einen großen Plastiksack und schiebe und quetsche ihn ins Vorzelt, die Campingplatzbesitzerin schaut mir dabei von weitem zu.

Abendessen und Gitarre gespielt im Zelt, liegend, und die Gossen Posse nur leise, damit ich den Regen auf der Zeltplane höre, *Durch die große Scheibe schauen Leute durch uns durch, und der kalte Kaffee schmeckt nach Furcht.*

Ich träume, ein Löwe bricht aus meiner Brust, sein stummes Gebrüll, nur sein Rachen aufgerissen, und ich falle, aufwärts, den Regentropfen entgegen, einem silbernen Duschkopf entgegen, als Löwe, die Musik und die Natur nicht klar voneinander trennbar, in einem Zelt bei Regen zur Musik von Gossen Posse.

Später, im Schlaf, werde ich geweckt, vermute mal wieder einen Waschbären, der an meine Vorräte im Vorzelt will, ich nehme die kleine Taschenlampe im Tran, ziehe den Reißverschluss auf, sehe für einen Moment noch meinen Vorratssack, dann flattert die Zeltplane des Vorzeltes, und der Sack ist verschwunden, weg, mit einem Griff rausgezogen.

Ich will hinterher, das Schwein, denke ich, wahrscheinlich ein Typ, der mein Essen stiehlt, kein Waschbär ist so stark, Mist, aber andererseits … wenn es jemand nötig hat, Essen zu stehlen, geht das in Ordnung, und es regnet stark, es schüttet wie aus Eimern, und ich bin so … gleichgültig, ja, egal, und ich hau mich wieder hin und bewege meine Lippen zu den Lyrics, gesungen von Saheed Schuster: *Eine Beziehung führen sollte man nicht, sollte man nicht schwimmen oder tauchen, gib mir die Chance, und ich gebe dir das Recht, mich zu schütteln vor Gebrauch …*

35. WIEDER DEM TEUFEL AUF DIE SCHIPPE GESPUCKT

Als ich der Campingplatzbesitzerin Bescheid geben will, dass ich nach dem Frühstück abreise, ist sie ganz aufgeregt, ich sei ja der einzige Camper im Ort, ob alles okay sei, fragt sie mich.

Und ich: «Na ja, alles okay ist übertrieben, jemand hat meine Vorräte gestohlen.»

«Was?»

«Ja, aus meinem Vorzelt!»

«Den riesigen Sack?»

«Ja, Essen für eine Woche, futsch. Da war wohl jemand hungrig, aber deswegen will ich wirklich niemanden in Schwierigkeiten bringen, ich hab schon so viel ... geschenkt bekommen, dann ...»

«Hast du was gesehen?»

«Nein, nicht wirklich, war ja mitten in der Nacht, das geht echt in Ordnung, ich möchte nicht den Wilden machen, will sowieso weiter. Ich kaufe gleich neu ein, egal.»

Sie hält einen Flyer von der Polizei hoch. «Nix egal, hier, das hat mir nämlich Marc gegeben, diese Nacht ist ein Puma, ein Berglöwe, hier gesichtet worden, ist hier über die Straße lang, Cary hat ihn gesehen und direkt die Polizei angerufen.»

«Könnte nicht doch vielleicht ein Waschbär meinen Sack ...»

«Nee, Junge, nicht den Sack, nicht deinen Sack, der war zu schwer. Hab dich den reinzerren gesehen gestern, neinnein, garantiert kein Waschbär.»

«Oder jemand war hungrig ...»

«Hast du 'nen Mann gesehen oder nicht?»

Wir marschieren zu meinem Zelt, sie voran, und vor meinem Zelteingang bückt sie sich, schaut auf den Boden, ja, und jetzt kann ich auch eine Schleifspur ausmachen. Sie verliert sich in meinen Augen, ist ja auch alles nass, aber die Frau kann ihr folgen, und so gehen wir weiter, und es dauert nicht lange, da kommen wir an eine Baumgruppe, in deren Mitte mein zerfetzter Sack liegt, die aufgerissene Müslipackung, das Obst verstreut und zerbissen, und sie dreht sich um, und sie ist noch bleicher als ich und meint: «Mann, da hast du dem Teufel echt auf die Schippe gespuckt.»

«Gott, du bist ja ein Glückspilz, das sind ja mindestens zwei neue Geburtstage für dich», meint sie, als wir in ihrem Büro sitzen, nachdem ich ihr auch von dem Bärenhaufen in Apphill erzählt hatte.

Wir machen uns über den Whiskey ihres Mannes her, der soll eh nicht so viel trinken, aus durchsichtigen Plastikbechern, zum Beruhigen und zum Feiern, dass mir nichts passiert ist und nichts und niemandem auf ihrem Zeltplatz etwas passiert ist und überhaupt, für die Nerven, auf die Natur, die ab und an zurückschlägt, und ich würde eben den nächsten Bus nehmen, den Rest kriegen wir doch auch noch weg, Basti, Mensch, Kleiner, da hast du was zu erzählen.

Aber erst muss ich das noch Marc, dem Polizisten, erzählen, der endlich nach drei Whiskeys auf nüchternen Magen kommt und sich das noch mal anschaut und zuhört und nach einem Whiskey seinerseits wieder verschwindet, nachdem er mir noch die Hand geschüttelt und viel Glück bei der Weiterreise gewünscht hat.

Und bei den letzten beiden Bechern erzählt sie von ihrer Cousine, die 1978 oben im Norden einen Grizzly-Angriff knapp überlebt hatte.

Zwischendurch checken zwei ältere Eheleute aus den USA mit ihrem Campingbus ein, die befremdlich auf uns herabschauen, und die Campingplatzbesitzerin teilt ihnen mit, sie würde die «Frommel ... Fommall-l-lll ... Formaldehylilädäten ... na was auch imma» später erledigen.

36. MICHAEL ENDES UND J. R. R. TOLKIENS BRAINSTORMING

Schon der Zugang zum Strand des Long-Beach-Zeltplatzes erweist sich als buchstäblich fabelhaft. Ein Regenwaldweg schlängelt sich einen Hügel herab zum Strand, ein Regenwald, wie er auf der ganzen Welt nur noch selten wirklich bis ans Meer heranreicht, in einzigartiger Weise, wie die Bäume sich verrenken, um den Sonnenstrahlen oder dem Regenwasser ein kleines Stück näher zu sein, mächtige Äste oder gar ganze Stämme, die, dick bemoost und am Boden von ausladenden Farnen umschlungen, obskure Kurven in der Luft beschreiben. Unmögliche Winkel aus einem Material, das bei solcher Verteilung eigentlich brechen müsste. Das grüne Dach aus Blättern und grünen Ästen, die aussehen wie grüne Zuckerwatte und jeden Sonnenstrahl schlucken, genau wie die undurchdringliche Mauer aus Baum- und Buschwerk ringsherum. Der Geruch nach durstigem Holz an einem Hochsommertag. Stickig. Insekten.

Der Boden ist bedeckt mit Schichten toter Fauna und Flora und mit den Ausscheidungen der auf ihm lebenden Tiere, abgestorbene Triebe vergessener Äste, uneben, gespenstisch, die überwachsenen Stämme umgestürzter Bäume, der ewige Schatten hier, daher kein Gras am Boden, nur Tod und kompostierte Exkremente, einen Meter darüber Farne wie große froschgrüne Eisblumen, überall diese oberschenkeldicken Arme aus Holz und Moos, verbogen wie das weiche Metall eines untalentierten Schlosserlehrlings, scheinbar sinnlose Kurven, nur mit der Zeit erklärbar, eine Komposition aus Natur, die dem Brainstorming von Michael Ende und J.R.R. Tolkien entsprungen zu sein scheint.

Zeltaufbau im weichen Sand, das Meer vor der Nase, den Wald im Nacken, der Wind.

Und diesmal hänge ich meinen Sack mit dem Essen in einen großen Käfig, der dafür etwas abseits am Strand steht, wahrscheinlich nicht ohne Grund, sicher ist sicher.

Ein langer Spaziergang die Küste auf und ab, gegessen, Gitarre gespielt.

«I was a looker once I roamed through the streets
Of Vancouver's Eastside with my friends and my dreams
We called it a night when we heard the birds
Singing on the dumpsters along with the dawn.»
And her eyes got that glance of dares and regrets
Of wallpapered memories and the youth in the West

«I was a looker once even though I don't look like it anymore
There was a time I tell you every man turned his head
I woke up on a RV in mid-downtown
All drunken and bare to the people's glares.»

And her eyes got that glance of dares and regrets
Of wallpapered memories and the youth in the West

«I was a looker once you see that picture in that jar
That was ... well ... when I still had my car.»
And there she was making a face
All faded out with spider webs around
And her eyes got that glance of dares and regrets
Of wallpapered memories and the youth in the West

«I was a looker once they call me the garden-woman now
I bought this trailer for 400 bucks five years ago
I couldn't pay so I had to plant
Although its rainforest on the owner's land.»
And her eyes got that glance of dares and regrets
Of wallpapered memories and the youth in the West

«I was a looker once», she said to me and smiled
«I was a looker once, do you want to have another joint?»
And her eyes got that glance
Of dares and regrets
Of polaroid memories
And The-Best-in-the-West

37. BERLINER

Am nächsten Tag bin ich als Erstes rauf zum Parkeingang und wieder zu der Mittvierzigerin mit der tätowierten Rose auf ihrem Daumen «Hey, ich bleibe so lange, wie's geht.»

«Eine Woche maximal.»

«Eine Woche ist es!»

Während wir die Formalitäten regeln, checken auf der anderen Seite des Holzhäuschens zwei Berliner ein. Beide sind aus ihrem Mietwagen ausgestiegen, die Stirn in Falten, sie diskutieren mit der anderen Angestellten, es gilt irgendein Problem zu lösen, ich höre beiläufig zu.

Die Parkangestellte zu den beiden: «Sie hatten ein Alkoholproblem?»

«Was? Wie? Woher?», regt sich der Kleinere auf, er erinnert mich – mit mehr als seinem Berlinerisch – an Mario Barth, seine glasigen großen Augen, hektisch.

Sie stellen sich später als Hans und Helga vor, weil sie wie ein altes Ehepaar gemeinsam reisen, aber Mario Barths wirklicher Name ist Freddy, der andere heißt Volker. Der misst fast zwei Meter, kräftig gebaut, den Kopf kahl rasiert, hellgraue Augen, aber im ganzen Wesen viel ruhiger als Freddy.

Und die Parkangestellte meint mit einer Stimme, als würde sie sich entschuldigen: «Ich hab's hier in meinem Computer. Da war letzte Woche der Zwischenfall in Lake Louise.»

«Jaa ... aber ... hey!», sagt Volker dazu. «So geht das doch nicht ...»

«Die Nationalparks sind miteinander vernetzt.»

«WHATT?», Freddys wundervolles Berlinenglisch, «WHATT? Sind wir jetzt irgendwie ... vorbestraft ... können wir jetzt nirgends mehr campen?»

«Es darf nur nicht wieder passieren, ihr müsst nur versprechen, dass das nie wieder vorkommt, ansonsten droht eine hohe Geldstrafe, und ihr werdet vom Zeltplatz runtergeschmissen.»

Ich sitze mit den beiden im Sonnenuntergang, ihre Reisetaschen voll kalter Bierdosen zwischen zwei angeschwemmten Baumstämmen am Strand, wir stoßen an mit unseren Kaffeetassen, aus denen wir trinken, um nicht aufzufallen, Cheers, auf Kanada und kaltes Bier.

Wir reden über wasweißich, haben Spaß, lachen, und als eine gewaltige Nebelwolke vom Meer her auf den Strand zu zieht, verstummen wir ob des Naturschauspiels, spüren, wie wir Meter für Meter von der Feuchtigkeit verschlungen werden und die Sichtweite unter dreißig Meter fällt, unter zwanzig, unter zehn, die Stille, das Rauschen des Meeres, das Knacken der Dosenverschlüsse, dumpf, dann zurück zum Zelt und viele Träume.

38. SEELÖWEN BEIM BODYSURFEN

Am nächsten Morgen weckt mich die Stille. Ebbe und Nebel ziehen mich aus dem Zelt zu einem Spaziergang ohne Menschenseele. Die Schwaden verwischen jegliche Konturen, der sichtbare Atem des Meeres, ohne eine Spur von ihm zu sehen, durch Ebbepfützen watend, barfuß, eigentlich zu kalt, aber es tut gut.

Zur anderen Seite die auf einer Breite von dreißig Metern angespülten bleichen, toten Baumstämme, dahinter den Regenwald nur erahnend, ausgelöscht. Blassgetünchte Stämme bilden eine mächtige hölzerne Leitplanke bei meinem Spaziergang am Strand kurz vor Sonnenaufgang. Links die blassen Baumstämme, rechts nur das Rauschen und vor mir die frühe Morgensonne, die nur geringfügig freundlicher durch die niedrige Wolkendecke schimmert als das Neonlicht hinter Milchglas auf einer Intensivstation.

Schlick, feuchter Sand unter meinen Füßen, Reste der Flut: Algenstränge, Muscheln, tote Krebse und Kadaver. Klamme Luft, salzige Lippen, Salz auf der Zunge, Salz in den Haaren, Salz auf der Haut, durch Böen aufgewirbelte Gischt, pulverisiert.

Die Spuren eines Seelöwen, denen ich ins Unterholz

folge, verlieren sich zwischen den weißen Gerippen der Bäume, ich schlurfe den gleichen Weg zurück und verwische so mit meinen Füßen die Spuren des Löwen im Sand.

Nirgends seine Spur zurück zum Meer. Wollte er sterben?

Rabengeschrei aus dem Nichts.

Eine Landschaft, fremd und dennoch vertraut.

Ein Baumstamm, der gestern noch nicht dort lag, taucht aus dem Nebel auf, ein großer bizarr verbogener Stamm wie die im qualvollen Todeskampf verkrampfte Wirbelsäule eines Wals, die drei ihm verbliebenen Äste schmerzvoll in den Sand gekrallt, daran ein unterschenkeldickes Tau, ein Fetzen Netz.

Die abgerissene Zange eines Krebses vor einem breiten Bach, der den Strand zerteilt, lautlos, eiskalt, das klare Nass in meinen Kniekehlen, danach erscheint der trockene Sand des Strandes warm, verstreute Baumstämme überall und kleine Büsche, es wird licht.

Ich sitze im Windschatten toter Bäume und schaue mit halbgeschlossenen Augenlidern den Seelöwen beim Bodysurfen zu.

Ihr Morgensport. Undressiert.

In der Brandung reiten sie auf ihren Bäuchen die Wellen, bis zu sieben oder acht nebeneinander, manchmal tauchen sie unter, bodysurfen mit der ausrollenden Gischt bis nahe an den Strand, ganz nahe an mich heran, das kalte, eiskalte Wasser des Junipazifiks um meine Oberschenkel. Eine Welle schwappt gegen meine hochgekrempelte Hose, der frische Wind, in meinem Kopf, vor mir, da draußen die kleine Felseninsel, auf der sich ihre Freunde tummeln. Einladend.

Ich frühstücke drei Müsliriegel. Der Nebel hat sich mittlerweile verzogen, junge Pärchen in beigefarbenen Bermudashorts stolzieren vorbei, die Frauen halten ihre Schuhe in der linken Hand und in der Rechten ihren Freund, das zweite Pärchen, das dritte, das vierte ... ich frage mich, wie viel Zeit vergangen ist?

Ob es ein und dasselbe Pärchen ist? Ob sie um die ganze Insel gelaufen sind?

Ob ich sie mir einbilde? Sehe ich mich mit Marleen am Strand? Zu zweit? Ich fluche leise und schlucke. Ich glaube, ich habe noch nie etwas so bereut, wie sie einfach so aus meinem Leben gehen zu lassen. Es hätte doch tausend Sachen gegeben, die ich hätte sagen können! Spätestens bei unserem zweiten Treffen hätte ich sagen können: ‹Hey, Marleen, warte, ich glaube, ich fühle ein bisschen mehr, du auch?›

Bei einem Nein hätte ich nun Ruhe gehabt, doch ich glaube nicht, dass sie nein gesagt hätte. Bei einem Ja hätten wir uns noch mal zusammensetzen können, reden können über das, was zwischen uns möglich sein könnte. Aber so sitze ich hier allein.

Ich knie einfach im Sand, schaue auf das Meer hinaus. Die Sonne scheint, und ein Seeadler landet vor mir, vielleicht zwanzig Meter entfernt. Er macht sich an einem Stück Aas zu schaffen, versucht es zu greifen, doch er kann nicht abheben, ich krieche langsam auf ihn zu, auf allen vieren, schließlich nur noch auf Ellbogen und Bauch, Armycrawl, soll mir egal sein, was ein paar Spaziergänger denken, ich bin bis auf fünf Meter an ihn ran, er ist so groß, so mächtig, so stolz, so majestätisch, selbst über das Aas gebeugt.

Er schaut zu mir auf, späht, hackt und pickt dann weiter auf das Bündel Fleisch ein, was immer es mal war, stößt Schreie seines Unmuts aus, Schreie, die Kontrahenten anlocken, zwei Jungadler und einen etwa gleichaltrigen Adler.

Der Seeadler auf dem Aas braucht nicht lange, um die beiden Jungen in die Flucht zu schlagen, nach einer Attacke haben sie genug und drehen ab in die Wipfel der Bäume hinter mir und teilen sich dort einen Ast, während sie ihre hellen Schreie ausstoßen.

Dann stürzt der ältere Adler herab, Gekreische, Federn fliegen, für einen Moment durchströmt mich Angst, sie könnten sich gegen mich verbünden, mich für Aas halten, so wie ich hier liege, ein ums andere Mal wehen ihre Flügelschläge Sand in mein Gesicht, sie sind so groß, aber ich vertraue ihnen, und sie wälzen sich und rollen über das Aas, ihre Schnäbel im Federkleid des Kontrahenten versenkt. Dann trennen sie sich wieder, der eine steigt auf, der andere springt auf das Aas, wieder ein Angriff aus der Luft, dann heben beide ab, verfolgen sich in dreißig Metern Höhe, weit entlang des Strandes, ihre Schreie werden leiser und verstummen bald darauf ganz. Und auch die Jungadler verstummen, klammern sich an ihren Ast und spähen ringsum, schweigen, trauen sich nicht an das verlassene Stück Aas. Sie haben immerhin schon einen weißen Kopf. Der Kadaver liegt verlassen vor mir, ich verharre in der Hoffnung, einer der Adler würde zurückkehren.

Raben fallen über den Kadaver her, um ihr blutiges Mahl streitend, gemeinsam Sehnen trennend, die Extremitäten vom Korpus zupfend, unkenntlich, das Innere nach außen kehrend, ich schaue gebannt den sechs schwarzen Vögeln beim Leichenschmaus am Meer zu.

39. ZWISCHEN KREATIV GEKREUZTEN BAUMSTÄMMEN

Ich habe die Berliner heute Morgen verabschiedet, nachdem wir gestern noch mal ordentlich gegen die Parksatzung verstoßen hatten, und als ich dem phantastischen Waldweg hinunter an den Strand folge, beschließe ich, meine Gitarre zu schnappen und es mir irgendwo im Windschatten ausgedörrter Bäume gemütlich zu machen.

Auch der erste von den zehn Zeltplätzen am Strand wechselt den Besitzer. Zwei Frauen beenden gerade ihren Zeltaufbau, direkt neben dem Bärenkäfig, der eigentlich ein schrebergartenhäuschengroßer Maschendrahtverhau ist, stabil, mit Vorhängeschloss. Darin hängen in Säcken und Plastiktüten die Fressalien der Camper an Karabinerhaken, damit niemand Opfer eines hungrigen Bären oder Pumas wird, nehme ich an. Vielleicht hatte ich wirklich so ein Riesenschwein, wie die Leute sagen.

Irgendwie bin ich bei den beiden Frauen stehengeblieben. Die eine ist recht aufgeschlossen, die andere findet mich doof, ganz offensichtlich.

Sie sind aus Kitsi, wie sie sagen, das ist kurz für Kitsilano, Vancouver.

Die Nette hat sich auf einen Holzstamm gesetzt und

krault sich laufend durch ihr zerwühltes braunes Haar, während die Freundin ihre Kommentare auf maximal zwei Silben begrenzt. Letztere hat sich vor ein paar Tagen ihre langen Haare auf einen Zentimeter abrasiert, was sie persönlich absolut klasse findet, ihre Freundin meint aber, sie könne das bald bereuen, nie und nimmer, erwidert die, und was ich dazu meine? Ich denke zu lange über eine diplomatische Antwort nach, und es wird stressig, also gehe ich weiter.

Liege zwischen den Logs wie in einem Fernsehsessel, Flugsand weht über meinen Kopf hinweg. Die Gitarre in meinem Schoß. Ich spiele einfache Melodien auf meiner einfachen Gitarre, inspiriert von einer grauen Maus, die mir für eine Weile zuschaut.

Amateur golfers are playing golf not far from the rollway
And I really wonder what brought the Concorde down?
The busdrivers drive as if their lifes are at stake
Under the bridges are nets to catch all the jumpers
One must like Vancouver
Even though you get strip-searched each time
You arrive at the airport alone

BMWs get rusty drivers abandon their cars
To push a pedestrian button just to get a green light sooner
Davie Street wears rainbow while side streets smell chlored
Fifty Dollars buys you unlimited suntanning a month
One must like Vancouver

Even though you get strip-searched each time
You arrive at the airport alone

I'm walking barefeet by fishermen with rods
They're wearing neon helmets, hey, is this mandatory here?
How can a raven be still that mystical bird
If pensioners in pastells feeding them old bread
One must like Vancouver
Even though you get strip-searched each time
You arrive at the airport alone

I remind an old lady of a loved one in peace
Do bold eagles mind smog? Do jeweliers ever loose their jobs?
And all you really can do is to bend over
And to think about all the things that wait for you
One must like Vancouver
Even though you get strip-searched each time
You arrive at the airp...

Die toten Baumstämme bekommen Gesichter. Sie schälen sich aus dem Holz. Ein Stamm hat mehrere Gesichter, in die Breite gezogen, wie Walhaischädel. Sie schauen erschrocken, entsetzt gen Meer.

Der Wald ist eine grüne Matratze. Der Wind wird stärker, das Meer rauer, die Luft kälter.

Jemand kommt vorbei, dabei liege ich hier wirklich abseits von allem. Er trägt ein kanariengelbes T-Shirt und eine Khaki-Hose von *GAP*, und er sucht etwas am Boden. Dann sieht er mich und erschrickt. «HAH ... äh ... hi, Mann!»

«Hi.» Ich hebe meinen schweren Arm in Zeitlupe, checke, ob daran Gewichte befestigt sind. Die Gitarre liegt auf meinem Bauch.

«Ich hab hier vor zwanzig Minuten meine Uhr verloren», sagt er.

Ich schaue ihn angestrengt an. Der Mann hat die Zeit verloren, denke ich, wie abgefahren, aber wie kann es dann sein, dass er weiß, dass es exakt zwanzig Minuten her ist? Hat er auf seine Uhr geguckt, als sie ihm vom Handgelenk glitt? So: ‹Uaaah, nein, 15.32 Uhr ...›

Und er erwartet jetzt von mir was tierisch Intelligentes, weil ich jetzt gerade über den Dingen bin, weil gerade alles so passt, oder ist er genauso real wie die Walhaifratze?

«Was hast du gesagt?», frage ich deshalb.

«Ich habe hier vorhin meine Uhr verloren», wiederholt er, seine Arme in die Hüften gestützt.

Ich überlege: «Lag ich da schon hier?»

Er zieht ein Gesicht. «Schön, mit dir gesprochen zu haben.»

«Das hör ich gerne.»

Über mir am weiten Himmel der Monsterrachen eines Riesenhaifisches. Der graue, graue Himmel.

Und die zackige dunkle Silhouette des Waldes wie eine Reihe Reißzähne in einem gigantischen Unterkiefer.

Ein Schwarm Raben über mir im V-Formationsflug.

Ihr Geschnatter. Diese zweisprachigen Raben können Rabisch und Gänsisch. Gibt es Bilingualität in der Tierwelt?

Ich muss gegen den Wind angehen, denke ich und verwerfe den Gedanken, stattdessen: Ich habe Gegenwind. Ich weiß auch nicht, warum sich das besser anhört.

Dunkle Wolken dick am Horizont, heller Sonnenschein über der Bucht, noch! Werde Essen und Trinken holen.

Die Wolkenwand als unheilschwangerer Kontrast zu den spärlichen Sonnenstrahlen auf der Erde, geradezu gleißend, meisterpropperweiß reflektierende Schaumkronen stürmischer Wellen. Nur wenige Menschen sind jetzt noch vor dem Zelt.

In Einsamkeit in Endzeit.

Ein Honig-Banane-Sandwich, lecker. Ich hocke im Schneidersitz im Zelt, der Eingang offen, und das Meer zwanzig Meter vor mir ist höher als ich, die Sonne ist verschwunden, und der Wind reißt an der Zeltplane.

Ich sollte meine Sachen packen, damit ich hier schnell wegkomme, wenn es wirklich bedrohlich wird. Ich entwerfe einen Fluchtplan. Den sich windenden Waldweg werden die anderen nehmen wollen, die werden ihn verstopfen, wenn außer mir hier überhaupt einer etwas mitbekommt, die armen Schlucker, ich werde schnurstracks durch den Wald rennen und der Sturmflut entkommen.

Kindergeschrei im Wind. Ein Mann steht im Wasser. Die Hände in den Hosentaschen.

Eigentlich ziemlich trocken, so ein Hobabrot.

Ich stecke den Kopf raus, nicht mehr als nötig, und für die Deutschen im Zelt nebenan muss ich ziemlich neugierig aussehen. Sie unterbrechen ihre Tätigkeit und schauen auf. Sie bauen einen Zaun, einen Zaun!

Offenbar imitieren sie den Halbkreis vor meinem und den anderen Zelten, die wohlgemerkt als Windbrecher, als Flugsandschutz dienen, alle in die gleiche Richtung gebaut. Sie bauen einen Zaun rund um ihr Zelt, löchrig, mit trockenem Treibholz. Haben sie den Sinn nicht begriffen, oder gibt es bei Deutschen ein Zaun-Gen?

Ich nehme die Gitarre und lege mich hin.

What will you decide
Day or night
Neon lights
Or me by your side
But I suppose you got your story straight

You saw what you saw
You heard what you heard
And if this is the law
A stone kills a bird
But I suppose you got your story straight

People say what they say
No shades
Just black and white
And no grey
But I suppose you got your story straight

If I had seen what you have seen
I at least I would ask
Can that really be
It happened so fast
But I suppose you got your story straight

Meine Finger schmerzen vom Gitarrenspiel, obwohl sich schon Hornhaut an den Fingerspitzen gebildet hat.

Mit geschlossenen Augen sehe ich mein Gesicht vor mir. Seit einer Woche habe ich kein Spiegelbild mehr von mir gesehen.

40. DEUTSCHER KOMPONIST MIT FÜNF BUCHSTABEN

Der Fahrer des Charterbusses nach Victoria ist gleichzeitig auch der Eigentümer, Kleinunternehmer. Die daumentätowierte Parkangestellte hatte mir zuvor gesteckt, sein Bus wäre halbleer.

Er reibt sich seine knubbelige Nase. «Zwanzig Dollar, sag ich, ansonsten mach ich ja minus.»

«Da komm ich ja billiger mit ’nem Greyhound weg, zwölf!», komme ich ihm entgegen, ohne eine Ahnung zu haben, was der Greyhound kostet und ob der überhaupt hier verkehrt.

«18, mein letztes Wort.»

«14! Woher soll ich es nehmen?»

«Mensch, bei 16, da glaubt die Konkurrenz, ich fahre für die Heilsarmee!» Er rauft sich sein struwweliges rotes Haar.

«Komm, 16, Hand drauf.»

«Aaaaaokay.»

«Mensch, erzähl das keinem, erzähl das bloß keinem, kein Wort, Mensch, zu keinem.»

Eine Fahrt durch Nadel- und Laubwälder und schroffe Bergketten. Die Straße windet sich, im Schritttempo geht es um Haarnadelkurven, daneben entlaubte Baumkronen wie hohe Fondue-Spieße gen Himmel gereckt.

Radio 101 krächzt in den Bergschatten oft mehr schlecht als recht, der Fahrer verkündet froh seine Lieblingsband: The Waterboys, kenne ich nicht, sie singen: *I wish I was a fisherman* ..., und ich denke, ich hätte als Fischer bei Marleens Crew anheuern sollen. *Tumbling on the sea ... it's bitter memories casting out my sweet line with abandonment and love, no ceiling bearing down on me, 'cept the starry sky above, with light in my head, you in my arms, whooo-hoo-hoo ...*

Ich habe den Song wirklich noch nie gehört, aber beim zweiten Refrain reißen mir die Geigen bald die Eingeweide raus.

Es ist doch nicht so gut, jeden englischen Song verstehen zu können.

Ich schaue nach draußen auf der Suche nach Ablenkung. Ein großer See oder ein Inlet, das Wasser, die Berge, und ich denke: Wow, das sieht aus wie in Kanada hier. Baumstämme an Stränden, als Brücken, für Häuser, Boote und als Leitplanken.

«Hey, Dooiitscher!», sagt ein Engländer mit Glatze, Piercings und Tattoos, allerhand um Hals, Hände und Fußgelenke und mit einem coolen Gitarrenkoffer neben sich, Aufkleber aus der ganzen Welt darauf. Er löst Kreuzworträtsel.

«Hey, Dooiitscher!» Er überbetont Deutscher und nicht German.

«Was?»

Zwei Frauen schauen ihm über die Schulter, rätseln

mit, er fragt mich: «Doooiiitscher Komponist mit fünf Buchstaben?»

Ich überlege kurz und sage dann: «Basti.»

«Buchstabier!»

«B, A, S, T, I.»

«Passt.»

«Will ich meinen. Sag mal, wo kommst du eigentlich her?»

«Wozu willste das wissen?»

Ach so, dumm zurückfragen ist erlaubt. «Einfach so.»

«Was denkst du denn, wo ich her bin?»

Danke für den Ball. «Dublin.»

«Ich bin doch kein Ire! Sehe ich aus wie ein Ire?», bellt er zurück.

«Sorry, dann klär mich doch auf.»

«London, London, warum?»

«Nur so, nur so.»

Er wendet sich wieder den Mädels zu, sie tuscheln. Er verzieht das Gesicht und fragt mich: «Doooiitscher, auf welcher Insel war Napoleon in Verbannung? Vier Buchst...»

Ich mache: «BEEEEP!! Elba, E, L, B, A.»

Gekicher, außer von ihm.

Er sagt: «Ja! So ... wo ... mh ... warte ... hier! Hah! Ägyptischer Kriegsgott, der bei der Schlacht von Dalmatia ein Auge verlor?»

«Ach, ich hab keine Lust mehr, ich nehm dir ja den ganzen Spaß, das ist doch gerade das Reizvolle, es selbst herauszufinden.»

«Du weißt es nicht!»

«Wie auch immer.»

Die Frau mit dem Pferdeschwanz fragt: «Woher kommst du in Deutschland?»

«Münster, und du?»

«Australien, Perth.»

Der Londoner rätselt mit ihrer Freundin weiter.

«Was zur Hölle machst du dann hier?», frage ich erstaunt.

«Urlaub! Kennst du Australien?»

«Nein, ich würde gerne mal hin.»

Der Londoner erhebt seine Stimme: «Bist du sicher mit dem dooiitschen Komponisten?»

Im Radio singt ein Kris Demeanor: *There is a dancehall inside ...*

«Ich heiße übrigens Claudia, wie das deutsche Model, Schiffer!»

«Ich heiße Basti, wie der ...»

Das Rätselheft fliegt raspelnd in eine Ecke.

41. FEUERWERK, JAZZ UND TANGO IN VICTORIA

Als ich mich von den Leuten im Bus verabschiede und auf den Bürgersteig trete, höre ich Musik aus allen Richtungen, dazu Gelächter, laut redende Menschen, Leben, so schließt mich Victoria, meine letzte Station vor dem Rückflug, in die Arme.

Ich habe kaum meinen Rucksack geschultert und Gitarre und Plastikbeutel geschnappt, da lacht mich ein besoffener Bettler aus. Er zeigt aus seiner halb liegenden Position an der Backsteinmauer auf mich und klatscht sich mit einer Hand auf den Schenkel. «Mannomannomann, du schleppst ja Abendessen, Mittagessen und Frühstück für mindestens drei Tage mit dir herum!»

Mehr Wahrheit kann er nicht sprechen. In der Tat habe ich genau diese Menge zu viel mit, zwei Tage habe ich mit den Berlinern gegessen plus einen Tag Abreise, macht drei Tage, für die ich vorher zu viel eingekauft hatte. Vor ihm hatten sich die Leute nur gewundert, was ich so alles mit mir herumtrage.

Wir unterhalten uns kurz, und ich überlasse ihm meinen Vorratsbeutel.

Er reißt die Augen auf, und ich sage: «What goes around comes around.»

Dann biege ich um die Ecke, und eine Frau ruft mir aus dem geöffneten Fenster eines alten dunkelgrünen Volvo-Combis zu: «Hi, wie geht's? Sieht ja schwer nach Arbeit aus, was du da machst, hehehe.»

«Geht grade noch.»

«Bist nich von hier, eh?!»

«Wie kommste denn darauf? Nur weil ich 'nen Monsterrucksack, einen kleineren und eine Gitarre schleppe?»

Sie lacht laut auf. «Okay, lass mich raten ...»

«Falsch, Germany.»

«HAHAAAAAAaaaaa, wie bist du denn drauf? Ich war mal in Deutschland, München, Oktoberfest ...»

«Und vor einer Stunde wieder gelandet?» Ich deute auf die Bierdose zwischen ihren nackten Oberschenkeln unterhalb des Minirocks. Gewagt für ihr Alter.

«Pass auf, sonst landet die gleich auf dir», lacht sie.

Eine Viertelstunde später eise ich mich los, der Rucksack wird spürbar schwerer, es ist warm, Spätnachmittag, Menschen mit Sixpacks strömen aus Liqour-Stores, Angetrunkene in den Straßen, Jung und Alt, eine einzige Riesenparty. Gut, es ist Freitag und gutes Wetter, aber dass die hier in Victoria so dermaßen auf die Kacke hauen? Irre! Warum hat mir das vorher keiner erzählt? Da wird mir von Montreal vorgeschwärmt, dabei liegt das Beste so nahe!

Ich will zum Hostel, und ich kann das Schild am Ende der Yates Street schon sehen, da ...

«Hier kommt der Nächste!» Ein Straßenmusiker grinst

mich an, lange Haare wie die drei anderen, wie ich noch vor zwei Jahren, einer mit Gitarre, die anderen mit Handtrommeln, sie nicken ebenfalls grinsend.

Ich wiegele ab: «Du irrst dich, bin kein Profi, übe zurzeit noch.»

«Was für'n Glück, dass du uns triffst, wir üben hier auch nur. Wen spielst du denn so nach?»

«Ah, niemanden, nur so für mich.»

«Willkommen, dann stell dein Zeug zu unseren Sachen, nimm 'nen guten Zug hiervon, und wir spielen ein bisschen.»

In der Dämmerung teilen wir, was im Hut ist, genug für zwei Biere heute Abend, und ich gehe zum Hostel.

Meine Finger brennen vom Gitarrenspiel, wir haben kaum miteinander geredet, mehr mit den vorbeikommenden Leuten, nur gespielt, das war meine Straßenmusikerpremiere.

Wie viel von dem Ganzen wird Jojo mir glauben?

Nichts.

Der wird mir kein Wort glauben, der wird sagen, ich spinne, ich gebe an.

Egal, soll er.

Meine Eltern werden richtig glücklich sein, so wie ich Englisch spreche. Die werden das als vollen Erfolg verbuchen. Bis ich sage, dass ich eigentlich viel lieber wieder zurück nach Kanada will.

«Scott, Australier», stellt sich mein stämmiger Bettnachbar vor. Mit einem Auge schielt er.

Über unseren doppelstöckigen Betten schnurren zwei große goldene Deckenventilatoren, die eine gewisse Faszination auf mich ausüben. Er reicht mir seine Hand herunter.

«Basti, German.»

«Grade angekommen, mmh.»

«So ähnlich.»

«Gehst du gleich zum Feuerwerk?», fragt er.

«WAS DENN FÜR EIN FEUERWERK?!» Ich springe auf. «Wo bin ich gelandet, die Stadt ist ja total irre!»

Ein Feuerwerk ist genau das, was mir jetzt noch fehlt.

Er schaut mich ein bisschen fragend an. «Uhm, ja, ich geh so in zwanzig Minuten hin, wenn du mit willst.»

«Logisch, Feuerwerk, eh, ein FEUERWERK! Was für eine Stadt!»

Scott und ich sind umringt von den Masten der Yachten, einem alten Hotel namens *Empress*, Kleinkünstlern, Musikern, Jongleuren, Fackelwerfern und Feuerspuckern, und Menschen, Trauben von Menschen drängen ausgelassen und angetrunken, sich gegenseitig zuprostend, über die Bürgersteige und entlang der Hafenpromenade. Wir setzen uns auf ein Mäuerchen, Menschen flanieren an uns vorbei.

Die erste Rakete.

Purpurner Glitzerregen über dem Hafen, die Menge johlt, Jungs mit der kanadischen Flagge als Cape wie Supermann brüllen unverständliches Zeug, Gesichter junger Frauen, halb rot, halb weiß geschminkt, ihr heiteres Gelächter verwischt im farbenprächtigen Donnerhall explodierender Kanonenschläge. Zwanzig Grad am Abend, wo Neujahrsstimmung sich mit Karnevalsstimmung im Sommer trifft, selbst kurze Röcke noch mit Schlitz, weiße, rote, grüne oder goldene Farbenpracht und langsam abziehender Rauch detonierter Raketen, weit und ohne Schweif, mit und ohne Krach, still oder laut, lachend oder schreiend, dem Spektakel lauschend, optische Ästhetik im Gebell zerplatzender Knallkörper.

«Das ist ja der reinste Wahnsinn hier», sage ich mit heiserer Stimme. «Ist das jeden Freitag so?»

Scott schaut mich lange an, er legt die Stirn in Falten und meint: «Jedes Mal, wenn der kanadische Nationalfeiertag auf einen Freitag fällt, Mann, jedes Mal dann!» Er liest mein Gesicht. «Sag bloß, du weißt nicht ...»

«Ach so! Nein!»

«Echt nich?» Er lacht auf.

«Nein!»

«Was? Hast du gedacht, so ist es hier immer? Hast du? Hast du keinen ...?»

Ich hebe die Hand, die Frage kenne ich. «Ah, nein, keinen Reiseführer.» Dann dämmert es mir: «Nationalfeiertag? *Der* Nationalfeiertag?»

«Klar, der Nationalfeiertag. Wie viele habt ihr in Germany denn? Feiert ihr eure tolle Geschichte jeden Monat?»

«Nein.»

Marleen. Marleen wollte doch vielleicht den Nationalfeiertag in Victoria feiern. Das hatte sie doch gesagt. Ist sie hier? Hier irgendwo in der Menschenmenge? Der Gedanke höhlt meinen Magen aus.

Scott verabschiedet sich irgendwann mit der Entschuldigung, er habe jetzt die nötige Bettschwere. Ich sage ihm, dass ich noch zu aufgekratzt bin und noch etwas alleine durch die Stadt schlendern möchte. Das wundert ihn, aber er fragt nicht nach.

Natürlich will ich so lange wie möglich nach Marleen Ausschau halten, auch wenn die Chance nicht besonders groß ist, sich hier in die Arme zu laufen.

Auf der Suche nach ihr mache ich halt in einem Park, von dem ich eine große Kreuzung im Blick habe, die für den Autoverkehr gesperrt ist und über die die Menschen in alle Richtungen strömen.

Ich lehne im Mondschatten eines kleinen Baumes. Die anderen Schatten der Büsche und kleinen Bäume sind besetzt von Paaren oder Kleingruppen, durch die glühende selbstgedrehte Träume tanzen wie orange Glühwürmchen, von unsichtbaren Händen gehalten. Leise Gespräche in entspannter Atmosphäre.

Dann tauche ich wieder in die ausgelassen feiernde Menschenmasse ein. Betrunkene Jongleure hocken lachend auf der Hafenmauer, ein erschöpfter Clown, Eltern sammeln Geld für ihren Jungen, der ebenso viele Fackeln wirft, wie er alt ist, sieben oder acht, *Geld für einen guten Zweck*, steht auf einem Pappschild.

Für bedürftige Fackelwerferkinder? Habe mir nie Gedanken über den Karrierestart eines Profifackelwerfers gemacht.

In der Runde der Zuschauer suche ich Marleens Gesicht. Vergeblich.

Ein Minischlagzeug am Straßenrand, eine tiefe Frauenstimme aus einem Hauseingang, Jazz in Vollendung, ein Flyer klebt mit Eishockeytape an der Hauswand: *Angela Besomrio*. Darunter ist etwas mit Edding gekritzelt.

Sie swingt ihre Stimmbänder zu den gebrochenen Rhythmen eines schmächtigen Schlagzeugs, beide Musiker in ausgewaschenen halbzerfetzten Klamotten und um die vierzig. Der Mann starrt scheinbar geistesabwesend ein Graffito an der gegenüberliegenden Straßenseite an, während die Sängerin aus dem Schatten des Hauseingangs heraustritt, Melodien, Oktavensprünge und Gejammer und Gekrächze spielerisch vermischt, stets die Blechpfanne für das Kleingeld den Menschen vor die Füße kickend, der Puck der Straßenmusiker schlittert scheppernd über den noch warmen Asphalt, die Leute müssen drüberspringen oder Kleingeld geben, zu ihren gesungenen Kommentaren über arrogant vorbeiflanierende Passanten, das Klatschen ihrer Hand im Rhythmus, kulturelle Eintagsfliegen, erfundene Texte, ein Improvisationstalent, und unterschiedliche Menschen lassen sich zu spontanen Tanzeinlagen hinreißen. Irgendwann beenden sie ihr Programm, ich schmeiße meinen Rest Kleingeld in die Pfanne, wie die vielen anderen Menschen auch, und wende mich ab. Sie ruft hinter mir her: «Hey, du.»

«Mmh?»

«Du hast uns so lange zugehört, wir sind übermorgen im *Bermuda*, du kommst umsonst rein.»

«Sorry, ich muss übermorgen zurückfliegen.»

«Musst du?»

Muss ich?

«Ja.»

«Schadö», sagt Marleen hinter mir, ihre Hand auf meiner Schulter.

Da steht sie, und ich falle jetzt entweder sofort um, oder ich umarme sie vor Freude. Ich entscheide mich für Letzteres.

Immerhin sage ich «Marleen», fast erleichtert.

Ihre Hände auf meinem Rücken, sie erwidert die Umarmung. Wirklich? Wir lösen uns, klar, war ja nur eine Begrüßung. Natürlich. Wir machen beide einen halben Schritt voneinander weg, lächeln uns an.

«Basti.»

Ein Typ, der aussieht, als hätte er eine Zeitreise aus den Siebzigern hinter sich, meint zu ihr: «Kommst du?»

Sie ist mit einer Handvoll von Leuten unterwegs, ein bunter Haufen, keiner schert sich darum, was der andere an Klamotten trägt. Alle schauen mich an.

Und sie sagt: «Geht schon mal weiter, wir treffen uns am Bus.»

Sie nicken und winken uns zum Abschied zu. Ich winke zurück, wanke.

Jetzt oder nie. Leben oder Sterben. Hinter mir spielen sie eine langsame Jazznummer.

Ich rede jetzt einfach los.

«Marleen, ich bin ... gerade ... wahnsinnig glücklich. Ich hätte nicht gedacht, dass wir uns noch mal wiedersehen. Ich habe dich nicht vergessen, die ganze Zeit nicht.» Ich haspele mit meinen Händen vor meinem Körper herum, als ob sie nichts mit mir zu tun hätten. «Als du von dem Tisch weggegangen bist in Powell River und ich dann aus dem Pub, von da an habe ich jeden Tag an dich gedacht.»

Das muss reichen, ich lasse die Arme hängen, als wären sie oben angenagelt. Guckt sie jetzt mitleidig? Komm, erschieß mich. Oder?

«Ging mir auch so», sagt sie mit ihrem französischen Akzent, während wir uns in die Augen schauen. Und ich versuche schneller als sonst zu blinzeln, um nicht den Bruchteil einer Sekunde zu verpassen.

Ist das der Moment, in dem ich ihre Hand greife? Ich denke zu viel, was soll schon passieren? Kitsch hin, Kitsch her, ich möchte ihre Hand in meiner spüren. Ihre Freunde sind in der Menschenmenge verschwunden. Ich mache einen halben Schritt auf sie zu und nehme mit meiner Rechten ihre Linke. Sie tut das Gleiche mit der anderen Hand, unsere Finger verschlingen sich ineinander.

Hinter mir kracht das Becken dreimal, es ist, als würde es mich vom Abdriften in eine Traumwelt abhalten. Die beiden spielen gerade nur für uns.

«Und jetzt?», fragt Marleen.

Ich muss lachen, die Nerven, sie lacht mit.

Dann werde ich ernst und frage sie vorsichtig: «War das ... dein Freund?»

«Hah, nein, wir sind heute nur alle zusammen unterwegs, feiern, es geht gleich weiter, raus aus Victoria, da kennt Raj irgendwen, wo wir pennen können.»

«Ah.»

«Ja.»

«Na dann.»

«Ja.»

«Und ... ich ... würde dich ... gerne ... näher kennenlernen.»

Für einen Augenblick sagen wir nichts, dann fragt sie: «Wann geht es für dich zurück nach Germany?»

«Übermorgen.»

Das Jazzschlagzeug schnurrt mit den Besen über die Snare Drum.

«Vielleicht komm ich wieder», sage ich ohne Plan.

«Nächsten Sommer?»

«Nein, eher, nächste Woche, nächsten Monat.»

Sie drückt meine Hand. «Warum?»

Wahrheit oder Pflicht? Kopf oder Zahl?

«Wegen dir.»

«Das würdest du?»

«Wenn du willst.»

Ich höre jetzt nichts mehr, nur noch ihre Stimme. Die Menschen huschen lautlos an uns vorbei, ihre Lippen bewegen sich, sie lachen und schreien, ohne einen Ton von sich zu geben.

Wir stehen da wie festgewurzelt. Ich werde erst wieder einen Schritt machen können, wenn wir zu Ende geredet haben.

Sie nickt nur leicht.

Oder habe ich mir das bloß eingebildet?

«Meinst du, das bin ich wert?», fragt sie.

«Ja, klar!»

«Wieso?»

«Keine Ahnung.»

«Was macht dich so sicher?», fragt sie, aber nicht herausfordernd.

«Weiß ich nicht, ich weiß es nicht, ich weiß nur, dass ich dich wiedersehen will, dass ich dich ganz oft sehen will, dass ich dich kennenlernen möchte, und dann wissen wir es, erst dann.»

Sie nickt wieder. «Hast du nicht gesagt, du fängst eine Ausbildung an?»

«Ja, aber, nein, das werde ich nicht», ich schlucke, «ich möchte wiederkommen, so bald wie möglich. Du arbeitest noch auf dem Fischerboot?»

«Noch bis Ende September.»

«Im September komme ich wieder.»

Ich weiß nicht, wie. Irgendwie.

Ihre Hand löst sich aus meiner, und sie streicht mir über die Wange. Ich sehe Sterne, als hätte sie mir eins verpasst. Mein Kopf ist leer, komplett, ein schwarzes Loch in der Entstehung. Entstehen so schwarze Löcher im Universum?

Sie sagt: «Ich gebe dir meine Handynummer und meine E-Mail-Adresse.»

«Ja!», rufe ich beinahe, weil ich daran schon wieder nicht gedacht habe.

«Hast du einen Stift?»

«Nein.»

«Ich auch nicht.»

Eine Scherbe, denke ich, damit kann sie es mir ins Fleisch ritzen, ich suche den Boden ab und habe dann eine Idee: der Flyer der Jazzer! Ich drehe mich um und höre wieder die Menschen und die Musik. Die Sängerin schaut mich an, und ich mache die internationale Geste für einen Stift zum Schreiben.

Mit zwei Fingern zieht sie einen dicken Edding aus einer Tasche, während sie weitersingt, als würde sie in einem Studio vor dem Mikrophon stehen, ohne auch nur einen Ton nicht zu treffen. Sie wirft mir den Stift zu, durch eine Lücke in der vorbeiströmenden Menschenmenge wie in einer Szene aus «Matrix», und ich reiche ihn Marleen.

«Papier?» Sie runzelt ihre Stirn.

Wieder schaue ich hilfesuchend zur Sängerin, die nun ihrerseits die internationale Geste für Schreibt-es-euch-doch-auf-den-nackten-Arm-ihr-Turteltäubchen macht.

Wir lachen, und mit einer Hand hält Marleen meinen Arm und schreibt ihre Telefonnummer, gefolgt von ihrer E-Mail-Adresse, mit dem Edding auf die Innenseite, von der Armbeuge bis zum Handgelenk. Ich kann mich an keine zärtlichere Geste erinnern. Mein Hals ist trocken.

Sie endet mit *XOXO M*.

Danach wirft sie den Stift zurück zur Sängerin.

Ich glotze auf meinen Arm, als wäre es eine Nachricht von Außerirdischen oder eine Prophezeiung. Und die ist es ja auch irgendwie.

«Du meldest dich?», fragt sie.

«Ja.»

Unsere Finger verhaken sich wieder.

«Wirklich?»

«Ja, ja!»

«Auch wenn du nicht zurückkommst?»

«Ich komme zurück, und ich melde mich vorher.» Alles andere will ich nicht wahrhaben, es muss einen Weg geben, es wird einen Weg geben.

«Bald?»

«Sobald ich zu Hause gelandet bin, Marleen.»

Sie schlägt die Augenlider zu, und wie ein aktivierter Elektromagnet zieht ihr Gesicht meines an, und ich küsse sie auf den Mund, weich auf ihre Lippen, anders als in ihrem Auto.

Ganz langsam lösen sich unsere Lippen voneinander.

«Guck mal», sagt sie und deutet nach oben.

Über uns fliegen die Möwen über die Dächer der Häuser, und hell leuchten ihre weißen Bäuche im orangen Licht der Straßenlampen vor dem sternenlosen Himmel.

«Melde dich, Basti.»

«Ja!»

Ich schaue sie an.

«Mehr bei unserem nächsten Treffen, was?» Und sie zwinkert mir mit der Wucht eines Wasserwerfers zu.

«Ja.»

«Ich muss jetzt, die anderen warten.»

«Und du wartest auf mich?», frage ich.

«Das werde ich.»

Wir umarmen uns fest, und ich atme tief ihren Duft ein. Hinter ihr könnte eine Blaskapelle aus rosa Elefanten vorbeiziehen, ich würde nichts mitbekommen. Unsere Wangen streichen aneinander, als wir auseinandergehen. Ein flüchtiger Kuss zum Abschied. Sie nickt nur. Ich auch. Auch sie muss einen Knoten im Hals haben. Dann läuft sie los, Slalom, und im nächsten Augenblick ist sie verschwunden.

Da stehe ich. Und ich könnte heulen und lachen und kotzen zur gleichen Zeit. Dem Himmel geht es nicht anders, er entscheidet sich fürs Heulen. Die ersten Regentropfen. Egal, ich kann hier ewig stehen, bis morgen früh, bis übermorgen früh, bis mein Bus von hier nach Vancouver geht.

Der Jazzgesang findet seinen Weg zurück in mein Bewusstsein. Zu einem Tangorhythmus singt die Straßenmusikerin mit rauer Stimme: *Lover, that pen ain't waterproof, dude, that will wash off very soon ... hey lover, that ...*

Ich lächele den beiden Musikern zu und begreife plötzlich, dass sie das ernst meint, der Stift ist nicht wasserfest! Auf meiner Haut laufen die ersten dunklen Tränen über den Unterarm hinab.

«Scheiße!», rufe ich auf Deutsch und zu ihnen: «Thank you, thank you so much!»

Und dann lasse ich ihr Gelächter und das Krachen des Beckens hinter mir und renne mit angewinkeltem Arm durch den Platzregen zur Jugendherberge. Dabei kommen mir so blöde Gedanken wie, was ist, wenn mich nun jemand überfällt und die Schrift abwäscht, während ich ohnmächtig im Regen liege?

Aber niemand überfällt mich, und ich übertrage auf meinem Bett im Hostel sitzend außer Atem ihre Telefonnummer und E-Mail auf die Rückseite meines Flugtickets und schnitze sie dann noch mit der Nagelschere in das Holz meiner Gitarre.

42. WHAT GOES AROUND COMES AROUND

Nach einer viel zu kurzen Nacht – an Schlafen war bei mir kaum zu denken – sitze ich beim Frühstück alleine an einem weißen Tisch mit einem Kaffee und einem Teller Müsli. Scott kommt dazu, mit einer großen Tasse Kaffee und kleinen Augen.

Ich nicke ihm zu. «Ist nicht deine Hauptmahlzeit, Frühstück, hmh?!»

Mit verraspelter Stimme antwortet er: «Definitiv nicht, eher Kaffee und Zigarette! Warste gestern noch lange weg?»

Ich zucke mit den Schultern. So nett er ist, ich kann ihm nicht von Marleen erzählen. Ich will es ihm auch gar nicht erzählen und es dabei selber hören müssen. Deswegen frage ich ihn: «Was machste heute?»

«Staubsaugen.»

Mein fragender Blick.

«Ich staubsauge hier, im Hostel, hab dafür die Nacht frei.»

«Das issn Deal.»

«Yep.»

Eine Frau umarmt ihn von hinten. «Hi, Scott.»

«Hi.»

«Wie sieht's aus mit heute Abend?», fragt sie.

«Geht klar ... mmmh, das ist Basti ... aus Deutschland ... Isabelle aus Quebec.»

Eine Invasion frankokanadischer Frauen. Ihr Haarschnitt erinnert mich an die Beatles.

«Hi.»

«Hi.»

«Kommst du mit?», fragt mich Scott.

«Klar.»

«Du weißt doch gar nicht, was abgeht.»

«Egal, hört sich einfach gut an, und das hat die letzten Wochen schon so geklappt. Wohin geht's denn?»

«'ne Kneipentour.»

«Voilà.»

Sie voller Freude: «Tu parles francaise?»

«Scusi, kein Stück.»

Wir lachen. Sie verabschiedet sich.

Scott zu mir: «Und was machst du heute tagsüber?»

«Nichts, ich versuche wie jeden Tag seit Wochen nichts zu machen, aber irgendwas kommt immer dazwischen.»

«Hi, ihr beiden, und 'tschuldigung, wenn ich so reinplatze in eure Unterhaltung.» Eine hellbraun gelockte Schönheit steht mit den Händen in die Seiten ihres Spaghettiträgershirts gestützt an unserem Tisch. Ohne Marleen im Herzen hätte sie mich beeindruckt.

Sie setzt sich neben Scott, der beinahe losprustet vor Lachen. Er schaut erst sie an und dann nach oben, wieder und wieder, tut so, als vermute er, sie wäre vom Himmel gefallen, dann kneift er sie einfach in den Arm.

«HEY!?», jault sie empört auf.

«Ich wollte nur sichergehen, dass du echt bist.»

Sie lacht. «Bin ich!», und lässt ihn ihren Ellbogen spüren.

«Autsch», sagt Scott.

«Bestens, du bist auch echt. Ich bin nur für zwei Tage in der Stadt ... und hab das mit der Kneipentour versehentlich mitgehört, sorry ...» Sie lacht die Decke an.

Ihr Hals, ihre Lache, die Decke reißt auf, blauer Himmel, und die Sonne bricht über uns durch.

«Und ich weiß nicht, wohin, bin aber an und für sich ziemlich durstig, daher wollte ich nur fragen, na ja, ob ich mich vielleicht anschließen kann.»

Pause.

Scott saugt nachdenklich Luft ein, ich mache eine vage Geste mit meiner Hand, und dann lachen wir zu dritt los, weil diese Situation wirklich jedem klar ist.

Sie fragt uns: «Was seid ihr beide für Arschlöcher, wo seid ihr denn her?»

Scott stellt uns wieder vor.

«Und ich dachte, ihr kennt euch ewig», sagt sie verwundert.

Scott antwortet ihr: «Tun wir auch, so ähnlich, in dem Maßstab einer Eintagsfliege.»

«Heh, ich heiße Siobhan, bin aus Irland, also?»

«Hier an diesem Tisch, um acht Uhr», beschließt mein alter Freund.

Ich mache einen Spaziergang quer durch Victoria und einen Park am Meer. Grüne Wiesen wechseln sich mit ausgedörrten Halmen auf kleinen Hügeln ab, Nebelschwaden wehen aus dem Nichts in den Park, schrumpfen die Sichtweite auf unter fünfzig Meter, wie Qualmwolken eines Flächenbrandes, so dick, zum Greifen. Der Nebel schluckt die Sonne, 15 Meter unter mir der Strand und ein paar Meter graue See, gespenstisch, und sämtliche ungenauen Konturen von Büschen und Felsformationen sehen aus wie Marleen. Es muss einen Weg geben, so schnell wie möglich hierher zurückzukehren. Nun bereue ich tatsächlich, mein erspartes Geld stets verprasst zu haben. Trotzdem, das alleine darf mich nicht abhalten, wird mich nicht abhalten. Ich brauche nur den Flug zu bezahlen, danach klappt alles schon irgendwie. Hier hat alles irgendwie geklappt. Vielleicht finde ich einen Job. Ich würde alles tun, nur um bei Marleen zu sein. Aber was ist, wenn ich keinen Job finde, der unter der Hand bezahlt wird? Ein Arbeitsvisum bekomme ich nicht so schnell.

Der Nebel verzieht sich genauso schnell, wie er gekommen ist, und die Sonne funkelt wieder im Meer, weite Sicht, das Glitzern der Sonne auf Wellen. Was andere Menschen in Diamanten oder Augen zu sehen scheinen, sehe ich im Glitzern von Sonnenstrahlen auf Wellen. Ein nie gedachter Gedanke. Wie auch?

Es gibt sogar eine Bühne im Park, überdacht wie eine große Muschel, geöffnet, darauf tanzt ein halbnacktes Paar in schwarzen Stretchklamotten auf brauner Haut, sich meiner Anwesenheit bewusst. Außer mir ist niemand zu sehen, und sie tanzen im erotischen Taumel südamerikanischer Musik, Tango, aus einem Achtziger-Jahre-Ghettoblaster. Sie geben sich dem getanzten Sex hin, sie sind gut, wirklich gute Tänzer, mit durchtrainierten Körpern, die sie in Szene setzen können und möchten, eingebettet im Vorwand des getanzten Ausdrucks, mit Anmut und katzenhafter Grazie, bewusstes, geschmeidiges Aneinanderreiben ihrer Körper, gekonnt, bis die Musik erstirbt und sie mir ihre letzte Figur zeigen. Ich alleine gebe Beifall, an einen Baum gelehnt, und sie verbeugen sich vor mir.

Der Pubcrawl fällt aufgrund des guten Wetters und allgemein leerer Geldbeutel zum Wohle eines gemütlichen Beisammenseins am Hafen aus. Das letzte Flugboot brettert über uns hinweg und landet spektakulär im engen Hafenbecken, bestaunt von uns und den Touristen. Dieseldunst benetzt unsere Hände und unsere Gesichter. Der Geruch nach Kerosin am Abend.

Das tiefe Geschrei des Motors, bevor das rote Flugboot gewendet hat und niedrigtourig zu seinem Anlegesteg tuckert.

Siobhan, Isabelle, Scott und ich sitzen im Halbkreis auf dem Gras.

Ich sage: «Ich werde heute nicht alt.»

«Hey», sagt Siobhan, «der Abend ist noch lang.»

«Ich muss morgen früh raus, die Fähre kriegen und dann das Flugzeug. Rückflug, leider», sage ich.

«Schade, ich bin noch eine Weile hier. Wenn die mich weiter putzen lassen», meint Scott.

Und Siobhan schlägt vor: «Mach doch durch, du kannst doch im Flugzeug schlafen.»

«Miss Irland hat recht», meint Scott. Er und ich nennen sie Miss Irland und Isabelle fairerweise Miss Kanada. Wir sind für die beiden Ding eins und Ding zwei. Ich bin Ding zwei.

«Alleine ist das öde», sage ich, da ich so Abende kenne, an denen erst laut getönt wird, und dann schlafen alle ein außer mir.

«Das kriegen wir schon irgendwie hin», zwinkert mir Miss Irland zu.

Aber ich weiß, das ist nicht zweideutig, sondern eindeutig nur nett gemeint. Und das ist in Ordnung, und wir lachen noch eine Weile und erzählen Geschichten vom Reisen und von Menschen, die wir auf unseren Trips getroffen haben.

Als es wirklich Zeit für mich ist, in die Jugendherberge zurückzukehren, sage ich: «Scott, ich habe noch was für dich.»

«Häh?»

«Ich schenk dir mein Zelt.»

«Bist du krank?»

«Doch, wirklich, ich schenk dir mein Zelt, du kannst damit nur über keine Grenze reisen, schon gar nicht die der USA.»

«Hör auf.»

«Ihr habt mich gehört, ihr beiden seid Zeugen», wende ich mich an die Schönheitsköniginnen.

«Nein, das kann ich nicht annehmen», sagt Scott.

«Hör mal, ich habe so viel von fremden Menschen bekommen, das glaubst du nicht, da kann ich auch mal was abgeben. Es heißt doch: What goes around comes around.»

«Ja, schon ...»

«Du kannst natürlich ewig weiter staubsaugen im Hostel.»

Er druckst herum, dann nickt er endlich: «Okay.»

Wir atmen alle durch. Ein großer Abschiedsabend.

Scott räuspert sich: «Und die Gitarre?»

«Die nehme ich mit, Mann! Werd jetzt nicht gierig!»

«Warum hast du die denn jetzt nicht dabei?», fragt mich Siobhan.

«Wo?»

«Hier.»

«Warum?»

«Na, dann könnten wir die zu Kleinholz zertreten und ein Lagerfeuer machen.»

«Was?»

«Ein Scherz, dann könntest du uns was vorspielen. Was sonst?»

«Ich kann noch gar nicht richtig spielen.»

«Nimmst du Gitarrenunterricht in Germany?»

«Nein, habe ich mir selber beigebracht, die sechs Griffe», und während ich das sage, komme ich ins Stottern, weil ich noch gar nicht dran gedacht habe. Ich könnte Gitarrenunterricht nehmen. Warum eigentlich nicht? Es macht mir Spaß. Und weder die Straßenmusiker noch die vorbeikommenden Leute haben sich über mich lustig gemacht. Es muss ja nicht gleich die steile Musikerkarriere sein. Und hier in Kanada gibt es definitiv mehr Leute, die spielen können und die ich fragen kann. Es muss kein ausgebildeter Musiker sein, der viel Geld kostet, ein Straßenmusiker, für kleines Geld, oder als Tausch, vielleicht will einer Deutsch lernen, und ich lerne Gitarre von ihm. Von solchen Deals habe ich gehört. Ja. Und zu Hause lasse ich die Bombe platzen, ich werde Mum und Pa so schnell wie möglich davon erzählen, ich werde alles daransetzen, so bald wie möglich nach Kanada zurückzufliegen. Erst mal keine Karriere. Erst mal die Liebe und die ganze Verrücktheit, die dazugehört. Dann werde ich eben kein Millionär mit Geld, dann habe ich eben keinen schnellen Wagen, keine Villa, kein Cash-ohne-Ende. Dann bin ich eben ein Millionär an Erlebnissen, ein Erlebnismillionär.

Basti Erlebnismillionär.

Das klingt gut.

43. LANDEANFLUG

Wie vom Flugkapitän angekündigt, sind wir in den Sinkflug übergegangen, und ich lasse den Gurt einrasten.

Wie kann es sein, dass die Rückreise immer doppelt so schnell vergeht wie die Hinreise? Es muss ein Zeitloch geben, entgegen gängiger Logik. Ich wette, Einstein war auf einer Rückreise, als ihm die großen Gedanken kamen. Und selbst jetzt tauchen wir durch die Wolken, als hätte der Pilot ein Rendezvous mit der Saftschubse. Der Airbus ruckelt einige Male, während wir durch die Nebelschwaden schweben. Wassertropfen laufen in Bögen über die Scheibe, wieder heult der Himmel für mich.

Dann tauchen unter unserem Flugzeug Felder, Straßen und Häuser auf. Der Boden scheint auf mich zuzurasen. Muss das so schnell gehen?

Meine Ohren sind dicht, ich kneife mir die Nase zu und presse Luft hinein. Es schnirkst in meinen Gehörgängen. Das Geräusch passt zu meinem Gefühl, als würde ich von einem Moor verschluckt, als würde mich eine unsichtbare Kraft nach unten ziehen und eine dickliche schwarze Flüssigkeit durch Mund und Nase in mich sickern.

Meine Füße kribbeln, meine Hände sind feucht.

Wir rasen der Landebahn entgegen, huschen über Häuser und Straßen, Wald und Wiesen, und dann setzt die Maschine auf, und ich schließe meine Augen.

Vor mir läuft das leere Kofferband an. Die überlappenden Gummiplatten laufen klappernd in einen schwarzen Tunnel. So geht das eine ganze Zeit, und ich überlege, mich daraufzulegen und eine Runde zu drehen. Ausgerechnet mein Rucksack ist dann aber das erste Gepäckstück. Mein Schicksal verhöhnt mich. So etwas passiert normalerweise nicht, es sei denn, dein altes Leben klammert sich um deine Knöchel.

Ich ernte bewundernde Blicke von den Leuten um mich herum. «Glückspilz», höre ich eine Frau sagen.

Von wegen. Ich hätte jederzeit mit dem getauscht, der als Letzter seinen Koffer bekommt.

Fast um Ärger bettelnd, gucke ich die Zöllner an. Das Hookout habe ich geleert und als Andenken aus Crazy Apphill mitgenommen. Grasspuren müssten noch zu finden sein, es roch zumindest so, aber die Beamten winken mich gelangweilt durch.

Keine Faser meines Körpers freut sich, hier zu sein. Auch das Gewicht des Rucksacks auf meinen Schultern empfinde ich nicht mehr als elektrisierend, als Energieschub, der mir Kraft gibt, dafür gehe ich in die falsche Richtung. I'm sorry, Supermann ist auf Krypton gelandet, meine Kräfte sind geschwunden, Deutschland ist mein Kryptonit, mein Zuhause ist mein Kryptonit.

Ich taumele förmlich durch die Schiebetüren raus in

die Ankunftshalle. Erwartungsvoll blicken mich die Menschen an, sie suchen ihre Verwandten und Freunde hinter mir. Ich schleiche an ihnen vorbei und höre meine Mum rufen. Meine Eltern pellen sich aus dem Ende der Schlange. Sie sind wegen mir den ganzen Weg von Münster nach Frankfurt gekommen, um mich abzuholen, das wollten sie sich nicht nehmen lassen, und hier stolpere ich vorwärts und ringe mit meinen Gesichtsmuskeln um ein Lächeln. Es muss verunglückt aussehen, entgleist, erzwungen, aber ich gebe mir wirklich Mühe.

Sie schließen mich in ihre Arme, ich zwischen den beiden, und Mum flüstert mit erstickter Stimme: «Ich habe dich so vermisst, ich habe dich so lieb.»

«Ich dich auch», sage ich und empfinde das auch, aber wohl nicht so stark, wie es sein könnte. Als wäre ich krank, infiziert, von Marleen, Kanada und dem Reisen.

Wir lösen uns. Pa will mir den Rucksack abnehmen, aber ich winke ab: «Nein, ist okay.»

Ohne das Gewicht könnte ich einfach weglaufen.

Die beiden reden gleichzeitig auf mich ein, erzählen von all dem, was ich vermeintlich hier verpasst haben soll.

Wir gehen Richtung Ausgang zum Parkhaus. Die Menschen um mich herum scheinen alle fünf Stundenkilometer schneller zu gehen als in Kanada, obwohl sie gewiss keine größeren Ziele haben als die Menschen dort drüben.

Mein Pa stellt mir beharrlich auf Englisch Fragen: «How do you do, son? How do you do?»

Ich ergebe mich meinem Schicksal und antworte: «Awesome, just awesome, eh. A little bit better and I take leak from a ladder», reime ich.

«Erstaunlich, phantastisch!», lobt er mich. Er hat kaum ein Wort verstanden.

Mum streicht mir mit ihrem Handrücken über die Wange. Sie meinen es gut. Und ich fahre ein weiteres Lächeln gegen die Wand. Ein klarer Totalschaden, denn sie meint: «Wie müde du bist. Der lange Flug, du kannst ja kaum noch stehen, das war sicher anstrengend, zu Hause kannst du dich erst mal ausschlafen, du hast ja einen Jetlag.»

Ich will nicht schlafen. Ich will träumen. Ich will, dass mir die rettende Idee im Traum erscheint.

Pa wirft die Kofferraumklappe unseres VW Touareg zu. Ein sattes, fast stilles Geräusch. Als ich den Wagen das erste Mal gesehen hatte, gefielen mir die anthrazite Farbe und die dunklen Scheiben. Jetzt erinnert mich das Ding einfach nur an eine Gruft – und Mum hält mir die Tür auf.

Ich steige ein. Einzelhaft. Dann gesellen sich meine Eltern vorne dazu. Ich sitze wieder hinten, nicht wie in den Pick-ups auf der Fahrerbank.

Innerlich schrumpfe ich. Wieder Kind. Kryptonit.

Wir rauschen aus dem Parkhaus Richtung Autobahn. Mum dreht sich um, sie kriecht fast über die Lehne des Beifahrersitzes zu mir nach hinten. «Jetzt erzähl doch mal, ich bin so neugierig! Du hast dich so kurz gehalten.»

«Zwei Anrufe und eine Postkarte», ergänzt Pa.

Der Geruch des Wagens nach Leder und Armaturenspray, vermischt mit dem Parfüm meiner Eltern, schnürt mir die Kehle zu. Die Armaturen blitzen mich an wie die Augen einer wilden Kreatur.

«Komm, Basti, wie waren deine ... Mitschüler? Hast du Freunde gefunden? Aus der ganzen Welt?», fragt Mum weiter und schaut mich erwartungsvoll an.

Wir fädeln auf die Autobahn ein.

«Ja.»

Freunde hatte ich gefunden, das war noch nicht mal gelogen.

«Schön. Und der Lehrer? Oder die? Wie waren die?»

Ich drehe gleich durch, Silvesterböller explodieren in meinem Kopf. Wahnsinn bei 150 Stundenkilometern. Okay, so geht das nicht, es muss raus, ich kann es nicht für mich behalten, auf Dauer erst recht nicht. Aber schonen. Auch Silvesterböller haben eine Lunte.

«Na? Erzähl doch!»

Ich beuge mich vor, weg von der Rückenlehne, als wollte ich das Polster so wenig wie möglich berühren. «Ihr habt doch über die Schule immer gesagt, Hauptsache, die Noten stimmen ...»

«Das hast du gehört?», sagt Pa.

«Ja. Und das ist doch richtig, oder?»

«Was kommt jetzt? Wie meinst du das?» Er blickt in den Rückspiegel.

Ich lehne mich wieder zurück, ich war zu nah an Mum. «Angenommen ... Nein, also ich habe perfekt Englisch gelernt, daran gibt es keine Zweifel, und das war das Ziel, richtig? Das Ziel, wie eine Note, oder?»

«Das könnte man unter Umständen so sehen», sagt er. Mum lässt ihn reden.

«Wenn ich nun Englisch besser gelernt habe, als ihr euch erhofft habt, dann ist es doch fast egal, wie, oder?»

«Fast!»

Mum stöhnt. «Hat irgendetwas nicht mit der Schule gestimmt?»

Ich schaue sie an. «Etwas? Das war eine Postkastenadresse.»

«Was?», fragen beide.

«In einem heruntergekommenen Haus, da war nichts.»

Mum fragt mich: «Das gibt es doch nicht, und was ... was hast du gemacht? Bist du in eine andere gewechselt?»

«Ich bin ins Leben gewechselt.» Ich lasse das für einen Moment so im Auto stehen, fahre aber fort, bevor einer von den beiden beginnen kann. «Ich bin gereist. So habe ich Englisch gelernt. Ich habe mich mit den Menschen unterhalten.»

Pa geht merklich vom Gas, beinahe, als wolle er auf der Autobahn eine Vollbremsung hinlegen. Er beherrscht sich: «Bitte, was hast du gemacht? Gereist?»

«Ja.»

«Wie?»

«Mit dem Bus, mit Fähren, zu Fuß, per Anhalter ...»

«Per Anhalter?», kreischt Mum.

«Alles okay, die sind alle voll nett.»

«Voll nett?»

«Ja.»

«Die Kanadier?»

«Ja, klar ...»

«Wo bist du denn ... hingereist?»

«Die Küste hoch, nördlich von Vancouver, dann rüber auf die Insel.»

«Welche Insel?»

«Vancouver Island. Sag mal, habt ihr euch überhaupt angeguckt, wo ihr mich hinschickt? Das habt ihr wohl so gemacht wie die Suche nach *TurboEnglish Limited*.»

«W...»

«Toller Name übrigens auch. Hat's da nicht geklingelt?»

«Das kann doch nicht sein», sagt Pa.

«Doch.»

«Die hatten erstklassige Referenzen!»

«Wo? Im Internet?»

«Ja!»

«Töröö.»

«Das gibt's doch nicht. Ich habe doch ... die muss es geben! Bist du abgehauen?»

«Nein! Boah, den Laden gab es nicht. Und ich habe gedacht, was soll ich hier? Aber dann waren die Leute okay, und ich habe gedacht, wenn ich schon mal in Kanada bin, gucke ich es mir wenigstens an.»

«Nein!», sagt Mum und schlägt die Hände auf ihre Wangen, als hätte ich gesagt, sie würden Großeltern werden.

Pa fragt ernst: «Hast du unser Geld von denen zurückverlangt und verpulvert?»

Wir fahren rechte Spur mit stur hundert Stundenkilometern.

«Nein! Wie sollte ich da etwas zurückverlangen, von einer Firma, die es nicht gibt!»

«Wie bist du denn ...»

«Ich hatte doch Essensgeld, mein großzügiges Budget, schon vergessen?»

«Aber da kann man doch nicht ... davon kann man essen, aber das reicht doch nicht auch zum Reisen.»

«Doch, wunderbar.»

«Wo hast du denn übernachtet? In Jugendherbergen ...?»

«Auch, am Ende, aber hauptsächlich auf dem Zeltplatz und privat.»

«Zelt?»

«Das habe ich mir als Erstes besorgt.»

«Privat. Wie privat? Eine Pension?», fragt Mum.

Eher nicht, denke ich mit dem Bild des zerschossenen Trailers im Kopf und sage: «Ich wurde eingeladen.»

«Von wem?»

«Von den Menschen, die ich getroffen habe.»

Pa antwortet: «Wo denn getroffen? Unter der Brücke? Von den anderen Obdachlosen?»

«Nein, ich ...» Mir reicht's, wozu diskutieren, das verstehen die nicht, die sind nie so gereist. «Und ich will wieder zurück.»

Die beiden schauen einander an, Mum guckt hin und her.

Er setzt den Blinker, um einen Lastwagen am Berg zu überholen. «Dann spar mal tüchtig.»

«So bald wie möglich.»

«Nach der Lehre.»

«Keine Lehre.»

«Was?» Blick in den Innenspiegel.

Meine Mum legt ihre Hand auf seinen Arm. «Das ist der Jetlag. Er hat Jetlag. Er schläft sich erst mal aus, dann sieht die Welt morgen ganz anders aus.»

Ich antworte rasch, damit er wieder nach vorne auf die Straße guckt, sonst vergisst er das noch: «Kein Jetlag, ich war niemals wacher. Und morgen wird gar nichts anders aussehen. Ich kann das nicht, und ich will das nicht. Dass ihr mich nach Kanada geschickt habt, war das Beste, was mir passieren konnte. Danke! Danke! Ehrlich: vielen Dank!»

Mein Pa schüttelt den Kopf. «Du musst doch einen Beruf erlernen.»

«Stimmt, aber nicht den.»

«Was dann?»

«Mal gucken.»

Wir rollen an den großen Rädern des Lastwagens vorbei.

«Wie lange willst du hin?», fragt er.

«Bis ich es weiß.»

«Wann soll das sein?»

«Keine Ahnung.»

«Dann guck dich hier um, überlege hier. Berufsberatung ...»

«Nein.»

Er zieht wieder rüber auf die rechte Fahrspur. «Warum nicht? Warum in Kanada?»

«Wegen Marleen.»

Stille, sie tauschen wieder Blicke aus.

«Jetzt hat er da eine kleine Kanadierin geschwängert», sagt Pa und haut auf das Lenkrad.

«Habe ich nicht.»

«Was dann?»

«Wir mögen uns.»

«Du bist verknallt.»

«Wir.»

«Dafür wirft man doch nicht seine Zukunft weg.»

«Die werfe ich auch nicht weg, die nehme ich mir.»

Er überlegt, und Mum fragt: «Warum kommt sie denn nicht hierher?»

«Wozu? Was gibt es denn hier?»

Jetzt antwortet wieder mein Pa: «Einen Jungen mit einer Lehre.»

«Ganz sicher nicht. Die cancel ich gleich morgen.»

Mum schließt die Augen wie ich bei der Landung.

«Das darf doch nicht wahr sein!», poltert mein Pa.

Und sie sagt zu ihm: «Siehst du, das hast du davon.»

«Bin ich jetzt an seiner Meise schuld? Hat eine Lehre in der Tasche und ... nichts schmeißt du hin morgen!»

«Ich rufe um 10 Uhr an.»

«Mach dich nicht unglücklich.»

«Mich mache ich damit nicht unglücklich, bestimmt nicht!»

Mum versucht uns zu beruhigen: «Wir gehen heute Abend erst mal ins Bett und schlafen uns alle schön aus.»

«Und dann rufe ich um 10 Uhr morgen früh an.»

«Tust du nicht!»

«Tu ich doch!»

Pa schlägt ein paarmal auf das Lenkrad. «Was willst du denn da drüben machen?»

«Ich weiß nicht», gebe ich zu, «ich weiß es verdammt noch mal nicht.»

Pa bellt los: «Du bist zu jung. Du solltest lieber noch zur Schule gehen müssen oder zum Bund!»

«Den gibt's zum Glück nicht mehr», sage ich. Das wär's noch.

«Ich bin damals hingegangen. Da hättest du auch nicht einfach abhauen können!»

Und ich schaue meinen Pa an, als hätte er mir das Tor in eine neue Welt geöffnet, denn plötzlich lüftet sich der Schleier, und ich erkenne meinen Weg. «Ein Auslandsjahr! Ich mache ein Auslandsjahr, Work and Travel in Kanada!»

Mum versucht es noch einmal: «Du kannst doch die Lehre machen und danach ...»

«Das sind drei Jahre meines Lebens. Nein.» Marleen rennt mir nicht ein viertes Mal zufällig über den Weg. «Um zehn Uhr kündige ich den Lehrvertrag, und um fünf nach zehn rufe ich bei einer Stelle an, wo man sich für ein Work-and-Travel-Visum für Kanada bewerben kann.»

Pa lacht künstlich los. «So schnell geht das nicht.»

«Das geht so schnell. Und falls das nicht so schnell geht, warte ich darauf, aber in Kanada. Dann sehen die auch meine große Motivation.»

Und in der Zeit kann ich mir überlegen, was ich machen will, und ich kann Marleen kennenlernen. Vielleicht finde ich einen kleinen Nebenjob, nichts Großes, und ich lasse mir Gitarrenunterricht geben, und wenn das klappt mit dem Work and Travel in Kanada, dann verdiene ich auch etwas Geld pro Monat. Das sollte reichen. Dass ich da nicht vorher draufgekommen bin!

Ich schaue aus dem Seitenfenster auf die vorbeiflitzenden Autobahnsträucher und blende die weitere Diskussion aus.

Und um 10 Uhr 10 werde ich Marleen anrufen, falsch, mailen! Anrufen werde ich morgen Nachmittag, wegen der Zeitverschiebung. Ich schaue auf meinen Unterarm, noch immer ist das *XOXO M.* auf meiner Haut zu erkennen, und ich höre wieder den Jazz.

THORSTEN NESCH, 1968 in Solingen geboren, lebte von 1998 bis 2003 in Kanada. Seit 2004 wohnt er in Leverkusen. Er ist als Romanautor ein moderner Geschichtenerzähler, der auf der Bühne ebenso zu Hause ist wie im Hörfunk und Film.

Bonusmaterial zum Roman unter:
www.thorsten-nesch.com

Bei rotfuchs sind bereits «Verkehrt!» und «Joyride Ost» erschienen. Der Roadmovie-Roman «Joyride Ost» war nominiert als bestes deutschsprachiges Jugendbuchdebüt und wurde mit dem Hans-im-Glück-Preis ausgezeichnet.

«Ein erzählerischer Glücksfall in der aktuellen deutschsprachigen Literatur.» *Auszug aus der Begründung der Jury des Hans-im-Glück-Preises*

MIX
Papier aus verantwortungsvollen Quellen
FSC® C083411

Das für dieses Buch verwendete FSC®-zertifizierte Papier *Lux Cream* liefert Stora Enso, Finnland.